KB113929

북으로 가는
이주의 계절

Season of Migration to the North
First Published in Arabic 1966
Original Title: Mawsim al-Higra ila al Shamal
Copyright © The Estate of Tayeb Salih

Korean translation copyright © 2014 by Asia publishers
This Korea edition is published by arrangement with Julia Salih

북으로 가는 이주의 계절

Season of Migration to the North

타예브 살리흐 장편소설 | 이상숙 옮김

아시아

차례

일러두기

1. 이 책은 장편소설 *Mawsim al-Higra ila al Shamal*를 우리말로 옮긴 것이다.
2. 이 책의 외래어 표기는 국립국어원의 외래어 표기법에 따랐다.

북으로 가는 이주의 계절

1

정말 오랜만에 가족의 품으로 돌아왔다. 아, 정확히 7년만이다! 그동안 나는 유럽에서 학업을 계속했으며, 많은 것을 배웠고 또한 많은 것을 잃었다. 그러나 그 이야기는 나중에 자세히 하기로 하고 우선 중요한 것은 내가 돌아왔다는 사실이다. 나일 강가의 이 작은 마을과 가족을 얼마나 그리워했던가. 지난 7년 동안 하루도 빠짐없이 이들을 그리워하고 꿈꾸어 왔다. 이제 돌아와서 그들과 함께 있는 나 자신을 발견했을 때 그것은 참으로 감격적인 순간이었다. 마을 사람들과 가족은 나를 반기며 내 주위에 몰려들었다. 그러자 곧 몸속 깊은 곳에 쌓였던 눈이 녹아내리는 듯한 느낌이 들었다. 마치 그 눈 위로 찬란한 태양이 떠오르는 것과도 같이……. 고향에서만 느낄 수 있는 이 포근함. '물고기들도 추위에 얼어 죽을 만한' 그런 나라에서 생활하며 오래전에 잃어버렸던 이 포근함. 나의 두 귀와 두 눈은 고향 사람들의 목소리와 모습에 다시금 익숙해져 갔다. 이곳을 떠난 이후 그들을 너무 오랫동안 그리워했기 때문인지, 그들을 다시 마주한 첫 순간 그들과 나 사이에는 마치 안개와 같은 것이 피어올랐다. 그렇지만 이튿날 아침, 어린 시절과 유년기의 추억들이 고스란히 배어 있는 방 침대에서 눈을 뜬 순간 주위를 감싸고 있던 안개는 어느덧 사라졌다. 귓전을 스치는 바람 소리가 들려왔다. 익히 들어 잘 알고 있던 그 바람 소리는 우리 고장에서는 환희의 속삭임이다. 대추야자 숲을 가로질러 불어오는 저 바람 소리는 밀밭을 스쳐 가는 소리와는 분명 다르다. 호도새가 꾸룩꾸룩 우는 소리도 들려온다. 창밖으로 보이는 정원 한가운데에 우뚝 자리하고 있는 대추야자에 시선이 머무는 순간, 나는 삶이 여전히 잘 영위되고 있음을 깨달았다. 대추야자의 곧고 힘차게 뻗은 줄기와, 땅속 깊이 단단히 내린 뿌리, 그리고 그 꼭대기에 매달려 있는 푸른 잎을 바라보며, 무한한 평온함을 느꼈다. 뿐만 아니라 나 자신 또한 거센 바람에 흔들리는 갈대가 아니라, 근원과 뿌리와 목표를 가진 피조물인 저 대추야자와 같다고 느꼈다.

어머니께서 차를 내오셨다. 아버지는 쿠란 독경과 기도를 마치고 나오셨고 여동생과 남동생들도 모두 한자리에 모였다. 어린 시절부터 늘 그래 왔던 것처럼 우리는 차를 마시며 이야기꽃을 피웠다. 그렇다. 인생은 멋지고, 세상은 변하지 않은 채 그대로이다.

문득 마중 나왔던 사람들 중에 누군지 알 수 없었던 낯선 얼굴 하나가 떠올랐다. 그의 생김새를 설명하며, 식구들에게 그가 누구인가 물었다. 중간 정도의 키에 나이는 대략 쉰이나 아니면 그보다 조금 더 든 듯하고, 머리카락은 숱이 많은 은회색이었으며, 턱수염은 없었고, 콧수염은 보통 이 고장 남자들보다 짧은 듯했으며, 잘생긴 얼굴이었다.

"아, 무스타파 말이로구나." 아버지께서 말씀하셨다.

무스타파가 누구지? 그 사람도 이 고장 출신으로 해외에 오랫동안 나갔다 온 사람인가?

아버지께서는 그가 여기 사람은 아니고 5년 전에 이곳으로 흘러들었으며, 그 후 얼마 되지 않아 농장을 사서 집을 지었고, 마흐무드의 딸과 결혼했다는 사실 외에는 별로 알려진바가 없다고 말씀해 주셨다.

무엇이 내 호기심을 자극했는지 정확히 알 수는 없지만, 내가 도착하던 날 그가 유달리 침묵을 지키고 있었던 기억이 났다. 사람들이 다투어 이것저것 내게 물어 왔고 물론 나도 그들에게 안부를 물었었다. 그들의 질문은 주로 유럽에 관한 것이었다. 그곳 사람들은 우리와 같아요, 아니면 뭔가 다른가요? 물가는 비싸더냐 싸더냐? 거기 사람들은 추운 겨울에는 뭘 하고 지내지? 거기 여자들은 베일도 쓰지 않은 채 남자들과 공공연히 춤을 추고는 하느냐고도 물어 왔다. "그곳에서는 남자와 여자가 결혼도 하지 않고 동거하기도 한다면서?" 웃드 라이스가 물었다. 수많은 질문에 나는 아는 대로 대답해 주었다. 유럽인은 약간의 차이를 예외로 한다면, 거의 우리와 같다고. 전통과 관습에 따라 결혼을 하고 아이들을 양육하고, 선한 도덕을 갖고 있는 대체로 좋은 사람들이라고 얘기하자 모두들 놀라는 눈치였다.

"거기에도 농부가 있나?" 마흐주브가 물었다.

"농부뿐만 아니라 모든 게 다 있네. 노동자도 있고 의사와 선생님도 있고 우리와 꼭 같아." 나는 머릿속에 떠오르는 나머지 생각들은 말하지 않기로 했다. '우리처럼 태어나고 죽고, 그곳 사람들도 요람에서 무덤까지 여행하면서 많은 꿈을 지니고 생활해. 그 가운데 일부는 현실로 성취되기도 하지만 또 일부는 무위로 끝나지. 그들도 미지의 것을 두려워하고 한편으로는 사랑을 노래하며 배우자와 아이들 속에서 평안을 찾는다네. 유럽인도 강자가 있고 약자가 있어. 어떤 이는 자기들이 가져야 할 것보다 더 많은 것을 가지기도 하고 다른 이는 그것조차 가지지 못하기도 하지. 하지만 그 차이는 그다지 크지 않고, 약자라고 해도 대부분은 터무니없지는 않아.' 그는 현명한 친구이니 어떤 말이든 쉽게 알아듣겠지만, 만에 하나 이해하지 못할 수도 있다는 두려움이 일었기 때문이다.

"우리는 네가 미개한 기독교도 처녀를 아내로 맞이해 데려오지나 않을까 걱정했단다." 빈트 마주두브 할머니가 웃으면서 끼어들었다. 그러나 무스타파, 그는 아무 말도 하지 않았다. 조용히 듣기만 했고, 간혹 가다 엷은 미소를 지을 뿐이었다. 지금 생각해 보니 아주 애매모호한 웃음이었다. 마치 혼자 독백을 하고 있는 듯이.

    나는 우리 동네에서의 일상적인 생활을 되찾았고, 동네 분들과도 다시 옛날과 같은 관계를 갖기 시작했다. 그래서 한동안 무스타파는 잊고 지냈다. 어린아이가 처음 거울에 비친 제 얼굴을 보았을 때와 같이 나는 무척이나 행복했다. 어머니께서는 누가 돌아가셨으니 내게 문상을 가라고 하셨고, 누군가 결혼을 하니 가서 축하해 주라고 하시며, 마을의 크고 작은 경조사를 일일이 일러 주시고는 하셨다. 이에 따라 나는 마을 여기저기를 가로질러 다녔다. 그러던 어느 날 우연히 어렸을때 내가 무척 좋아했던 곳을 지나게 되었다. 강둑의 아카시아나무 그루터기 아래였다. 어린 시절, 강물에 돌을 던지며 미래를 꿈꾸었고, 상상의 나래를 먼 수평선 너머로 날려 보내며 그 나무 아래에서 얼마나 많은 시간을 보내었던가! 그 강둑에서 나는 물레방아가 찌꺽거리는 소리와 들판에서 사람들이 서로 외치는 소리, 송아지의 음매 우는 소리와 당나귀의 울음 소리를 들었다. 운 좋은 날이면 돛단배가 내 앞을 오가는 풍경도 볼 수 있었다. 나만의 장소였던 이 나무 아래 앉아 서서히 변모해 가는 마을을 물끄러미 바라보았다. 물레방아는 사라졌고 대신 물을 끌어 올리는 펌프가 강둑에 세워졌다. 이 기계가 물레방아 백 대의 일을 대신할 수 있다던가. 강물의 힘으로 매년 뒤로 밀려나는 강둑을 바라보았다. 한편으로는 강물이 둑 앞에서 밀려나는 것도 같았다. 때로는 이상한 생각이 마음속에 떠오르기도 했었다. 어떤 곳에서는 좁아지고 어떤 곳에서는 넓어지고 하는 강폭을 바라보면서, 어쩌면 그것이 도움을 주기도 하고 받기도 하는 우리네 삶과 흡사하다는 생각이 들고는 했던 것이다. 그러나 아마 난 이런 것을 훨씬 뒤에야 깨달았던 것 같다. 어쨌든 지금의 나는 그 지혜를 터득했다. 하지만 그것은 단지 내 생각뿐이었다. 내 피부 아래의 근육들은 여전히 연약하고 복종적이며, 마음은 낙관적이기 때문이다. 나는 살아가면서 힘으로라도 내 생의 권리를 얻고 싶고, 모든 것을 아낌없이 베풀며, 또 가슴에 넘쳐 나는 사랑을 꽃피워 열매를 맺고 싶다. 세상에는 가 보아야 할 곳이 수없이 많고 거두어야 할 열매도 많으며 읽어야 할 책도 많다. 또한 생의 기록부에는 또렷한 글자로 채워 나가야 할 여백이 아직도 많이 남아 있다. 에티오피아의 언덕 위로 쏟아져 내렸던 폭우로 진흙탕물이 되어 뿌옇게 흐르는 강물을 바라본다. 저 멀리 농부들이 쟁기와 괭이를 들고 몸을 구부려 일하고 있다. 집들이 옹기종기 모여 있는 사막의 저편 끝, 손바닥처럼 판판하게 펼쳐져 있는 드넓은 벌판이 시야에 가득히 들어온다. 새들이 지저귀는 소리와 개들이 짖는 소리가 들리고 한편에서는 장작을 패는 도끼 소리도 간간이 들려온다. 이 모든 것이 더없이 아늑하다. 나는 왠지 내가 중요하고 영속적이며 완전한 존재라는 생각이 든다. '아니야……. 난 물속에 던져진 돌멩이가 아니고 들에 뿌려진 한 알의 씨앗이야.' 할아버지를 뵈러 가면 그분께서는 내게 40년 전, 50년 전, 때로는 80년 전의 생활을 말씀해 주고는 하신다. 그럴 때면 내 마음은 더욱 평온해진다. 나는 할아버지를 무척이나 따랐고 할아버지도 나를 매우 귀여워하셨다. 우리가 그렇게 가까웠던 것은, 할아버지께서는 이야기하는 것을 좋아하셨고 나는 어릴 적부터 그런 할아버지의 옛날 이야기를 들으며 상상력을 키워 왔기 때문인 것 같다. 그 때문에 유학을 떠나 낯선 타국 땅에 머무르는 동안 할아버지가 돌아가시지나 않을까 늘 걱정하고는 했었다. 가족을 하도 그리워하다 보니 종종 꿈속에서 그들을 만나고는 했다. 이런 얘기를 들려 드리자 할아버지는 웃으며 말씀하셨다. "내가 젊었을 때 말이다, 한 점쟁이가 말하기를, 예언자께서 돌아가신 나이 — 다시 말해 60세 — 를 넘기기만 하면 백 살까지도 살 수 있을 거라고 하더구나." 우리는 함께 할아버지 나이를 헤아려 보았고, 아직도 12년은 더 남았음을 알 수 있었다.

할아버지는 터키의 지배를 받던 시절, 이곳을 다스렸던 한 포악한 통치자 이야기를 해 주셨다. 바로 그때, 무엇이 내 기억 속에서 그 사람, 무스타파를 끄집어냈는지 알 수는 없으나 갑자기 그가 떠올랐다. 그래서 나는 할아버지께 무스타파에 대해 여쭈어 보았다. 본래 할아버지께서는 이 마을 사람들뿐만 아니라 강 근처의 지역에 살고 있는 사람 모두의 혈통, 집안 내력 등속을 정확하고 자세하게 알고 계신다. 그러나 이번에는 머리를 저으시며 그에 관해서 아는 거라고는 그가 하르툼 근방에서 왔다는 것과 약 5년 전부터 이 고장에 살기 시작했다는 것, 상속인들이 다 떠나 버리고 여자만 혼자 남아 있는 땅을 돈으로 부추겨 사들였다는 것, 4년 전에는 마흐무드가 자신의 딸 중 하나를 그에게 시집보냈다는 사실 등이 고작이라고 말씀하셨다.

"그와 결혼한 딸이 누구지요?"

"호스나일 게다." 할아버지께서는 고개를 흔들며 말씀하셨다. "그 집안은 자기네 딸들을 데려가는 남자들이 어떤 사람인지 관심도 두지 않는단다." 그러나 곧이어 변명이라도 하듯 말씀하셨다. "무스타파가 여태껏 이 마을에 머물면서 남에게 폐를 끼칠 만한 행동을 한 적은 없다. 금요 예배 때면 빠짐없이 사원에 나가고 마을에 경조사가 있을 때면 자기 일처럼 발 벗고 나섰지." 할아버지는 무스타파에 관해 이렇게 말씀하셨다.

그로부터 이틀이 지난 후였다. 낮잠 자는 시간에 나는 책을 읽고 있었다. 어머니와 여동생은 동네 아낙네들과 집안 한 구석에서 떠들썩하게 이야기하고 있었고, 아버지께서는 오수를 즐기고 계셨다. 남동생들은 무언가 볼일이 있어 외출 중이었다. 혼자서 조용히 독서를 하고 있는데 집 바깥에서 헛기침 소리가 들려와 나가 보니 무스타파였다. 그는 커다란 수박 한 덩이와 오렌지를 가득 담은 바구니를 양손에 들고 서 있었다.

"자는 걸 깨우지나 않았는지 모르겠군요. 올해 첫 수확으로 거둬들인 건데 한번 들어 봐요. 겸사겸사해서 얘기도 좀 나눠 볼까 하고요. 이 시간에는 찾아오지 않는 게 예의라는 걸 잘 알면서도 이렇게……. 실례했다면 용서해요." 내 얼굴에 스쳐 간 의아스러움을 보았던지 그는 이렇게 말했다. 그가 지나치게 예의를 갖추는 것이 퍽이나 인상 깊었다. 사실 말이지 우리 마을 사람들은 그렇게 공손하게 이야기하는 일이 없다. 우리는 곧장 본론으로 들어갔으며, 한낮이든 저녁이든 개의치 않고 남의 집을 찾아가면서도 사과를 하는 일은 거의 없다. 나도 친절하게 답례를 했고 잠시 후 차가 나왔다.

나는 고개 숙인 그의 얼굴을 유심히 바라보았다. 두말 할 것 없이 아주 잘생긴 미남형의 얼굴이었다. 인자해 보이는 넓은 이마에 초승달 모양의 눈썹이 적당한 간격을 두고 자리 잡았다. 숱 많은 은회색 머리는 목과 양어깨와 잘 어우러져 있고, 날카로운 콧날에 코에는 코털이 많이 나 있다. 이야기를 하면서 그가 얼굴을 들었을 때, 나는 그의 입과 두 눈을 볼 수 있었다. 한 남자의 얼굴에 강인함과 연약함이 묘하게 어우러져 있음이 느껴졌다. 부드러운 입술선과 졸린 듯한 두 눈은 잘생겼다기보다는 아름답다고 하는 게 더 어울릴 듯했다. 그는 조용조용히 이야기했지만 목소리는 분명하고 또박또박했다. 말없이 있을 때에는 힘이 넘쳐흐르지만 웃을 때면 얼굴 전체로 웃음이 번져 갔다. 나는 정맥이 툭툭 불거진 단단한 그의 두 팔뚝을 보았다. 그러면서도 손가락은 길고 가늘었으며 누구든 그의 팔과 손을 본 후 시선이 손가락에 머물게 되면 마치 산을 타고 내려와 계곡에 다다른 듯한 느낌이 들 것이다.

나는 주저하지 말고 말씀하시라고 그에게 권했다. 무언가 할 이야기가 없고서야 이 무더운 한낮에 찾아오지는 않았을 테니까. 아니면 단지 이웃에 대한 인사로 찾아왔을 수도 있겠지. 하지만 이런 내 상상은 곧 중단되었다. "이 마을 사람들 가운데 한번 사귀어 보고 싶다는 생각이 든 건 아마 선생이 처음일 겁니다." 어째서 이 사람은 이렇게 지나치게 예의를 차리는 걸까! 우리 마을에서는 서로 만나 이야기를 나누다 화가 나면 상대방에게 서슴지 않고 '개새끼'라고 한다.

"선생 가족과 친구들에게서 선생에 관해 많은 이야기를 들었지요." 당연하지. 스스로도 내가 마을 젊은이들 중에서 가장 뛰어난 인물이라고 생각하고 있으니까.

"마을 사람들은 선생이 무슨 학위를 받아 가지고 왔다던데, 뭐라 부르던가요? 박사 학위인가요?" 아니, 뭐라고 부르더냐고! 이 나라 사람 수백만 명이 내 성공에 대해 익히 들어 잘 알고 있을 텐데 이렇게 묻다니, 언짢은 생각이 들었다.

"마을 사람들은 선생이 어릴 적부터 남달랐다고 그러던데요."

"별말씀을." 이렇게 대꾸했지만 그것은 사실이었고, 실제로 그즈음 나는 자만심에 가득 차 있었다.

"박사라니 정말 대단하군요."

나는 짐짓 겸손한 체하며, 그다지 알려지지 않은 한 영국 시인의 일생을 탐구하며 3년이란 세월을 보냈을 뿐이지 별건 아니라고 대답했다.

"여기 우리들에게 시는 필요 없지요. 선생이 농학이나 공학, 아니면 의학을 공부했더라면 훨씬 좋았을 텐데요." 그가 만면에 웃음을 짓고 이렇게 얘기했을 때, 나는 솔직히 치밀어 오르는 화를 누를 길이 없었다. 내가 바로 이 마을 사람인데 이런 나를 제쳐 놓고 우리라는 말을 쓰다니 어처구니가 없었다. 이 방인은 내가 아니라 바로 그 자신이 아닌가! 그는 여전히 내게 친절한 미소를 보냈고, 나는 그의 얼굴에 무언가 유약한 것이 강인함 위로 서서히 번져 가는 것을 볼 수 있었다. 그의 눈은 마치 여인의 눈과도 같이 아름다웠다.

"우리는 일에만 매달리는 농부들이죠. 그렇지만 학문이란 어떤 분야든지 간에 국가의 발전을 위해 꼭 필요한 것이기도 해요."

잠시 침묵이 흘렀다. 내 머릿속에는 여러가지 물음이 꼬리를 물었다. '이 사람의 고향은 어디일까? 왜 이 마을에 정착했을까? 무언가 감추는 게 있는 것 같은데…….' 그러나 나는 잠자코 기다리기로 했다.

결국은 그가 먼저 말을 꺼냈다. "이곳은 정말 살기 좋고 편안한 마을이에요. 마을 사람들도 친절하고 사귀기가 수월하고."

"마을 사람들 모두 선생님에 대해 좋게 이야기하던데요. 저희 할아버지께서도 선생님께서 아주 훌륭하신 분이라고 말씀하셨어요."

그는 할아버지와 만났을 때를 떠올리기라도 하는지 미소를 지었다. 내 말에 무척 흐뭇한 것 같았다.

"선생의 할아버지라……. 아, 그분요. 아흔은 되셨죠. 참 정정하세요. 시선이 날카롭고 치아도 모두 성한 것 같더군요. 나귀 등에도 가볍게 오르시고 새벽이면 댁에서 사원까지 산책하시죠. 그분은 정말 대장부이십니다." 그는 진지하게 이야기했다. 사실 할아버지는 놀라운 분이시다.

그에 대한 궁금증이 풀리기도 전에 그가 말머리를 돌릴까 봐 초조하여-그 정도로 내 호기심은 극에 달해 있었다-생각할 겨를도 없이 말을 내뱉고 말았다.

"하르툼에서 오셨다고 들었는데 그게 사실입니까?"

그는 흠칫 놀랐으며 두 눈에는 당황하는 빛이 역력했지만 곧 능숙하게 평정을 되찾았다.

"사실은 하르툼 근교지요. 하지만 그냥 하르툼이라고들 얘기합니다." 그는 억지로 미소를 띠며 대답했다.

그는 얘기를 계속해야 할지 말아야 할지 망설이는 듯이 잠시 침묵을 지켰다. 눈가에는 처음 그를 만났던 날 보았던 것과 똑 같은 조소의 빛이 어려 있었다. 그는 나를 똑바로 바라보며 말했다.

"하르툼에서 장사를 했었어요. 그러나 이런저런 이유로 농업으로 전업하기로 했지요. 사실 나는 살아오면서 언제나 이런 마을에 안주하기를 꿈꿔왔어요. 이유는 모르겠습니다. 그래서 무작정 배를 타게 된 거죠. 배가 이 마을에 정박했을 때 조용한 이곳이 마음에 들었습니다. 난 속으로 외쳤죠. 이곳이 바로 내가 찾던 그곳이라고요. 그리고 지금 보는 그대로입니다. 이 마을과 주민들에게서 느꼈던 첫인상은 어긋나지 않았지요."

또 잠시 침묵의 시간이 흘렀다. 그는 일어서면서 들에 나가 보아야겠다고 말하고는 이틀 후 저녁 식사에 나를 초대했다.

문밖까지 배웅하러 나갔을 때 그가 인사를 하며 말했다.

"할아버지께서는 비밀을 알고 계시지요." 그의 눈가에 어린 조소의 빛이 한결 명확해졌다.

'할아버지께서 알고 계시는 비밀이라니 그게 뭡니까? 할아버지는 전혀 내색하지 않으시던데요.' 그는 내가 이렇게 물어볼 여유도 주지 않고 성큼성큼 멀어져 갔다. 머리를 왼편으로 비스듬히 기울인 채.

이틀 후 나는 무스타파의 집을 방문했다. 그 집에는 마흐주브와 움다가 와 있었고, 상점 주인인 사이드 그리고 아버지가 함께 계셨다. 우리는 저녁 식사를 함께 하면서 이야기를 나누었지만 무스타파는 좌중의 관심을 끌 만한 아무런 말도 꺼내지 않고, 늘 그랬듯이 묵묵히 듣고만 있었다. 대화는 끊겼고 방과 벽에서 머릿속을 맴돌고 있던 질문들의 해답을 얻기라도 하려는 듯이 나는 주위를 둘러보기 시작했다. 그렇지만 집은 극히 평범했고 우리 마을의 보통 부유층 집들과 비슷했다. 집 구조는 여느 집들과 마찬가지로 크게 두 부분으로 나뉘어 있었다. 한쪽은 여자들만을 위한 거실이고 다른 한쪽은 남자들을 위한 손님 접대용 응접실이며, 응접실 오른쪽 편으로는 직사각형의 붉은 벽돌로 된 방이 하나 있었다. 거기에는 초록색 창문들이 있었고 천장은 보통 평평하게 짓는 데 반해 그 방의 것은 마치 구부러진 쇠등처럼 세모꼴이었다.

나와 마흐주브는 먼저 자리에서 일어났다. 집으로 돌아오는 길에 그에게 무스타파에 대해 물어보았으나 그 역시 별다른 얘기를 해 주지 않았으며, 단지 그는 매우 속이 깊은 사람이라고 알려 주었을 뿐이다.

그 후 나는 아주 행복한 두 달을 보냈다. 그동안 여러 차례 무스타파와 우연히 마주쳤다. 한번은 친구인 마흐주브가 농업 계획위원회 회의에 참석해 달라고 부탁을 했었다. 마흐주브는 그 위원회의 위원장이었고 우리는 어릴 때부터 함께 자란 소꿉친구였다. 회의장에 들어섰을 때 무스타파가 회원들 틈에 앉아 있는 것이 눈에 들어왔다. 논에 물을 대는 문제와 관련해 열띤 토론이 벌어지고 있었다. 회원들 가운데 일부가 정해진 날짜보다 앞당겨서 자기네 논에 물을 댄 것 같았다. 토론은 점차 격렬해지고 서로 언성이 높아지기 시작했다. 그러자 갑자기 무스타파가 벌떡 일어났다. 소란스러웠던 좌중이 잠잠해지고 모두가 조용히 무스타파의 말에 귀를 기울였다. 그는 어떤 계획이든지 제대로 실행하기 위해서는 정해진 규율에 따르는 것이 가장 중요하고, 만약 그렇지 않다면 여러 문제가 서로 뒤엉켜 복잡해지고 결국에는 혼란을 초래하게 된다고 역설했다. 더군다나 이 자리의 회원들은 모두 남의 모범이 되어야 할 사람들이며, 만약 규율을 위반한 사람이 있으면 그도 다른 사람들과 마찬가지로 처벌을 받아야 한다고 주장했다. 말을 마치자 모든 회원은 고개를 끄덕이며 찬성의 뜻을 표했고, 그의 말에 반대했던 사람들까지도 조용해졌다.

그는 확실히 보통 사람과는 다른 면이 있었다. 그는 위원장으로서의 자격도 충분한 듯했으나, 이 고장 출신이 아니라서 위원장으로 선출되지 않은 것 같았다.

　그런 일이 있은 지 일주일이 지난 어느 날 깜짝 놀랄 만한 일이 일어났다. 그날 마흐주브는 나를 데리고 술집에 갔다. 우리가 한창 시끌벅적 떠들고 있을 때 무스타파가 와서는 마흐주브에게 관개 계획 문제와 관련된 이야기를 하려고 했다. 마흐주브가 자리에 앉으라고 권했지만 무스타파는 사양했다. 그러자 마흐주브가 이혼을 하겠다고 맹세하는 것이었다. 나는 다시 한번 그의 미간이 불만으로 찌푸러지는 걸 보았다. 그렇지만 어쩔 수 없는 듯 그는 자리에 앉았다. 그러고는 다시금 이전의 조용한 모습으로 되돌아왔다. 마흐주브가 그에게 술잔을 건네었다. 그는 잔을 받아 들고는 잠시 망설이더니 입에 대지 않고 술잔을 도로 내려놓았다. 그러자 마흐주브가 또다시 맹세를 했다. 어쩔 수 없었던지 무스타파는 잔을 비웠다. 마흐주브는 원래 성미가 급했다. 그래서 그가 무스타파를 난처하게 하지 못하도록 말려야겠다고 생각했다. 무스타파는 원래 이런 자리를 좋아하지 않는 것이 분명했기 때문이다. 그러나 곧 다른 생각이 떠올라서 잠시 두고 지켜보았다. 그는 마시기 싫은 듯 인상을 찌푸리며 마치 쓴 약이라도 먹는 것처럼 한입에 술을 털어 넣었다. 그러나 넉 잔째에 가서는 아주 맛있다는 듯이 천천히 잔을 들어 홀짝이기 시작했다. 그의 두 눈이 꿈꾸는 듯 감기며 머리와 이마, 코에서 느껴졌던 강인함도 완전히 자취를 감추었다. 술과 더불어 그의 눈과 입가에는 부드러움이 감돌았다. 무스타파는 네 잔 다섯 잔 연거푸 잔을 비웠다. 이제는 술을 마시라고 채근할 필요가 없었다. 그렇지만 마흐주브는 여전히 마시지 않으면 이혼하겠다고 외치고 있었다. 무스타파는 몸을 의자에 깊숙이 파묻고 다리를 뻗은 채 양손으로는 술잔을 움켜쥐었다. 그의 취한 두 눈은 내게는 마치 어슴푸레 먼 지평선을 향해 있는 듯이 보였다. 그는 갑자기 영어로 시를 읊조리기 시작했다. 명확한 소리에 부드러운 발음으로. 나는 후에 그 시가 제1차 세계대전에 관한 어떤 시 모음집 속에 들어 있는 내용의 것임을 알게 되었다.

> 그녀들, 플랜더스 여인들은
>
> 잃어버린 자들을 기다리고 있습니다.
>
> 영원히 그 항구를 떠나지 못할 그 사람들을 기다립니다.
>
> 기차도 다시는 그들을 싣고 오지 않을 그 잃어버린 자들을 기다립니다.
>
> 사색이 된 이 여인들의 품 안으로 올 사람들을
>
> 여인들은 잃어버린 자들을 기다립니다.
>
> 칠흑같이 깜깜한 밤, 참호와 바리케이드, 도랑 속에 죽어 누워 있는
>
> 그 잃어버린 자들을 기다립니다.
>
> 여기는 찰링크로스 역, 시간은 한 시를 넘어섰습니다.
>
> 보이는 건 희미한 불빛뿐,
>
> 거기에는 쓰라린 아픔만이 남아 있습니다.

여전히 그는 양손으로 술잔을 움켜쥔 채 긴 한숨을 내쉬었다. 취한 두 눈은 심연의 지평선을 따라 출렁이고 있었다.

갑자기 땅이 갈라지고 악마가 나타나 내 앞에서 두 눈으로 불길을 내뿜었다 해도 이보다 놀라지는 않았을 것이다. 마치 가위에 눌린 것 같은 소름 끼

치는 기분이 나를 엄습해 왔다. 우리가 지금 이렇게 앉아 술을 마시고 있는 것이 실제가 아니라 환각에 지나지 않을 뿐이라는 생각마저 들었다. 나는 벌떡 일어나서 무스타파를 향해 소리쳤다.

"도대체 뭐라고 한 겁니까? 무슨 말을 한 것이냐고요?" 그러나 무스타파는 뭐라 형언할 수 없는 차가운 시선으로 나를 올려다보았다. 조소와 번민이 뒤섞인 듯한 시선이었다. 그러더니 두 손으로 나를 거세게 밀어붙이고는 자리를 박차고 일어나 성큼성큼 밖으로 걸어 나갔다. 고개를 꼿꼿이 든 채. 마치 기계 인간 같았다. 마흐주브는 다른 사람들과 웃고 떠드느라 무슨 일이 있었는지 전혀 알지 못했다.

다음 날 나는 무스타파가 일하고 있는 들에 나가 보았다. 그는 레몬나무 둘레의 땅을 열심히 파내고 있었다. 카키색의 더러운 짧은 바지에 무릎까지 내려오는 흰 셔츠를 입고 얼굴은 흙범벅이었다. 그는 늘 그래 왔듯이 아주 정중하게 인사를 했다.

"레몬과 오렌지가 제법 많이 열렸습니다."

"놀랍군요." 나는 일부러 영어로 말했다.

"네, 뭐라고 하셨죠?" 그는 이상하다는 듯이 나를 쳐다보았다. 나는 다시 한 번 영어로 반복해서 대꾸했다.

"영국에서 오랫동안 공부하면서 아랍 어를 다 잊었나 보군요. 그렇지 않으면 우리가 외국 사람이라도 되었다고 생각하는 겁니까?" 그가 웃으며 물어 왔다.

"하지만 선생님께서도 어젯밤에 영어로 시를 암송하지 않았습니까?"

그의 묵묵부답에 짜증이 일었다. "선생님께는 무언가 비밀이 있는 게 분명하군요. 아니면 어젯밤의 그 사람은 선생님이 아니라 다른 사람이었나요? 사실을 말씀해 주시지요." 그는 내 말에 위협을 느끼지 않는 듯 묵묵히 나무 둘레를 파 나갔다.

"지난밤에 내가 뭐라고 말했는지, 또 무엇을 했는지 잘 모르겠군요."

일을 마치자 손에 묻은 흙을 털며 내 쪽은 쳐다보지도 않은 채 그가 말을 이었다. "술 취해서 한 말에 뭘 그렇게 신경 씁니까? 내가 뭔가를 얘기했다면 아마도 그것은 잠결에 한 말이나 혹은 열에 들떠서 헛소리를 한 것과 다를 바 없을 겁니다. 아무 의미 없는 말이었겠지요. 나는 선생이 보는 그대로입니다. 마을 사람들이 나에 관해 알고 있는 사실과 똑같지요. 하나도 다를 게 없습니다. 또 내게는 감출 만한 것도 없고요."

나는 집으로 돌아왔지만 머릿속은 여전히 복잡했다. 무스타파에게는 무언가 밝히고 싶지 않은 것이 있는 게 분명했다. 어젯밤 내 귀가 잘못되었었나? 그가 영어로 시를 읊은 건 사실이다. 나는 취하지도 졸지도 않았었다. 무스타파가 자리에 앉아서 다리를 뻗은 채 두 손으로 술잔을 쥐고 있는 모습이 생생하게 떠올랐다. 아버지께 여쭤 볼까? 아니, 마흐주브와 이야기해 볼까? 혹시 누군가를 살해하고 감옥에서 도망쳐 나온 건 아닐까? 아니면……. 하지만 이 고장에서 도대체 어떤 비밀이 있을 수 있다는 말인가? 혹시 기억을 못하는 건 아닐까? 사고를 당하거나 충격을 받으면 기억 상실증에 걸린다고 하는데 무스타파가 그런지도 모르지. 결국 나는 한 이삼 일 기다려 봐서 그래도 그가 사실을 털어놓지 않으면 다른 방법을 강구해 보기로 결심했다.

하지만 그리 오래 기다리지 않아도 되었다. 바로 그날 저녁에 무스타파가 나를 찾아왔다. 그는 아버지와 남동생들이 함께 있는 것을 보고는 단둘이서만 이야기했으면 좋겠다고 말했다. 우리는 밖으로 나갔다.

"내일 저녁 우리 집에 들를 수 있겠어요? 얘기하고 싶은 게 있는데요."

"무스타파가 뭐라고 하더냐?" 집에 돌아오자마자 아버지께서 물으셨다. 나는 그가 하르툼에 있는 자신의 토지 소유 계약에 관해 궁금한 것이 있으니 봐 달라고 했다고 말씀드렸다.

다음 날 해 질 무렵 나는 그의 집으로 갔다. 그는 혼자 있었으며, 그의 앞에는 찻주전자가 놓여 있었다. 차를 권했으나 나는 사양했다. 사실 빨리 이야기를 듣고 싶어서 몹시 서둘렀다. 그가 사실을 내게 털어놓기로 결심한 것이 분명했다.

그가 담배를 권했고 나는 담배를 받아 물며 담배 연기를 천천히 내뿜는 그의 얼굴을 유심히 살펴보았다. 차분하면서도 강인해 보였다. 그의 얼굴을 바라보는 동안 그가 살인자일지도 모른다는 생각은 어느덧 사라졌다. 그의 얼굴에는 그런 거친 행동을 했을 만한 어떤 흔적도 엿보이지 않았다. 기억을 잃었다고 하는 편이 오히려 그럴듯했다. 드디어 무스타파가 얘기를 시작했다. 그의 눈가에는 어느 때보다도 명확하게 조소의 빛이 나타났으며, 그 빛은 마치 번갯불처럼 스쳐 지나갔다.

"여태까지 어느 누구에게도 하지 않은 이야기를 해야겠습니다. 지금까지는 굳이 그 이야기를 해야겠다는 필요성을 못 느꼈죠. 하지만 나에 대해 지나치게 비약해서 생각할 것 같아 말하기로 결심했습니다. 더구나 시를 공부하셨다니." 그의 목소리에서 느꼈던 조롱의 빛은 웃음소리에 묻혀 사라졌다.

"실은 선생이 다른 사람들에게 나에 대해 나 자신이 얘기했던 바와는 전혀 다르다고 말하지나 않을까 두려웠어요. 그로 인해서 나와 마을 사람들 사이가 불편해지는 것도 원하지 않고요. 그래서 말인데 부탁 한 가지만 들어주시겠습니까? 오늘 밤 내가 말하는 내용을 어느 누구에게도 얘기하지 않겠다고 선생의 명예를 걸고 약속해 주십시오." 그는 뚫어져라 나를 바라보았다.

"그거야 선생님께서 무슨 말씀을 하시느냐에 달려 있겠지요. 선생님에 대해 아무것도 모르는데 제가 무얼 약속할 수 있겠습니까?"

"내가 말할 내용이 내가 이 마을에 머무르는 데 아무런 영향도 미치지 않으리란 것은 맹세합니다. 나는 지극히 평범하고 온전한 사람이에요. 오로지 이 마을과 주민들이 잘되기만 바라고요."

솔직히 그 순간 나는 조금 망설였다. 하지만 여러 가능성이 있었고 내 호기심도 극에 달했기 때문에 곧 맹세한다고 다짐했다. 그러자 무스타파는 서류 뭉치들을 내밀며 읽어 보라고 했다. 맨 위에 있는 종이를 펴 보니 그것은 그의 출생 증명서였다. 무스타파 사이드, 1898년 8월 16일, 하르툼 출생……. 아버지 사망, 어머니 파티마 압두 앗 사디끄. 그다음 것은 그의 여권이었다. 이름, 출생지, 국적……. 출생증명서와 같았다. 직업은 학생, 여권 발행지는 1916년 카이로였고, 1926년 런던에서 한 차례 갱신한 걸로 되어 있었다.

거기에는 1916년 영국 런던에서 발행된 또 다른 여권이 있었다.

여권을 넘겨 보니 소인이 여러 개 찍혀 있었다. 프랑스, 독일, 중국, 덴마크, 이 모든 것이 점점 내 상상을 자극했다. 나는 더 넘겨 볼 수가 없어서 서류를 덮어 버렸다. 기대를 잔뜩 품고 그를 바라보자 무스타파는 한동안 담배 연기만 내뿜더니 이윽고 이야기를 시작했다.

2

 그것은 아주 긴 이야기이다. 하지만 전부 다 말하지는 않겠다. 별로 중요하지 않은 것도 있을 테고 또 일부는……. 아무튼 중요한 것은 보는 바와 마찬가지로 내가 하르툼에서 태어났다는 사실이다. 내가 태어나기 몇 달 전에 아버지께서 돌아가셨기 때문에 나는 홀어머니 밑에서 자라났다. 아버지께서는 낙타를 타고 다니며 장사를 하셨기 때문에 얼마간의 재산을 남겨 놓고 돌아가셨다. 내게는 형제도 없었다. 때문에 어머니와 단둘이서 생활하는데 그다지 큰 어려움은 없었다. 이제 와 돌이켜 생각해 보니 어머니의 얼굴은 마치 가면과도 같았다. 가느다란 입술은 언제나 굳게 다문 채였고. 글쎄, 해수면과도 같은 두꺼운 가면이라고 할까! 이해할 수 있겠는가? 한 가지 색이 아니라 여러 가지 색이 복합되어 있었다는 의미라고 할 수 있다. 나타났다가는 사라지고 때로는 함께 뒤섞여 나타나기도 했다. 우리는 친척도 없었으며 어머니와 내가 유일한 혈육이었다. 어머니와 나는 길을 걷다가 우연히 마주친 낯선 이방인과도 같았다. 그 낯선 이방인이 어머니였는지 아니면 나였는지는 잘 모르겠다. 우리는 얘기를 많이 하는 편이 아니었다. 이해할 수 없겠지만 나는 늘 정해진 틀 안에 나를 가두어 놓으려는 어떠한 존재-부모 같은-가 없는 완전한 자유인이라고 생각하며 자라났다. 책을 읽고 자고 나가고 들어오며, 밖에서 놀고 거리를 헤매기도 하면서 언제나 내가 하고 싶은 대로 행동했다. 아무도 내게 명령하거나 행동을 제약하지 않았다. 그래서인지 어릴 적부터 나는 내 또래의 아이들과는 무언가 다르다고 생각했다. 나는 어떤 것에도 영향을 받지 않았으며 누구한테 맞아도 울지 않았다. 또 수업 시간에 선생님이 칭찬해 주셔도 좋아하지 않았고 다른 아이들이 아파하는 것에도 아파하지 않았다. 나는 물에 던져도 젖지 않고 땅에 던지면 곧바로 튀어오르는 고무공과도 같았다. 그 당시에 처음으로 학교라는 것이 생겨났다. 하지만 사람들은 대부분 학교에 대해 그다지 좋은 감정을 가지고 있지 않았다.

정부는 전국 방방곡곡에 관리들을 파견했고, 그럴 때면 집집마다 아이들을 숨기느라 부산했다. 그들은 학교가 점령군과 함께 등장한 사악한 것이라고 생각했을 것이다. 어느 날 집 밖에서 동무들과 놀고 있을 때, 제복을 입고 말을 탄 사람이 우리 앞에 와서는 멈춰 섰다. 아이들은 혼비백산해서 도망가고 나는 혼자 남아 말과 그 위에 앉아 있는 관리를 올려다보았다. 그는 이름을 물었고 나는 대답했다. 하지만 나이를 물었을 때 나는 모른다고 대답했다.

"꼬마야! 너 학교에 가서 공부하고 싶지 않니?"

"학교가 뭔데요?"

"나일 강변의 커다란 공원 안에 있는, 벽돌로 지은 아름다운 곳이란다. 종이 울리면 아이들은 교실에 들어가서 읽기와 쓰기와 셈을 배우지."

"그럼 저도 그런 터번을 쓸 수 있는 건가요?" 나는 그의 머리위에 있는 둥근 모양의 터번을 가리켰다.

"이건 터번이 아니고 모자란다." 그는 웃으며 말했다. 그러고는 말에서 내려 내 머리에 자기 모자를 씌워 주었다. 모자는 너무 커서 내 얼굴까지 덮어버렸다.

"네가 자라서 학교를 졸업하고 정부의 관리가 되면 이런 모자를 쓸 수 있단다."

"학교에 가겠어요." 그는 나를 말에 태우고 어딘가로 데리고 갔다. 그 관리가 말한 대로 학교는 나일 강둑에 있는 돌로된 집으로, 나무와 꽃들이 주위를 에워싸고 있는 아름다운 곳이었다. 우리는 앞이 터지고 넓은 소매가 달린 옷을 입고 턱수염을 기른 사람에게로 갔다. 그는 자리에서 일어나 내 머리를 쓰다듬으며 물었다.

"아버지는 어디에 계시니?"

"돌아가셨어요."

"그럼 네 보호자는 누구니?"

"저는 학교에 다니고 싶어요." 그는 상냥하게 나를 바라보더니 등록부에 이름을 기록했다. 그러고 나서 그들이 내게 나이를 물어보았으나 나는 다시 모른다고 대답했다. 그때 종이 울렸고, 나는 그곳에서 나와 한 방으로 들어갔다. 그러자 두 사람이 와서 나를 다른 방으로 데리고 가서는 아이들 틈에 앉혔다. 점심때쯤 되어서야 집으로 돌아왔고 어머니께서는 어디 갔다 왔느냐고 물으셨다. 나는 오전에 있었던 일들을 말씀드렸다. 어머니는 마치 나를 품에 안아 주고 싶은 듯 잠시 바라보셨다. 그때 어머니의 얼굴은 환하게 빛났다. 두 눈은 반짝이고 얄따란 입술은 미소를 지으려는 듯 아니면 무언가 이야기하려는 듯 달싹였다. 하지만 어머니는 아무 말씀도 하지 않으셨다. 그날은 내 생애에서 중요한 전환점이었다. 그리고 그것은 전적으로 내 의지에 따라 내린 첫 번째 결정이었다.

내가 하는 이야기를 다 믿어 달라고는 하지 않겠다. 놀라든 의심을 하든 그건 선생 자유니까. 그것은 아주 오래전 일들이고 지금 보는 바와 같이 아무런 의미도 없는 일들이다. 단지 지금 내 머릿속에 떠올랐기 때문에 이야기하는 것뿐이다. 왜냐하면 어떤 일들은 또 다른 사건을 떠올리게도 하니까 말이다.

중요한 사실은 내가 그 새로운 삶에 혼신의 힘을 쏟았다는 것이다. 나는 얼마 지나지 않아 내 머리가 새로운 것을 배우고 이해하며 암기하는 데 비상한 능력이 있다는 것을 알게 되었다. 책을 읽으면 문장 하나하나가 머릿속에 새겨졌고, 또 복잡한 산수 문제를 풀려고 정신을 집중하면 그 문제는 마치 소금이 물에 녹듯 쉽게 풀리는 것이었다. 나는 단 2주 만에 쓰기 과정을 마쳤고, 아무 어려움 없이 모든 것을 배워 나갔다. 내 이성은 날카로운 칼과 같아 신속하고 냉철하게 모든 것을 처리했다. 선생님들이 놀라거나 급우들이 감탄하고 혹은 시기하는 데에도 아무런 관심이 없었다. 선생님들은 내게 천재라고 말씀하셨고 아이들은 앞다투어 나와 친해지려고 하였다. 그렇지만 나 자신은 내게 주어진 이 놀라운 도구로 인해 정신없이 바빴다. 나는 눈 덮인 빙판과 같이 차갑게 행동했으며 세상의 그 무엇도 나를 흔들어 놓지는 못했다.

나는 제1 과정을 2년 만에 마치고, 중급 학교에서 새로운 수수께끼를 풀어 나가기 시작했다. 거기에는 영어도 포함되어 있었다. 내 두뇌는 쟁기의 보습처럼 계속해서 입질을 하고 잘라 나갔다. 단어와 문장들은 내게 마치 수학의 방정식과 같았고 대수와 기하는 시구절처럼 느껴졌다. 지리 시간에 여행하는 드넓은 세계는 체스판과도 같았다. 2과정이라고 볼 수 있는 중급 단계가 그 당시 우리 나라 교육의 최종 단계였다. 3년 후, 영국인 교장 선생님이 내게 말씀하셨다.

"더는 네게 가르칠 게 없다. 이 나라는 네가 공부하기에는 너무 좁구나. 이집트나 레바논이나 영국에 가서 공부를 계속하는 게 좋겠다."

"저는 카이로에 가고 싶습니다." 나는 즉시 대답했다. 그 후 교장 선생님은 내가 여행을 하고 또 카이로 고등학교에 입학해 정부 장학금을 받을 수 있도록 여러모로 도움을 주셨다. 지금까지 살아오면서 언제 어디를 가든 많은 사람이 내게 도움의 손길을 내밀었다. 하지만 나는 그들에게 특별히 고마워하지도 않았고 당연히 그래야 한다는 듯 그들의 도움을 받고는 했다.

교장 선생님께서 내가 카이로에 가는 데 필요한 모든 준비가 다 되었음을 알려 주시고 나서야 나는 어머니께 이 사실을 말씀드렸다. 어머니는 예의 그 이방인의 낯선 시선으로 나를 바라보셨다. 순간, 입술은 미소를 지으려는 듯이 달싹였으나 곧 다시 굳게 닫혔다. 얼굴도 평상시의 두꺼운, 아니 복합적인 가면 같은 모습으로 되돌아왔다. 어머니는 잠시 자리를 비우시더니 이내 지갑을 가지고 오셨다.

"네 아버지께서 살아 계셨어도 네 스스로 내린 결정에 찬성하셨을 게다. 좋을 대로 하려무나. 유학을 떠나건 이곳에 남건 하고 싶은 대로 해라. 그건 네 삶이고 네 스스로 개척해 나가야 하는 거야. 지갑에 약간의 돈이 있으니 유용하게 쓰도록 해라." 어머니는 내 손에 지갑을 쥐여 주셨다. 그것이 우리의 작별 인사였다. 눈물도, 키스도, 호들갑도 없었다. 두 사람이 함께 길을 걷다가 헤어져 각자의 길로 향하는 것과 다를 바 없었다. 그 후로 다시는 어머니를 뵙지 못했고, 그 말씀이 어머니가 내게 남기신 마지막 말이 되었다. 세월이 흐르고 연륜이 쌓이면서 그때 일을 돌이켜 보며 눈물지은 적도 있었다. 하지만 이제는 아무런 감회도 남아 있지 않다. 나는 조그만 륙색에 짐을 챙겨 들고는 기차에 올랐다. 아무도 내게 손을 흔들어 주지 않았고, 나도 누군가와 헤어지는 게 슬퍼서 눈물을 흘리거나 하지도 않았다. 기차는 황량한 사막을 질주했고, 나는 잠시 뒤로 멀어져 가는 마을을 생각했다. 그 마을은 내가 텐트를 치고 머물렀던 산이었다. 아침이 오면 못을 뽑고 텐트를 접은 뒤 낙타에 안장을 얹고 여행을 계속한다. 기차가 와디할파에 잠시 정차했을 때 카이로에 대해 생각해 보았다. 카이로는 내 고향보다 큰 또 다른 산이다. 나는 그곳에서 하루나 이틀을 보낼 것이고, 그러고는 또 다른 목적지를 향해 여행을 계속하겠지.

기차에서 커다란 금빛 십자가를 목에 두른 신부님이 내 앞자리에 앉아 계셨던 것이 생각난다. 그분은 온화하게 미소를 지으며 내게 영어로 말을 걸었고 나는 영어로 대답했다. 내 이야기를 듣는 순간 그의 동공은 놀라움으로 한없이 커졌으며 얼굴에는 경이의 빛이 역력했다.

"몇 살이니?" 그가 나를 유심히 바라보며 물었다. 사실 당시 내 나이는 열두 살이었지만 그가 얕잡아 볼까 봐 열다섯 살이라고 대답했다.

"어디로 가는 길이니?"

"카이로에 있는 고등학교에 가는 길입니다."

"아니, 너 혼자서?" 나는 그렇다고 대답했다. 그는 다시 한 번 뚫어져라 나를 쳐다보았다. "전 혼자서 여행하는 걸 좋아해요. 겁날 게 뭐 있나요?" 그가 말을 꺼내기 전에 내가 먼저 얘기했다. 그때 신부님이 뭐라고 말을 했지만 그 당시에는 주의 깊게 새겨듣지 않았다.

"영어를 유창하게 잘하는구나." 그가 환하게 웃으며 말했다.

드디어 카이로에 도착했다. 스톡웰 교장 선생님이 내가 도착하는 시간을 미리 알려 주셨는지 로빈슨 씨와 그의 부인이 마중을 나와 있었다. 그는 내게 악수를 청했다.

"오, 네가 사이드로구나. 그래, 여행은 어땠니?"

"좋았습니다, 로빈슨 씨!" 그는 내게 부인을 소개했다. 그러자 그녀는 두 팔로 나를 감싸 안고는 볼에 키스를 했다. 그 순간, 흥분과 소란으로 시끌벅적한 역 플랫폼에서 여인의 두 팔이 내 목을 감싸고, 그녀의 입술이 내 볼 위에, 그녀의 체취인 낯선 유럽의 향기가 코를 간질이고 풍만한 가슴이 나와 밀착해 있는 바로 그 순간, 겨우 열두 살임에도 여태까지 느껴 보지 못했던 성욕이 어렴풋이 일어남을 느꼈다. 내 낙타가 데려다 준 커다란 산인 카이로는 두 팔로 나를 감싸 안고 향수와 체취가 내 후각을 자극하는 로빈슨 부인과 같은 여성임이 분명하다. 밤이면 반딧불처럼 빛을 발하는 로빈슨 부인의 회녹색 두 눈은 내 머릿속에서 바로 카이로의 빛깔과 같았다.

"사이드, 어쩜 너는 기쁨이란 걸 전혀 모르는 사람 같구나." 로빈슨 부인은 내게 이렇게 말하고는 했다. 사실 난 전혀 웃지 않았다.

"넌 어린아이가 너무 이지적이야!" 로빈슨 부인이 웃으며 이야기했다. 올드베리에서 7년형을 언도받았을 때에도 내 머리를 기댈 수 있는 곳은 오직 그녀의 가슴뿐이었다.

"아가야, 착하지 울지 마렴!" 부인은 내 머리를 쓰다듬어 주었다. 로빈슨 씨 부부에게는 아이가 없었다. 로빈슨 씨는 아랍 어를 유창하게 구사했고, 이슬람 사상과 이슬람식 건축 양식에도 큰 관심을 가지고 있었다. 나는 로빈슨 씨 부부와 함께 카이로에 있는 모스크와 박물관, 많은 유적을 구경했다. 카이로에서 그들이 가장 좋아했던 곳은 아즈하르 부근이었다. 우리는 구경을 하며 돌아다니다 지치면 아즈하르 모스크 근처에 있는 카페에 들어가 타마린디를 마셨고, 로빈슨 씨는 알 마아리의 시를 낭송해 주고는 했다. 하지만 그 당시에는 머릿속이 나 자신에 대한 생각만으로 가득 차서 로빈슨 씨 부부가 내게 쏟아붓는 사랑에는 전혀 신경을 쓰지 않았다. 로빈슨 부인의 풍만한 갈색 몸매는 카이로와 멋지게 조화를 이루었으며, 이는 마치 방의 벽면 색깔과 잘 어울리도록 신중하게 골라서 걸어 놓은 한 폭의 멋진 그림과도 같았다. 언젠가 부인의 겨드랑에 난 털을 보고 당황한 적도 있었다. 부인이 내가 당신을 사모했다는 사실을 알고 있었는지도 모르겠다. 언제나 상냥하게 미소 짓고, 어머니가 자식을 대하듯 날 사랑해 주었던 부인이야말로 내가 아는 한 세상에서 가장 달콤한 여성이었다.

나를 실은 배가 알렉산드리아를 출발할 때 난 멀리 부두에서 손수건을 흔들다가 눈물을 훔치는 부인을 바라보았다. 곁에 있던 로빈슨 씨가 허리에 손을 얹고 바라보고 있었다. 먼 거리인데도 그의 푸른 두 눈을 또렷이 볼 수 있었다. 사실 나는 그다지 슬프지 않았고, 나의 모든 관심은 카이로보다 더 큰 산인 런던에 쏠려 있었다. 내가 몇 날 밤을 그곳에서 머무를지는 알 수 없다. 그때 내 나이는 열다섯이었다. 하지만 사람들은 나를 자신감에 찬 의연한 스무 살의 청년으로 보았다. 나는 한껏 부풀어 오른 가죽 부대처럼 들떠 있었다. 학교에서의 보기 드문 성공이 나를 받쳐 주고 있었으며, 내 유일한 무기는 오직 머리에 있는 날카로운 칼이었다. 가슴에는 커다란 납덩이 같은 차갑고 냉철한 감성만이 흐를 뿐이었다. 바닷가를 따라 파도가 밀려오고 배 밑에서는 물결이 출렁이며 푸른 수평선이 사면을 둘러싸고 있는 바로 그 순간, 나는 바다와 나의 넘쳐흐르는 교감을 맛보았다. 저 끝없는 광활한 초록빛 물결이 내 늑골 사이를 관통해 흐르는 것 같았다. 나는 여행하는 동안 내 주위에는 영원히 아무도 없이 나 혼자이며, 그 어디에도 내가 머무를 곳은 없다는 사실을 절실히 깨달았다. 해수면이 잔잔해질 때면 바다는 어머니의 얼굴에서 본 가면처럼 끊임없이 바뀌고 변화하는 또 다른 신기루였다. 또한 그것은 계속해서 소리쳐 나를 부르는 끝없이 펼쳐진 검푸른 빛깔의 사막이었다. 이 낯선 외침이 도버 해협을 건너 런던으로, 결국에는 비극으로 나를 이끌고 갔다. 나는 훗날 귀국할 때에도 같은 길을 택했다. 여행하면서 나는 과연 내게 일어난 일들을 피할 수 있었을까, 나 스스로에게 되묻고는 했었다. 활시위는 팽팽하게 당겨져 있고 화살은 쏘아야만 한다. 진초록으로 뒤덮인 사면을 둘러보았다. 멀리 언덕 끝 자락에 색슨 마을이 보였다. 쇠등처럼 생긴 아치형 지붕들은 모두 붉은색으로 칠해져 있었고 먼지빛 투명한 베일이 언덕 전체를 내리덮고 있었다. 아, 저 넘쳐흐르는 물과 광활한 초록 세계! 이 모든 빛깔! 이 마을의 냄새는 로빈슨 부인의 체취와도 같이 낯설었다. 마을에서 들려오는 모든 소리는 내 귓전에 부드럽게 스치는 새들의 날갯짓처럼 청량하게 들렸다. 이곳은 질서 정연하게 정돈된 세계였다. 집들과 들판과 나무, 이 모든 것이 질서 있게 배치되어 있다. 시냇물 역시 구불구불 굽이쳐 흐르지 않고 인공의 수로를 따라 흐르고 있다. 기차가 몇 분 동안 역에 정차한다. 사람들이 서둘러 오르내리고 나면 이윽고 기차는 움직인다. 시끌 벅적하지도 않다. 나는 잠시 카이로에서의 생활을 돌이켜 보았다. 그다지 복잡하거나 성가신 일은 없었고, 나는 부단히 학업에 정진했었다. 당시 몇 가지 사소한 사건이 있었다. 같이 공부했던 여자 친구가 날 사랑했으나 얼마 안 가서 그 사랑은 증오로 바뀌어 그녀는 나를 미워하기 시작했다.

"당신은 인간이 아니야. 감정이라고는 찾아볼 수 없는 차가운 기계일 뿐이야!" 나는 카이로의 거리거리를 헤매 다녔고 오페라를 관람했으며 극장에도 갔다. 처음으로 헤엄쳐서 나일을 건너기도 했다. 내 가죽 부대가 점점 부풀어 오르고 활시위가 더욱 팽팽해진 것 말고는 아무것도 변한 것은 없다. 화살은 또 다른 미지의 세계를 향해 날아갈 것이다. 나는 기차가 뿜어내는 연기를 바라보았다. 연기는 바람에 실려 계곡에 퍼져 있는 먼지 베일 속으로 사라졌다. 나는 깜빡 잠이 들었고 한 성채의 사원에서 혼자 기도를 드리고 있는 꿈을 꾸었다. 사원 안에는 수천 개의 샹들리에가 빛나고 있었으며 붉은 대리석은 타오르는 듯했다. 기도를 하고 있는 사람은 오직 나 혼자뿐이었다. 잠에서 깨어 보니 어디선가 피어오르는 연기 냄새가 났다. 기차는 어느덧 런던으로 들어서고 있었다. 카이로는 웃음의 도시였으며 로빈슨 부인도 마찬가지였다. 부인은 내가 자신을 로빈슨 부인이 아니라 엘리자베스라고 불러 주기를 원했지만, 나는 언제나 남편의 성을 따라 로빈슨 부인이라고 불렀다. 나는 부인에게서 바흐의 음악과 키츠의 시에 대한 사랑을 배웠고, 또 난생처음으로 마크 트웨인에 관한 얘기도 들었다. 하지만 나는 그 어떤 것도 좋아하지 않았다.

"너는 늘 그렇게 이지적이구나." 로빈슨 부인이 웃으며 말했다. 내 앞에 일어난 이 모든 일을 과연 피해 갈 수 있었을까? 그때 나는 유럽에서 돌아오는 길이었다. 처음 카이로에 갈 때 기차 안에서 만났던 신부님의 말씀이 생각났다.

"애야, 우리는 모두 종국에는 홀로 여행한단다." 그는 가슴 위의 십자가를 어루만지고 있었다. "영어를 유창하게 잘하는구나." 환하게 웃으며 신부님이 말했었다. 하지만 지금 내가 이곳에서 듣는 영어는 학교에서 배웠던 영어와는 달랐다. 이건 살아 있는 소리로, 여기에는 또 다른 울림이 있다. 내 두뇌는 날카로운 칼과도 같았다. 하지만 그 언어는 내가 예전에 사용하던 것이 아니었다. 나는 부단히 연습해서 다시 유창하게 구사하게 되었다. 기차는 나를 싣고 빅토리아 역으로 떠났다. 진 모리스의 세계로.

내가 그녀를 만나기 전에 일어났던 일들은 일종의 전조였다. 또 내가 그녀를 살해한 후 했던 모든 일은 내 변명과도 같은 것이었다. 그녀를 죽이려고 했던 것이 아니라 내 삶을 가득 메우고 있던 허위를 없애려고 했던 것이다. 첼시에서 열린 파티에서 그녀를 처음 만났을 때 내 나이는 스물 다섯이었다. 문을 열고 들어서면 기다란 복도가 홀까지 이어져 있었다. 그녀는 문을 열고서 잠시 머뭇거렸다. 희미한 불빛 아래 서 있는 그녀의 모습은 내게는 사막에서 보았던 빛나는 신기루였다. 그때 나는 몹시 취해 있었고 술잔은 거의 비운 채였다. 내 양옆에 있던 여자들에게 야한 이야기를 들려주자 둘은 요란스럽게 웃어 댔다. 그녀는 오른발에 힘을 주고 우리 쪽으로 걸어왔다. 히프는 왼쪽으로 기울어져 있었다. 그녀는 우리를 똑바로 바라보며 걸어오더니 바로 내 앞에 멈춰 섰다. 나를 내려다보는 눈빛은 차갑고 오만했다. 내가 뭐라고 말을 건네려고 했지만, 그녀는 내 앞을 획 스쳐 지나가 버렸다.

"저 여자는 도대체 누구야?" 나는 옆의 두 여자에게 물었다.

그 당시 런던은 전쟁과 빅토리아 시대의 중압감으로부터 벗어나 있었다.

나는 첼시의 바와 햄스테드, 블룸즈베리의 클럽들에서 많은 시간을 보냈다. 나는 시를 읊고 종교와 철학을 논하고 그림을 비평하고 동양의 사상을 이야기했다. 한 여인을 나의 침대로 끌어들일 때까지 나는 이 모든 과정을 거쳤다. 그리고 나서는 또 다른 먹이를 찾아 나섰다. 로빈슨 부인이 말했던 것처럼 내게는 한 방울의 기쁨도 없었다. 구세군 여성과 퀘이커파, 페이비언 협회 회원 등 수많은 여성을 내 침대로 데리고 갔다. 그 후 진 모리스를 다시 만났을때 그녀는 내게 말했다.

"추악한 사람! 여태껏 살아오면서 당신같이 추한 사람은 처음 봤어요." 뭐라 대꾸하려 했지만 내가 미처 입을 떼기도 전에 그녀는 돌아서 가 버렸다. 그때 나는 몹시 취했었는데 언젠가는 그녀에게 톡톡하게 대가를 치르게 해 주겠다고 맹세했다. 정신이 들어 눈을 떠 보니 앤 하몬드가 내 옆에 누워 있었다. 어찌하여 그녀가 내게 왔을까? 그녀의 아버지는 왕실 장교였고 어머니는 리버풀에 있는 부유한 집안 출신이었다. 그녀는 아주 손쉬운 먹이였다. 처음 그녀를 만났을 때 그녀는 스무 살이 채 되지 않았고 옥스퍼드에서 동양어를 전공하고 있는 학생이었다. 그녀는 항상 활기가 넘쳤고 명랑하고 총명해 보였으며, 두 눈은 언제나 호기심으로 반짝거렸다. 그녀는 내게서 보이는 어둑어둑한 황혼 무렵의 분위기를 여명으로 보았다. 또 나와는 정반대로 열대의 기후와 강렬한 태양, 진홍빛 지평선을 열망했다. 그녀의 눈에는 내가 이 모든 동경에 대한 하나의 상징처럼 비쳤다. 나는 북쪽과 얼음을 동경하는 남쪽이었다. 앤 하몬드는 어린 시절을 수녀 학교에서 보냈다. 그녀의 숙모는 의회 의원의 부인이었다. 침대에서 나는 그녀를 창녀로 만들었다. 내 침실은 공원을 내려다보고 있는 무덤이었다. 침실의 커튼은 정성껏

고른 장밋빛이었고, 바닥에는 포근한 비단 카펫이 깔려 있으며 널따란 침대 위에는 타조의 깃털로 속을 채워 넣은 베개가 놓여 있었다. 붉은빛, 푸른빛, 보랏빛 등 색색의 조그만 전구들은 방 구석구석에서 빛나고 있었다.

사방은 커다란 거울에 둘러싸여 한 여자와 잠자리에 들 때에도 마치 수많은 여인과 한자리에 누워 있는 것처럼 보였다. 방에는 백단향과 향목 태우는 향기가 가득했으며, 욕실에도 향이 강한 동양의 향수와 로션, 오일, 파우더, 알약들을 구비해 놓았다. 내 침실은 병원의 수술실과도 같았다. 모든 여성의 깊은 곳에는 잔잔한 호수가 있으며, 나는 그것을 어떻게 휘저어야 하는지 알고 있었다. 어느 날 사람들이 가스를 맡고 자살한 그녀를 발견했다. 곁에는 내 이름이 쓰인 작은 쪽지가 놓여 있었다.

"사이드, 신의 저주가 내리길!" 내 이성은 날카로운 칼과 같았다. 기차는 나를 싣고 빅토리아 역으로 떠났다. 진 모리스의 세계로.

런던 대법정에서 변호사들이 나를 위해 수주일 동안 변론하는 것을 들었다. 하지만 그것은 마치 나와는 아무런 상관이 없는 다른 누군가에 대해 얘기하는 것과도 같았다. 검사 아서 힌긴스 경은 뛰어난 지성의 소유자로 옥스퍼드 대학에서 형법을 가르쳤으며, 나는 한때 그의 강의를 들었다. 뿐만 아니라 나는 전에도 바로 이 법정에서 그를 보았다. 그는 피고인들을 꼼짝 못하게 옥죄었고 아무도 그의 손아귀에서 빠져나올 수 없었다. 그의 심문이 끝나면 눈물을 흘리거나 심지어는 기절하는 피고인들을 이 법정에서 본 적도 있다. 하지만 그런 검사도 이번만은 소장과 씨름을 해야 했다.

"앤 하몬드가 자살한 원인은 당신에게 있지요?"

"모르겠습니다."

"셸라 그린우드는?"

"모르겠습니다."

"이자벨라 세이모어도?"

"모르겠습니다."

"진 모리스를 살해했지요?"

"네."

"고의로 살해했나요?"

"네."

그의 목소리는 마치 다른 세계에서 울려 나오는 듯 나의 두 귀를 멍하게 했다. 검사는 계속해서 두 처녀를 자살하게 만들고 한 유부녀를 파멸로 이끌었으며, 자기 아내를 살해한 아주 이기적인 남자, 아니 살면서 오로지 자신의 쾌락만을 추구하는 늑대 인간의 잔악한 모습을 그럴싸하게 그려 나갔다. 맥스웰 포스터킨 교수는 내가 교수형을 언도받지 않도록 열심히 변호하였지만 그 변호를 들으며 앉아 있는 순간, 나는 무의식중에 일어나서 법정에다 대고 소리치고 싶은 생각에 휩싸였다.

'나 무스타파 사이드는 실체가 아닙니다. 단지 환영이며 거짓일 뿐이에요. 그 허위를 사형에 처해 주시기 바랍니다.' 그러나 나는 사그라지는 잿더미처럼 말없이 앉아 있었다. 맥스웰 포스터킨 교수는 계속해서 광적인 어느 한 순간에 살인을 저질러 버린 천재의 이성에 대해 나름대로의 독특한 해석을 펴 나갔다. 그러고는 스물넷밖에 안 된 내가 어떻게 런던 대학의 강사로 임용될 수 있었는지 설명했다. 또 앤 하몬드와 셸라 그린우드는 어떻게 해서

든 죽으려고 했었으며 설혹 무스타파를 만나지 않았더라도 자살했을 거라고 말했다.

"배심원 여러분! 무스타파 사이드는 훌륭한 인물로 그의 이성은 서구 문명을 수용했습니다. 하지만 서구 문명이 그의 마음을 짓밟아 놓은 겁니다. 무스타파 사이드는 결코 그 두 여인을 살해하지 않았습니다. 범인은 바로 천 년 전부터 그 두 여인에게 전염되어 있었던 불치의 병균입니다!" 나는 자리에서 일어나 그들에게 진실을 말해야겠다고 생각했다. '그건 거짓입니다. 단지 꾸며 낸 이야기일 뿐이에요. 내가 바로 그 두 여인을 살해한 진범입니다. 나는 메마른 사막입니다. 나는 오셀로가 아니에요. 나는 사기꾼입니다. 나를 교수형에 처해서 그 허위를 죽여 주십시오!' 그렇지만 포스터킨 교수는 법정을 두 세계 간의 싸움터로 만들었으며, 나는 그 와중에서 생겨난 피해자들 가운데 한 사람일 뿐이라고 주장했다. 기차는 나를 싣고 빅토리아 역으로 향했다. 진 모리스의 세계로.

나는 3년 동안 그녀를 쫓아다녔다. 활시위는 날이 갈수록 팽팽해져만 갔다. 내 가죽 부대는 공기로 점점 부풀어 오르고 대상은 목마름에 울부짖는다. 갈망의 황야에서 헤매고 있는 내 앞에 신기루가 찬연히 그 빛을 발하고 있다. 활은 이미 조준되었고 비극을 피할 길이 없다. 어느 날 그녀는 내게 말했다. "당신은 아무리 쫓아도 지치지 않는 거센 들소 같군요. 당신이 그렇게 쫓아다니는 것에도, 내가 도망 다니는 것에도 이젠 지쳤어요. 우리 결혼해요." 이렇게 해서 나는 그녀와 결혼했다. 내 침실은 전쟁터가 되었고, 침대는 지옥의 한 부분이었다. 나는 그녀를 소유하려고 했으나 그녀는 마치 뜬구름 같았고, 유성과 동침하는 것 같았다. 아니, 마치 프러시아의 군가에 맞춰 말 등에 올라탄 것 같기도 했다. 그녀의 입가에는 끊임없이 씁쓸한 미소가 어려 있었다. 나는 활과 창, 칼, 화살을 들고 전투에 임하느라 온밤을 꼬박 지새웠다. 그리고 아침이 밝아 오면 그녀는 여전히 쓰디쓴 미소만 짓고 있다. 그러면 나는 또다시 그녀와의 전쟁에서 패했음을 깨달았다. 나는 그녀가 시장에서 1디나르를 주고 산 노예 샤흐라야르와 같았다. 역병이 몰아닥쳐 폐허가 된 마을에서 구걸하고 있는 샤흐라야르를 그녀는 우연히 만난 것이다. 낮에는 케인스와 토니의 이론에 파묻혀 보냈고, 밤이 되면 활과 창, 칼, 화살을 들고 그녀와의 전쟁을 계속했다. 나는 군인들이 참호와 기생충, 전염병이 만연한 전쟁터에서 두려움에 가득 차 귀환하는 것을 보았다. 또 그들이 바르샤바 조약을 맺어 차기전의 씨앗을 심어 놓는 것을 보았고, 공공복지국가의 기초를 다져 놓은 로이드조지를 보았다. 도시는 상징과 어렴풋한 호소를 담고 있는 신비로운 여인의 모습으로 변화했다. 나는 낙타를 타고 그녀의 내부로 돌진해 들어갔다. 정말이지 그녀에 대한 욕망으로 거의 미칠 듯했다. 내 침실은 슬픔의 샘이요 역병균이 우글거리는 곳이다. 그 적은 이미 천 년 전부터 그녀들에게 침투해 있었다. 나는 단지 숨어 있는 균을 자극해서 억제할 수 없도록 하고, 결국에는 자멸하도록 조종했을 뿐이다. 레스터 스퀘어 극장에는 진실한 사랑과 기쁨의 노래가 울려 퍼졌으나, 나는 그곳에 모인 사람들과 함께 공감하지 못했다. 셀라 그린우드에게 자살할 용기가 있으리라고 그 누가 생각이나 했을까? 그녀는 소호에 있는 한 레스토랑의 웨이트리스였으며, 언제나 상냥하게 미소 지으며 부드럽게 이야기하던 순진한 여자였다. 그녀의 가족은 헐 시 근교의 시골 사람들이었다. 나는 그

시골 처녀를 선물과 달콤한 속삭임으로 유혹했다. 사물을 대하는 나의 직관력에 그녀는 현혹되었고 점차 내 새로운 세계로 빠져들었다. 백단향과 향목 냄새는 그녀에게 현기증을 일으켰다. 그녀는 내가 자기를 낚기 위해 올가미로 목에 걸어 준 상아 목걸이를 만지작거리며 거울 앞에 서서는 그런 자신의 모습을 보고 한동안 즐거워했다. 그녀는 순결한 처녀로 내 방에 들어왔으나 나갈 때에는 이미 병균이 온 혈관에 흐르고 있었다. 그녀는 아무런 말도 남기지 않고 죽었다. 판에 박은 듯한 말들로 가득 찬 내 창고는 바닥날 줄 몰랐다. 나는 어느 때건 그 상황에 알맞은 말로 둘러대었다.

"1922년 9월에서 23년 2월 사이에 다섯 여인과 동거했다는 것이 사실입니까?"

"네."

"다섯 여인 모두에게 그들과 결혼할 것처럼 얘기했죠?"

"네."

"당신은 매번 다른 이름을 사용했지요?"

"네."

"하산, 찰스, 아민, 무스타파, 리처드. 이상이 당신이 사용했던 이름들 맞죠?"

"네."

"그러면서도 계속해서 글을 쓰고, 숫자가 아니라 사랑에 기초를 둔 경제학을 강의했다고요? 경제학에서도 인간성을 부르짖음으로써 명성을 쌓은 게 맞습니까?"

"네."

30년, 공원의 버드나무는 흰빛에서 초록으로, 그러고는 황금빛으로 물들어 갔고 뻐꾸기는 해마다 봄을 노래했다. 앨버트 홀은 매일 밤 베토벤과 바흐의 찬미자들로 장사진을 이루었다. 인쇄소에선 수천 권의 예술과 사상 관련 서적이 쏟아져 나왔다. 로열 코트와 헤이 마켓에서는 버나드 쇼의 희곡들이 무대에 올려지고 이디스 시트웰은 시를 읊고, 프린스 오브 웨일스 극장은 젊음과 밝은 빛들로 넘쳐흘렀다. 번마우스와 브라이튼의 해변가에는 밀물과 썰물이 끊임없이 교차하고, 호수 지방에는 매년 꽃들이 피고 진다. 호수 지방은 때로는 기쁘고 때로는 슬프기도 한 달콤한 곡조와도 같았으며, 계절이 바뀌면서 내 신기루도 변해 갔다. 30년, 나는 이 모든 것의 일부였으며 그 속에서 생활했지만, 거기에서 진정한 아름다움을 느끼지 못했고 단지 매일 밤 내 침대를 채우는 데만 관심을 쏟았다.

그렇다. 그해 여름, 사람들은 그런 무더위는 10년 만에 처음이라고 이야기했다. 토요일, 후끈후끈한 공기를 들이마시며 집을 나섰다. 그날은 무언가 훌륭한 먹이를 낚을 수 있을거라는 생각이 들었다. 나는 하이드 파크에 있는 연설 광장에 이르렀다. 광장은 모여든 사람들로 몹시 붐볐다. 서인도 제도 출신의 연사가 인종 문제에 대해 이야기하고 있었다. 연설을 들으려고 멀찌감치 자리를 잡고 섰을 때였다. 연사의 이야기를 듣기 위해 발돋움을 하고 목을 길게 늘여 빼고 있는 여자의 모습이 시야에 들어왔다. 미니스커트 아래로 늘씬하게 뻗은 구릿빛 다리가 보였다. 그래, 이거야말로 내 먹이로군! 배가 폭포를 향해 조심스레 흘러가듯이 나는 그녀에게로 다가가 체온을 느낄 수 있을 정도로 바로 뒤에 섰다. 그러고는 그녀의 체취를 들이마셨다. 카이로 역에서 나를 맞이했던 로빈슨 부인의 바로 그 향기를……. 그러자 갑자기 그녀가 뒤를 돌아다보았다. 나는 미소를 지어 보였다. 앞으로의 일은 알 수 없었지만, 결코 이 기회를 헛되이 날려 버리지는 않으리라고 다짐했다. 그녀의 얼굴에 나타난 놀라움이 적의로 바뀌지 않도록 하기 위해 웃어 보이자 그녀도 나를 따라 미소를 지었다. 15분 정도 그녀의 옆에 서서 연사의 이야기를 들으며 그녀가 웃으면 나도 함께 웃었다. 나는 그녀가 내 웃음에 동화될 정도로 커다란 소리로 웃었다. 우리는 마치 사이좋게 나란히 달리는 한 쌍의 준마 같았다. 그 순간 전혀 낯선 목소리가 내 입에서 흘러나왔다.

"소란스럽고 무더운 이곳을 벗어나 어디 조용한 곳에 가서 차 한 잔 하시지 않겠습니까?" 그녀는 흠칫 놀라며 돌아보았고, 나는 티 없이 밝고 순진하게 웃었다. 그 놀라움이 호기심으로 변하기를 기대하면서 그녀의 얼굴을 찬찬히 뜯어보았다. 그녀의 얼굴에 나타난 특징들은 내 만족감을 더해 주었고, 이 여자야말로 내 먹이라는 생각이 더욱 확실해졌다. 나는 도박사의 직감으로 지금이 결정적인 순간임을 알았다. 이 순간에는 모든 것이 가능했다.

"그러죠, 뭐 어려울 거 있겠어요?" 내 미소는 기쁨으로 바뀌었고 솟아오르는 기쁨을 가까스로 억제할 수 있었다. 우리는 함께 길을 걸었다. 7월의 태양 아래에서 눈부시게 빛을 발하고 있는 그녀는 환희와 신비의 도시였다. 그녀의 자유분방한 웃음이 마음에 들었다. 그녀는 두려움을 모르고 기쁨과 호기심에 가득한 생을 살아 나가는 여성이었으며, 유럽에서 쉽게 찾아볼 수 있는 유형의 여성이었다. 나는 메마른 사막이었고 미칠 듯한 욕망의 황야였다. 차를 마시며 그녀는 나의 고향에 대해서 물었다. 나는 황금빛 모래사막과 유럽에는 없는 맹수들이 포효하는 정글에 대해 한껏 과장해서 들려주었다. 우리 나라 수도의 거리에는 코끼리와 사자가 울부짖으며, 낮잠 자는 시간이면 악어가 기어 나온다고 했다. 그녀는 반은 진실이고 반은 꾸며 낸 내 이야기를 들으며 웃다가는 놀라서 두 눈을 감기도 하고 또 양 볼을 발갛게 물들이기도 하며 때로는 말없이 귀 기울이기도 했다. 그녀의 두 눈에는 기독교도의 동정의 빛이 역력했다. 드디어 그녀의 눈에 내가 한 손에는 창을, 다른 한 손에는 활을 쥐고 사자와 코끼리를 사냥하는 태초의 벌거벗은 인간으로 비치기 시작한 듯했다. 그것은 좋은 현상이다. 호기심은 즐거움으로 바뀌고 그 즐거움은 다시 동정으로 변하며 그때 내가 그녀의 내부에 있는 잔잔한 연못을 휘저어 놓기만 하면, 그 동정은 언제든지 내가 원하는 대로 팽팽한 현으로 연주할 수 있는 욕망으로 변할 것이다.

"당신은 아프리카 사람인가요, 아니면 아시아 사람인가요?"

"전 오셀로와 같아요. 아랍계 아시아인입니다."

"맞아요. 당신 코는 사진에서 본 아랍인들 코를 닮았어요. 하지만 머리카락은 아랍 사람들처럼 새카맣고 부드럽지는 않군요."

"네, 그렇습니다. 제 얼굴은 루브 알 칼리 사막과 같은 아랍인의 얼굴이죠. 머리는 개구쟁이 시절을 보낸 아프리카인의 머리고요."

"어쩜, 당신은 특이하게도 사물을 묘사하는군요." 그녀는 웃으며 말했다.

화제는 나의 가족에게로 옮겨갔다. 이번에는 사실대로 일가친척도 없는 고아라고 말했다. 그러고는 다시 거짓말을 시작했다. 나는 어떻게 해서 부모님을 여의게 되었는지 그녀가 눈물을 쏟을 정도로 적나라하게 설명을 해 주었다. 내가 여섯 살이었을 때 부모님께서 나일 강을 건너던 중 배가 가라앉는 바람에 함께 타고 가던 서른여섯 명과 같이 익사했다고 꾸며 낸 것이다. 이때 동정보다 더 바람직한 현상이 나타났다. 사실 이러한 상황에서의 동정이란 결과가 불확실한 감정에 지나지 않는다. 그녀는 두 눈을 빛내며 흥분해서 소리쳤다.

"나, 일, 이라고요?"

"네, 나일 강 말입니다."

"그럼 나일 강 근처에서 살았단 말인가요?"

"물론이죠. 저희 집은 나일 강둑에 있었어요. 저는 밤에 자다가 깨면 침대에 누운 채 창을 열고는 손을 내밀어 잠이 들 때까지 물장난을 하고는 했어요."

무스타파, 그 새는 드디어 덫에 걸려들었다! 신성한 독사인 나일은 새로운 제물을 얻었다. 도시는 여성으로 변했다. 내가 산 정상에 올라 텐트를 치고 말뚝을 박을 때까지는 하루나 일주일이 채 걸리지 않을 것이다. 하지만 부인, 당신은 모를 겁니다! 그대가 카나본이 투탕카멘 묘에 들어갔을 때처럼 어디에서 왔는지조차도 모르는 역병에 걸렸다는 사실을. 그리고 그 병은 머지않아 당신을 죽음으로 인도할 겁니다. 판에 박은 듯한 말들로 들어찬 내 창고는 바닥날 줄 몰랐다. 어느때건 나는 그 상황에 맞는 말을 둘러대었다. 이제 대화의 주도권이 내 손으로 넘어왔음을 느낄 수 있었다. 유순한 망아지를 다루는 기수처럼 내가 고삐를 잡아당기면 그녀는 멈추고, 흔들면 다시 달린다. 오른쪽이든 북쪽이든 이제는 내가 원하는 대로 따라 움직인다.

"아니, 어느새 두 시간이 흘렀군요. 오랜만에 이렇게 즐거운 시간을 가져봅니다. 하지만 아직도 주고받을 이야기가 많이 남아 있는 것 같군요. 부인도 물론 그러시겠죠. 함께 걸으며 얘기를 계속할까요?"

그녀는 잠시 침묵을 지켰으나, 조리개 아래에 숨어 있는 사탄의 감흥으로 상황의 주도권이 내게로 넘어왔음을 감지한 나는 초조해하지 않았다. 그녀가 결코 싫다고 말하지는 않을 테니까.

"정말 놀라운 인연이에요. 처음 만난 낯선 남자가 나를 초대하다니. 있을 수 없는 일이에요. 하지만……." 그녀는 잠자코 있더니 이윽고 대답했다.

"네, 그렇게 하지요. 보아하니 식인종 같지는 않으니 말예요."

"염려하지 마십시오. 이제 곧 제가 이빨이 모두 빠진 노쇠한 악어라는 것을 알게 되실 겁니다." 내 마음속에서는 기쁨의 물결이 출렁였다.

"설사 부인께서 원하신다 해도 부인을 잡아먹을 수 있을 만큼 강하지는 못할 겁니다." 내가 적어도 열다섯 살 정도는 더 어려 보였다. 그녀는 사십 줄에 들어선 듯 보였으며, 세월과 더불어 그녀가 겪었을 풍파는 그녀의 몸에 주름살로 각인되어 있었다. 이마와 입가에 잡혀 있는 잔주름들은 그녀가 늙었다기보다는 무르익었다는 걸 나타내고 있다. 그렇지만 나는 그녀의 이름만을 물었을 뿐이다.

"이자벨라 세이모어." 나는 배를 먹을 때처럼 입안 가득 굴려 가며 그녀의 이름을 두 번 반복해서 불러 보았다.

"당신 이름은 뭐지요?"

"전, 음…… 아민, 아민 하산입니다."

"그럼 이제부터는 하산이라고 부르겠어요."

음식을 먹고 포도주를 마시면서 그녀의 표정은 점차로 풀어져 갔고, 자신이 세상을 향해 느끼는 사랑을 온통 내게로 쏟아부었다. 그렇지만 나는 세상에 대한 그녀의 사랑이나 간혹 가다 그녀의 얼굴을 스치고 지나가는 슬픔의 그림자 따위에는 아무런 관심도 없었고, 오로지 그녀가 웃을 때면 언뜻 보이는 붉은 혀와 도톰한 입술을 바라보며 그 안에 숨어 있을 신비로움을 생각하는 데만 정신을 쏟았다.

"삶은 고통으로 가득 차 있어요. 하지만 우리는 이를 극복해야만 하고 용감하게 맞서야 해요." 그녀는 이렇게 이야기하고 있었지만 나는 그녀의 벗은 몸을 그려 보고 있었다.

그렇다. 나는 지금 평범한 인간의 입에서 나온 지극히 평범한 저 지혜야말로 모든 이에게 구원의 희망이라는 것을 깨달았다. 나무는 그저 쑥쑥 자라고 선생의 할아버지도 그렇게 평범하게 살다가 가실 것입니다. 그것이 바로 비밀이다. 부인, 당신 말이 옳아요. 용기와 낙관. 그러나 약자도 땅을 물려받고, 군대가 해산되고, 늑대 곁에서 어린양들이 평화롭게 풀을 뜯으며, 강에서는 어린아이들과 악어가 공놀이를 할 수 있는, 그런 행복과 사랑이 가득 찬 시대가 올 때까지 나는 계속해서 이런 우회적인 방법으로 나 자신을 표현할 겁니다. 그리고 숨 가쁘게 산 정상에 오르고 나면 깃발을 꽂고 호흡을 가다듬은 후에 휴식을 취할 겁니다. 부인, 그것이 내게는 사랑과 행복보다도 더욱 커다란 즐거움입니다. 그러나 암초에 부딪쳐 부서진 배를 집어삼키는 바다나 나무를 두 동강 내 버리는 뇌성처럼 당신을 해롭게 하지는 않을 겁니다. 뇌리에서 맴돌던 이런 생각은 그녀의 오른팔 손목 부근에 난 짧은 털로 모여들었다. 그녀의 양팔에 돋아난 털은 일반적으로 다른 여성들의 그것보다 더 굵은 듯 보였다. 그리고 이러한 생각은 또 다른 털로 나의 상상을 이끌어 갔다. 그건 분명 냇가에 돋아난 삼처럼 풍부하고 부드러울 것이다. 이러한 내 상상이 전달되기라도 한 듯 그녀는 별안간 자세를 고쳐 앉으며 말했다.

"슬퍼 보이는군요."

"제가 슬퍼 보인다고요? 천만에요. 그 반댑니다. 전 지금 아주 기쁜걸요."
그녀는 다시금 그윽한 눈길을 보내며 손을 내밀어 내 손을 꼭 쥐었다.

"제 어머니가 스페인 분이라는 거 알아요?"

"그래요! 그렇다면 이제야 모든 걸 설명할 수 있겠군요. 우리가 이렇게 우
연히 만났지만, 마치 수세기 전부터 서로 잘 알고 있었던 것처럼 자연스럽
게 서로를 이해할 수 있었던 게 바로 그 때문이었던 거예요. 저희 선조 가운
데 한 분이 타리크 븐 지야드 장군이 지휘한 군대의 병사였던 것이 분명합
니다. 그리고 그분은 세비야의 한 과수원에서 포도를 따고 있던 부인의 조
상을 만난 겁니다. 분명 두 사람은 처음 본 순간 서로 사랑에 빠졌을 거예요.
둘이는 한동안 함께 살다가 저희 선조가 여인을 남겨 둔 채 아프리카로 간
거죠. 그곳에서 그는 다른 여자와 결혼을 했지요. 저는 그분의 후손으로 아
프리카에서 태어났고 부인께서는 스페인에서 그녀의 자손으로 태어난거고
요."

이러한 대화와 희미한 불빛, 향기로운 포도주에 그녀는 매우 행복해했다.
그녀는 숨이 넘어갈 듯이 깔깔거리며 말했다.

"이런 악마!"

나는 잠시 아랍 병사와 스페인 여인의 만남을 상상해 보았다. 이자벨라
세이모어와 마주 앉아 있는 지금 이 순간의 나와 같이. 열대의 목마름은 북
으로 향한 역사의 길목마다에 흩어져 있다. 그렇지만 나는 결코 영광을 추
구하지 않으며, 그 또한 나와 마찬가지로 영광을 추구하지 않는다.

욕망이라는 열병 속에 한 달이 흐른 후 나는 드디어 내 방문 열쇠를 돌렸다. 풍요로운 스페인인 그녀는 내 옆에 있었다. 문을 연 후 나는 짧은 복도를 지나 침실로 그녀를 이끌었다. 비단과 강렬한 향목 내음이 그녀를 휘감았고, 그녀의 폐에는 향수가 가득 들어찼다. 하지만 그 향기가 자신을 죽음으로 이끌고 가리라고는 그녀 자신 상상도 하지 못했다. 그때 나는 팔을 뻗으면 닿을 수 있을 정도로 정상 가까이 다가가 있었지만 비극적인 적막감에 둘러싸여 있었다. 심장의 박동과 열기, 그리고 근육의 긴장은 환자의 배를 째는 외과의처럼 침착하게 변했다. 둘이서 침실로 향하며 함께 걸었던 짧은 복도는 그녀에게는 너그러움과 사랑의 향내가 가득한 빛의 길이었으나, 나에게는 이기주의의 정상을 향해 내딛는 마지막 발걸음이었다. 나는 침대 끝에 걸터앉아 이 순간을 머릿속에 담아 두기라도 하려는 듯이 잠시 행동을 멈추었다. 장밋빛 커튼과 커다란 거울, 방 구석구석에서 희미하게 뿜어져 나오는 전구 불빛 하나하나를 찬찬히 뜯어보았고 드디어는 내 앞에 있는 완벽한 청동 조상에게 시선이 멎었다. 우리는 비극의 정상에 있었고 그녀는 무력하게 외쳤다.

"안 돼, 안 돼요!" 하지만 당신이 안된다고 해봐야 이제는 아무런 소용이 없어. 첫발을 내딛기 전에는 그만둘 수 있지만 이제는 이미 그 중요한 순간을 놓쳐 버린 거지. 내가 돌연 당신을 붙들었을 때, 그땐 "안 돼!"라고 말할 수 있었지. 하지만 지금은 모든 인간을 쓸어버린 사건의 흐름 속에 당신도 휩쓸리게 된 거야. 당신은 이제 아무것도 마음대로 할 수 없어. 모든 인간이 첫발을 내딛기 전에 한 번 더 돌이켜 생각할 줄만 알았어도 많은 것이 달라졌을 텐데. 태양이 수백만 인류의 심장을 사막에 흩어진 모래로 만들어 버리고 나이팅게일의 목구멍을 갈증으로 타오르게 한다고 해서 사악하다고 말할 수 있을까? 나는 잠시 망설이며 손바닥으로 그녀의 부드러운 목을 어루만졌다. 그러고는 그녀의 감성의 샘에 입을 맞추었다. 그녀를 애무하고 키스를 퍼부을 때마다 나는 그녀의 근육이 서서히 이완되고 얼굴이 빛나며, 두 눈에서는 순간적으로 불꽃이 번쩍이는 것을 느꼈다. 그녀는 나를 실체가 아니라 하나의 상징으로 보는 듯 오랫동안 들여다보았다.

"사랑해요." 그녀는 항복해 애원하는 어조로 내게 말했다. 내 의식의 밑바닥에서는 이에 대답해 그만 멈추라고 힘없이 외치고 있었다. 하지만 정상은 이미 몇 발자국 앞으로 다가왔다. 정복한 후에는 숨을 가다듬고 휴식을 취하겠지. 우리가 고통의 정점에 다다르자, 사막 한가운데에 있는 염천에서 피어오르는 수증기처럼 아득히 멀고 오랜 기억의 뭉게구름이 내 머릿속을 스쳐 지나갔다. 그녀는 괴로움에 몸부림치며 울음을 터뜨렸고, 나는 긴장과 흥분 속에서 잠에 빠져들었다.

3

푹푹 찌는 듯이 무더운 7월의 어느 날 밤이었다. 그해 나일은 범람했다. 그러한 범람은 이삼십 년마다 일어나고는 해서 아버지들이 자식들에게 전설처럼 얘기해 주고는 했던 것이었다. 넘쳐흐르는 물은 강 양쪽 둑을 따라 뻗어 나간 땅과 집들이 있는 사막 한끝까지 삼켜 버렸다. 들판은 물 한가운데에 섬처럼 동그마니 떠 있었다. 마을 남자들은 조그만 배를 타거나 헤엄쳐서 집과 들을 왔다 갔다 했다. 무스타파 사이드는 내가 알기로는 수영을 잘했다. 그 당시 나는 하르툼에 있었는데 후에 아버지께서 전해 주시기를 저녁 예배를 보고 난 후쯤이었는데 마을 어디에선가 여자의 비명 소리가 들려왔다고 한다. 마을 사람들이 부랴부랴 소리 난 곳으로 달려가 보니 무스타파 사이드의 집이었다. 그는 보통 해 질 무렵에 돌아오고는 했는데 부인이 아무리 기다려도 그가 돌아오지 않았다는 것이다. 그녀는 그에 대해 물으며 여기저기 돌아다녔다. 사람들이 들에서 그를 보았다고 말했으며, 일부는 남은 사람들과 함께 그가 돌아올 것이라고 생각했다는 것이다. 마을 전체가 발칵 뒤집혔다. 남자들은 램프를 손에 들고 강가를 뒤졌으며, 일부는 배를 타고 나가 찾아보았다. 마을 사람들이 밤새도록 그를 찾았지만 아무런 소용이 없었다. 나일 강가 전역의 경찰서는 물론 카르마에까지도 전화로 신고를 했다. 그렇지만 그 주 내내 물결에 떠밀려 강가로 올라오는 시체들 가운데에서도 무스타파 사이드의 시신은 없었다. 결국 사람들은 그가 익사한 것이 틀림없으며 시체는 물이 가득 들어차 있는 악어의 배속에서 쉬고 있을 거라고 추측들을 했다.

때때로 갑자기, 그리고 전혀 예기치 않게 그가 손에 술잔을 쥐고 의자에 몸을 깊숙이 파묻고 다리를 뻗은 채 영어로 시를 읊는 걸 들었던 그 밤에 내가 느꼈던 생각에 사로잡히고는 한다. 불빛이 그의 얼굴 위로 반사되고 그의 두 눈은 내게는 마치 그 자신의 내부에 있는 지평선을 향해 방황하고 있는 것처럼 보였고, 우리를 둘러싸고 있는 밖의 어둠은 전구의 불빛을 목 조르고 있는 사탄의 힘인 것처럼 느껴졌다. 또 어떤 때에는 문득 무스타파 사이드는 절대로 실재하지 않았으며, 칠흑같이 캄캄한 밤에 마을 사람들에게 나타났다가 먼동이 터오르고 사람들이 눈을 뜰 때쯤이면 어디에서도 그를 찾아볼 수 없는 거짓이거나 환영, 아니면 꿈, 악몽이었을 거라는 혼란한 생각이 들고는 했다.

내가 무스타파 사이드의 집을 나왔을 때에는 새벽이 가까워 있었다. 오래 앉아 있었기 때문인지 밖으로 나왔을 때 몹시 피곤했지만 잠자고 싶지는 않았다. 나는 좁고 구불구불한 골목길을 거닐었다. 북쪽에서 불어오는 습기를 머금은 서늘한 밤바람이 얼굴을 스친다. 아카시아 꽃내음과 짐승의 분뇨, 오랜 가뭄 끝에 내린 비로 촉촉이 젖은 대지의 내음과 반쯤 여문 옥수수 냄새, 레몬나무의 향기도 함께 실려 왔다. 마을은 이맘때면 언제나 그러하듯이 고요했다. 강가에서 펌프가 찌꺽거리는 소리와 간혹 가다 들리는 개 짖는 소리, 일찌감치 홰를 치는 호젓한 닭 울음소리와 이에 대답해 우는 또 다른 울음소리뿐. 그러고는 다시 적막 속에 잠겼다. 골목 모퉁이에 위치한 웃드 라이스 할아버지의 낮은 집을 지나다가 조그만 창틈으로 새어 나오는 희미한 불빛을 바라보았다. 그의 부인이 쾌감으로 지르는 소리가 들렸다. 은밀한 것을 엿들어 버린 것 같아 나는 부끄러웠다. 다른 사람들이 침대에 있는 이 시각에 혼자 깨어서 거리를 헤맬 권리가 내게는 없다. 나는 이 마을의 골목골목과 집집마다를 속속들이 잘 알고 있으며 마을 꼭대기의 사막 끝 자락에 자리한 공동묘지 한가운데에 있는 열 군데 둥근 천장의 성지도 잘 알고 있다. 뿐만 아니라 거기에 있는 묘지들도 하나하나 꿰고 있으며 아버지, 어머니, 할아버지와 함께 그곳을 찾아다녔었다. 나는 아버지가 태어나시기도 전에 죽은 사람들은 물론, 내가 태어난 후 죽은 사람들이 잠들어 있는 그곳을 잘 안다. 헤아릴 수 없이 많은 장례 행렬을 따라다녔고 무덤을 파 내려가는 것을 도왔으며, 관이 내려지고 그 위에 흙이 덮이는 동안 마을 사람들과 함께 무덤 한구석에 서 있었다. 나는 마을 사람들과 함께 아침에, 때로는 한여름의 찌는 듯한 태양 아래에서, 때로는 한밤중에 등불을 들고서 그 일을 하고는 했다. 나는 또 물레방아를 돌리던 시절의 그 들판을 잘 알고 있다. 가뭄이 계속되던 날, 남자들은 고향을 등지고 떠나 버리고 비옥한 토양은 바람만이 몰아치는 불모지로 변했다. 그 후 펌프가 들어오고 협동조합이란 것이 생겨나면서 떠났던 남자들도 돌아왔고, 대지도 이전의 모습을 되찾아 여름에는 옥수수를, 겨울이면 밀을 거둬들인다. 이 모든 것이 내가 어렸을 때부터 보아 왔던 것들이다. 하지만 이 늦은 시각의 마을은 한 번도 본 적이 없었다. 저 반짝이는 커다란 푸른별은 샛별이 분명하다. 아직 새벽이 찾아오지 않은 이 시간, 하늘은 유달리 땅과 가까워 보이고, 희미한 빛으로 둘러싸인 마을은 마치 하늘과 땅 사이에 걸려 있는 것 같다. 웃드 라이스와 우리 할아버지 댁을 가로질러 나 있는 모랫길을 건널 때, 문득 무스타파 사이드가 그렸던 그림이 생각났다. 나는 웃드 라이스와 그의 부인의 은밀한 소리를 엿들었을 때와 같은 부끄러운 마음으로 그 그림을 떠올렸다. 하얗게 벌리고 있는 가랑이. 할아버지 댁에 이르렀을 때 할아버지께서는 아침 예배를 준비하시며 독경을 읊고 계셨다. 할아버지는 주무시지도 않았나? 할아버지의 음성은 내가 잠들기 전에 듣는 마지막 소리이고, 잠에서 깨어났을 때 제일 먼저 듣는 소리이다. 할아버지께서 몇 년 동안이나 그렇게 해 오셨는지는 알 수 없지만 그것은 마치 끊임없이 변모해 가는 세상 한가운데에서 유일하게 변하지 않고 남아 있는 것 같았다. 한동안 우울한 뒤에 그랬던 것처럼 나는 갑자기 활기를 되찾았고 정신은 맑아졌으며 무스타파 사이드의 얘기가 몰고 왔던 어두운 생각들도 사라져 버렸다. 이제 시야에 들어온 마을은 하늘과 땅 사이에 매달려 있지 않고 단단하게 고정되어 있다. 집은 집이고, 나무는 나무였다. 맑은 하늘은 높이 떠 있다. 무스타파 사이드에게 일어났던 것과 같은 일이 과연 내게도 일어날 수 있을까? 그는 자신이 허위일 뿐이라고 말했지? 나는 이 고장 사람이다. 이것이야말로 분명한 사실이 아닌가? 나 역시 그들과 함께 살아왔지만 그것은 단지 피상적이었을 뿐이며, 그들을 좋아하지도 않았고 그렇다고 싫어하지도 않았다. 나는 이 작은 마을을 마음속 깊이 새겨 놓고는 어디를 가든 내 상상의 눈으로 이 마을을 떠올리고는 했다. 런던에 있을 때 여름철에 한바탕 폭우가 쏟아지고 난 후면 때때로 이 고장의 향기를 맡기도 했다. 해가 기울기 전 짧은 시간이나마 이 마을의 모습을 느껴 보기도 했었다. 날이 샐 무렵 내 귀에 들려오는 이국의 소리들은 마치 가족의 소리인 양 들리기도 했다. 나는 세상의 한곳에서만 사는 저 새들 가운데 한 마리임에 틀림없다. 사실 나는 시를 공부했다. 하지만 그건 아무런 의미도 없다. 나도 공학이나 농학, 의학을 공부할 수 있었다. 이것들은 생계를 꾸려 나가기 위한 수단이다. 그곳에서 만난 갈색 혹은 검은색의 낯선 얼굴들을 내가 아는 사람들의 얼굴인 것처럼 상상하기도 했다. 그곳도 여기와 같았으며 더 좋지도 그렇다고 특별히 더 나쁘지도 않았다. 그렇지만 우리 집 정원에 서 있는 대추야자가 다른 집이 아니라 바로 그곳에서 자라난 것처럼 나 또한 바로 이곳에서 자라났다. 그들이 우리 땅에 왔지만, 왜 왔는지 나는 모른다. 그것은 우리 스스로가 자신의 현재와 미래를 파괴했음을 의미하는 것일까? 그들은 머지않아 우리 나라를 떠날 것이다. 역사를 통해 수많은 정복 민족이 많은 나라를 떠났듯이. 철도, 기선, 병원, 공장, 학교, 이 모든 것은 우리의 것이 될 것이며, 우리는 아무런 죄의식이나 감사의 마음도 없이 그들의 언어를 말할 것이다. 우리가 우리 자신을 속일 줄 아는 거짓말쟁이라면, 예전에도 그랬듯이 다시 평범한 민족으로 돌아갈 것이다.

이러한 생각들이 침대 머리맡까지 나를 따라다녔으며, 그 후 문부성에 근무하기 위해 하르툼으로 떠날 때에도 나를 따라왔다. 무스타파는 2년 전에 죽었지만 나는 아직도 간혹가다 그를 다시 만나고는 한다. 25년이란 세월을 살아오는 동안 그에 관해서는 전혀 듣지도 보지도 못했었다. 그러던 어느 날 갑자기 그와 같은 사람을 만나기 쉽지 않은 한 장소에서 그를 발견했다. 그 후 무스타파 사이드는 내 의지와는 상관없이 내 세계의 일부에 자리 잡고 내 뇌리의 한 부분을 차지하였으며, 스스로 떠나려 하지 않는 환영이 된 것이다. 나는 두려움과 같은 아득한 느낌을 갖게 된다. 그것은 단순함이 전부가 아닐 수도 있다는 것이다. 무스타파 사이드는 할아버지께서 그 비밀을 알고 계신다고 말했었다. 나무는 그저 쑥쑥 자라고 선생의 할아버지도 그렇게 평범하게 살다가 가실 것입니다. 그는 이렇게 말했었다. 하지만 만약에 그가 나의 단순함을 조롱해서 한 말이었다면? 기차로 하르툼과 알아브야드 간을 여행하는 동안 한 퇴직 관리와 같은 칸에 타게 되었다. 기차가 코스티를 출발했을 때 우리의 대화는 그의 학창 시절 이야기로 이어졌다. 나는 문부성의 많은 내 상관이 그와 같은 시기에 학교에 다녔으며 그중 몇몇은 그와 한반에서 공부한 급우였음을 알게 되었다. 그는 또 농무성의 모 씨는 자기 친구였으며, 엔지니어인 모 씨는 바로 앞 반에서 공부했고, 전쟁 당시 돈을 많이 벌었던 상인 모 씨는 그 당시 반에서 제일 머리가 나쁜 학생이었으며, 유명한 외과 의사인 모 씨는 학교에서 가장 뛰어난 학생이었다고 얘기했다. 그때 나는 갑자기 그의 얼굴이 환해지고 두 눈에서는 빛이 나는 것을 보았다. "기가 막히군. 우리 학급에서 가장 뛰어났던 한 친구를 잊고 있었어. 학교를 졸업한 이후로 한 번도 생각나지 않았던 친군데 이제야 기억이 나는군. 맞아! 무스타파 사이드라는 친구였지."

극히 일상적인 일들이 바로 눈앞에서 평범하지 않게 되어 버렸다는 느낌이 다시금 들었다. 나는 객차의 닫혀 있는 창문을 바라보았다. 순간적이기는 했지만 그의 안경에 반사되어 반짝했던 빛은 한낮에 내리쬐는 태양빛처럼 느껴졌다. 바로 그 순간, 전혀 의식 밖에 있었던 하나의 완전한 체험을 뜻밖에 기억해 낸 순간, 그 퇴직 관리에게는 세상이 전혀 새롭게 보였음이 틀림없다. 처음 그의 얼굴을 보았을 때에는 60대 중반쯤으로 보였으나, 까마득한 기억을 열심히 더듬고 있는 지금의 그에게서 나는 마흔이 갓 넘은 중년 남자의 모습을 보고 있다.

"그래, 무스타파 사이드는 그 당시 가장 뛰어난 학생이었지. 우리는 한 교실에서 공부했다네. 그 친구는 바로 내 앞줄 왼쪽에 앉아 있었지. 거참, 이상하군. 그때 당시만 해도 천재라고 불렸던 친군데 그렇게 생각나지 않았다니. 그는 고든 학교에서 가장 유명했다네. 학교의 축구팀 주전 멤버들이나 반장들, 문학의 밤 연사들, 벽보를 썼던 친구들, 연극반의 뛰어난 배우들보다도 유명했지. 하지만 그 친구는 공부 이외에 다른 활동은 전혀 하지 않았어. 그는 늘 혼자였고, 아주 거만했지. 여가 시간에도 책을 읽거나 먼 데까지 산책하면서 혼자 보내고는 했지. 그 당시 우리는 물론이고 하르툼 시내에 사는 아이들까지도 모두 학교에서 기숙사 생활을 했다네. 그는 모든 면에서 뛰어났고, 그의 놀라운 머리로는 정말이지 불가능한 건 없었어. 선생님들이 우리에게 말하는 걸 보면 그 친구에게 하는 것과는 사뭇 달랐어. 특히 영어 선생님들은 그 친구 혼자만 놓고 수업하는 듯했지."

그러고는 잠시 침묵이 이어졌다. 그에게 내가 무스타파 사이드를 잘 알고 있으며, 우연히 그가 내 삶에 끼어들었고, 어느 칠흑같이 캄캄하고 무더운 밤에 자신이 지나온 삶을 내게 이야기해 주었으며, 그의 생의 마지막 부분을 나일 강 어귀에 있는 조그마한 마을에서 보내다가 얼마 전에 익사했는데 아무래도 자살한 것 같으며, 그런 그가 다른 사람을 제쳐 놓고 바로 나를 자기가 두고 떠난 두 아이의 후견인으로 지목해 놓았다고 얘기하고 싶은 욕망이 강하게 일었지만 아무 말도 하지 않았다. 잠시 후 퇴직 관리가 이야기를 계속했다.

"무스타파 사이드는 수단에서의 교육 과정을 단번에 끝마쳤어. 그는 시간과 경주하는 것 같았지. 우리가 고든 학교에 남아서 공부를 계속하는 동안 그는 장학생으로 카이로에 건너갔고, 그 후에는 런던으로 갔다네. 장학생으로 해외에 유학을 간 최초의 수단이었지. 그는 영국인의 응석받이 아이였어. 우리는 모두 그를 시기하면서도 한편으로는 훌륭한 인물이 되리라고 기대했지. 우리는 영어 단어를 마치 아랍어 단어처럼 발음했어. 또 모음 없이 두 단어를 연이어 발음할 수 없었지. 하지만 무스타파 사이드는 입을 오므리고 입술을 내밀어 가며 마치 영국인처럼 자연스럽게 영어로 말을 했지. 그게 우리를 화나게도 하고 동시에 감탄하게도 했지. 우리는 그 친구를 부러움과 시기를 담아 '검은 영국인'이라고 부르고는 했네. 그 당시만 해도 영어가 바로 장래의 열쇠였지. 영어를 못하면 어디에도 설 자리가 없었어. 고든 학교는 지금의 초등학교였지. 거기에서는 정부의 하급 관리를 키우는 데 필요한 지식만 가르쳤다네. 나는 졸업한 후 파시르 행정 지구에서 회계원으로 일했다. 그 후 각고의 노력 끝에 관리 시험을 볼 수 있는 자격을 얻었다네. 나는 지난 30년간을 행정관 대리직으로 일하며 보냈지. 생각해 보게나. 그러고는 정년 퇴직을 2년 남짓 앞두고서야 행정관으로 승진한 걸세. 영국에서 온 판무관은 자기네 나라보다 더 넓은 지역에 으리으리한 궁궐을 짓고 수많은 하인을 두고, 집 구석구석 군대를 배치해 놓고는 마치 신처럼 생활했지. 그들은 이 나라 국민인 우리 하급 관리들을 세금을 걷는 데 부려 먹었어. 그리하여 시민들은 우리 하급 관리들을 원망하게 되고 이를 영국 판무관에게 불평했다네. 결과적으로 영국 판무관이야말로 관대하고도 자비로운 사람이 된 거지. 이렇게 해서 그들은 이 나라 국민들의 마음에 같은 동족인 우리들에 대한 증오심을 심어 놓았고, 종국에는 이에 대한 반대급부로 침입자요 식민지 개척자인 그들을 따르도록 만든 거지. 이봐, 젊은이! 내 말을 명심해서 들어 두게. 지금 이 나라는 독립하지 않았나? 또 우리는 이 나라에서 자유롭게 살고 있지 않나? 그렇지만 영국인들은 아직도 비열한 사람들을 멀리서 조종하고 있다는 걸 잊지 말게. 그 비열한 사람들은 바로 영국이 지배하던 시절 요직에 올랐던 자들이지. 우리는 무스타파 사이드가 명성을 얻었을 거라고 확신하네. 그의 아버지는 이집트와 수단 사이에서 살고 있던 아바야다 부족 출신이었지. 그 부족은 칼리파 압둘라 앗 타아유쉬의 포로였던 살라틴 파샤를 도망치도록 도왔고, 그 후 수단을 재정복한 키치너 장군의 군대를 안내하는 역할도 맡았었지. 그의 어머니는 남부 지방의 노예였다는 얘기가 들리기도 했네. 잔디나 아니면 바리야 부족 출신이겠지. 글쎄, 그것은 신만이 아실 거야. 영국이 지배하던 시절에는 사회적으로 신분이 낮은 사람들이 오히려 최고의 자리까지 올라갈 수 있었다네."

기차가 센나르 댐을 지날 때 퇴직 관리는 깊은 잠에 빠져들었다. 센나르 댐은 1926년 영국이 세운 것으로 서쪽으로는 알아브야드를 향해 있으며, 거기에는 끝 모를 심연이 가로놓여 있는 황량한 두 산을 이어 주는 닻줄로 된 다리인양 외길 철로가 사막 건너까지 뻗어 있다. 가엾은 무스타파 사이드. 사람들은 그가 감독관이나 행정관 정도가 되었으리라고 생각하는 모양이다. 하지만 그는 2백만 제곱킬로미터가 넘는 이 광활한 땅에서 자기 몸을 편히 누일 무덤조차도 찾지 못한 채 죽어 갔다. 올드베리에서 무스타파에게 형을 언도하기 전에 판사가 그에게 했다는 말이 생각났다. "무스타파 사이드 씨! 학문적으로 뛰어남에도 당신은 어리석은 사람이에요. 당신의 영혼은 어두운 점들로 물들어 있어요. 그래서 당신은 신께서 인간에게 주신 가장 고귀한 선물인 사랑을 그렇게 헛되이 써 버린 겁니다." 나는 또한 그날 밤 무스타파 사이드의 집을 나섰을 때 동쪽 지평선 너머로 사람 키만 한 높이까지 이지러진 달을 보면서, 그것이 깎아 버린 손톱 같다고 혼자 중얼거렸던 것이 생각났다. 왜 그 달을 깎은 손톱 같다고 느꼈는지 모르겠다.

하르툼에서도 역시 무스타파 사이드의 환영이 내게 나타났다. 퇴직 관리와 그에 대한 얘기를 나눈 지 한 달이 채 지나지 않았을 때였다. 무스타파 사이드는 감옥에서 막 풀려나온 귀신의 모습을 하고는 여전히 인간의 귀에다 대고 속삭이려 한다. 뭐라고 말하려는 것일까? 알 수 없다. 우리는 대학에서 강의를 하고 있는 한 수단 친구의 집에 모여 있었다. 그 친구와 나는 같은 시기에 영국에서 공부했었다. 모인 사람들 중에는 재무부에서 근무하는 영국인 친구도 있었다. 마침 서로 다른 인종 간의 결혼 문제가 화제에 올랐다. 이야기는 일반적인 토론에서 개별적인 사례들로 넘어갔다. 누가 유럽 여성과 결혼했었지? 영국 여성과 결혼한 사람은 누가 있었나? 영국 여성과 결혼한 최초의 수단인은? 모 씨? 아니. 그럼 모 씨인가? 아니. 그러고는 갑자기⋯⋯. 무스타파 사이드. 대학 강사인 그 친구가 무스타파 사이드란 이름을 언급했다. 그의 얼굴에는 퇴직 관리의 얼굴에서 보았던 것과 같은 기쁨의 빛이 어렸다. 뭇별이 총총히 빛나는 초겨울의 하르툼 하늘 아래에서 그 친구는 이야기를 이어 갔다.

"무스타파 사이드가 영국 여성과 결혼한 최초의 수단인일세. 아니, 최초로 유럽 여성과 결혼한 수단인이지. 자네들은 그에 관해 들어 보지 못했을 걸세. 왜냐하면 그는 오래전에 해외로 떠났거든. 영국에서 결혼하고 난 후 그는 영국 국적을 취득했지. 1930년대 말쯤 수단에 있는 영국 기관에서 중요한 역할을 담당했었는데, 아무도 그를 기억하지 못하다니 이상하군. 그는 영국인의 가장 충실한 조력자였어. 영국 외무성은 중동의 미심쩍은 중재 업무를 그에게 맡겼어. 그는 1936년 런던에서 열렸던 회담의 사무총장이었네. 지금은 백만장자가 되어서 영국의 한 지방에서 귀족처럼 생활하고 있지."

나는 자신도 모르게 큰 소리로 말을 내뱉고 있었다.

"무스타파 사이드가 죽었을 때 그는 단지 6페단의 땅과 젖소 3마리, 황소 1마리, 당나귀 2마리, 염소 11마리, 양 5마리, 대추야자 30그루, 아카시아와 하라즈, 산트나무 각각 23그루, 레몬나무와 오렌지나무 각각 25그루, 밀과 옥수수 알 각각 9아르다브(건량), 다섯 칸의 방과 디완(응접실), 초록색 창문이 있고 천장은 여느 방과 달리 쇠등처럼 세모진 붉은 벽돌로 된 직사각형 방으로 이루어진 집 한 채, 937 쥬나이히, 3끼르슈 5밀림의 현금만을 남겨 놓았어."

바로 내 앞에 앉아 있던 그 젊은 친구의 눈에 순간적으로 까무러치게 놀라는 빛이 역력했다. 그의 눈동자는 놀라움으로 한없이 커졌으며 눈꺼풀이 바르르 떨리고 아래턱이 벌어졌다.

"자네가 그의 아들인가?" 그가 두렵지 않았다면 왜 나에게 이렇게 물었을까. 그는 나에 대해 잘 알고 있으면서도 부지불식간에 이렇게 물었다. 우리 둘은 함께 공부한 동료는 아니었지만 같은 기간에 영국에 머물면서 몇 차례 만난 적이 있고, 나이스 브리지라는 술집에서 두어 번 맥주를 같이 마시기도 했었다. 이렇게 시간과 공간의 경계를 넘어선 어느 한순간, 그에게는 모든 것이 오리무중이어서 분간이 되지 않는 듯했다. 하지만 그에게는 모든 것이 가능했다. 그 역시 무스타파 사이드의 아들이나 형제, 사촌이 될 수도 있는 것이다. 찰나의 순간, 세상은 아담과 하와가 낙원으로부터 내려왔을 때처럼 무한한 가능성을 지니고 있다.

하지만 내가 웃었을 때 이 모든 가능성은 한 가지 상태로 고정되었고, 세상은 다시 이전의 모습으로 되돌아왔다. 초겨울 뭇별이 반짝이는 하르툼의 하늘 아래에서 익히 알려진 얼굴과 이름, 직업을 가진 사람들로. 그도 따라 웃으면서 말했다.

"내가 정신이 나갔나 보군! 물론 자네는 무스타파의 아들도, 그의 친척도 아니지. 자네는 여태까지 그에 관해서 들어 보지도 못했을 걸세. 자네와 같은 시인들은 자유분방한 상상의 나래를 가지고 있다는 걸 내가 깜박했어." 내가 그다지 알려지지 않은 한 영국 시인의 생을 탐구하며 3년이란 세월을 보냈고, 초등학교 장학사로 승진하기 전까지 고등학교에서 이슬람 이전 시대의 문학을 가르치기 위해 돌아왔다는 이유로 내가 원하든 원하지 않든 간에 사람들에게 시인이라고 불린다는 사실에 씁쓸한 생각이 들었다.

그때 그 영국인이 끼어들어서 자기는 수단에 있는 영국 정책 기구에서 무스타파 사이드가 맡았던 역할과 관련해서 전해지는 바가 사실인지 아닌지 잘 모르겠다고 말했다. 또 무스타파 사이드가 신빙성 있는 경제학자였는지 여부를 알고 있는 것은 아니라고 하는 것이었다.

"나는 그가 '식민지 경제학'이라고 부르는 것에 관해 저술한 것들을 읽어 보았소. 그 저서의 두드러진 특징은 그의 통계학이 믿을 만하지 못하다는 것일세. 그는 숫자에 의존하는 사실에 과감히 맞서지 못하고 일반론의 베일 뒤로 숨어 버린 페이비언 경제학파의 한 부류이더군. 정의·평등·사회주의, 이것들은 단지 글자에 지나지 않아. 경제학자는 찰스 디킨스와 같은 작가가 아니야. 그렇다고 해서 루스벨트처럼 정치가도 아니지. 경제학자는 사실과 숫자, 통계 없이는 아무런 소용이 없는 하나의 도구나 기계에 지나지 않아. 그가 할 수 있는 것은 고작해야 사실과 다른 그 무엇, 숫자와 다른 그 무엇 간의 관계를 설정하는 것뿐이지. 만약 숫자가 다른 것을 배제하고 한 가지만을 말하려 한다면 그건 지배자들과 정치가들의 일일세. 세상에는 이제 더는 정치가들이 필요 없어. 아니야, 자네들이 말하는 무스타파 사이드란 인물은 신뢰받는 경제학자가 되지는 못했어."

나는 그에게 무스타파 사이드를 만난 적이 있는지 물어보았다.

"아니, 그를 만나 보지는 못했다네. 나보다 한발 앞서 옥스퍼드를 떠났거든. 하지만 여기저기서 그에 관해 조금씩 들은 바가 있지. 그는 여성들이 숭배했던 유형이었나 봐. 그는 자기 주위에 그럴듯한 전선을 만들어 놓았어. 보헤미안계의 환심을 샀던 아주 잘생긴 흑인이라고 알고 있네. 그는 또한 자유주의자인 체하는 이십 대와 삼십 대 초반의 상류층 인사들이 내건 전시용인 듯했지. 귀족인 모 씨, 모 씨와도 친분이 있었다고 하더군. 그는 또 영국 좌익의 관심의 대상이기도 했지. 그건 불행이었어. 다들 그가 뛰어난 지식인이었다고 한목소리로 말을 하던데, 이 지상에서 좌파 경제학자들 보다 더 나쁜 것은 없거든. 그의 학문적인 지위조차도-어떤 지위였는지는 정확히 모르겠지만-이런 종류의 이유들로 인해 얻은 게 아닌가 하는 생각이 드는군. 그들은 마치 이렇게 말하려고 하는 것 같아. '보시오, 우리는 이렇듯 관대하고 자유를 존중합니다. 이 아프리카인도 우리와 다를 바 없는 사람입니다. 그는 우리의 딸과 결혼했으며 우리와 같이 평등하게 일하고 있습니다.' 자네들도 알겠지만 그런 생각을 가진 유럽인은 남아프리카와 미국의 백인만이 우월하다고 믿는 미친놈들과 하나도 다를 바 없다네. 그처럼 지나치게 과장된 감정의 힘은 극좌나 극우로 향하기 십상이지. 그가 오로지 학문에만 전념했더라면 모든 국민에게서 진정한 친구들을 찾을 수 있었을 거야. 하지만 자네들은 지금 여기에서 그에 관해 처음 들었을 뿐이야. 그는 분명히 돌아와서 그의 학문으로 미신만이 횡행하는 이 나라에 커다란 도움을 줄 걸세. 자네들은 지금 새로운 형태의 미신들을 믿고 있지. 산업화의 미신, 국유화의 미신, 아랍 통일의 미신, 아프리카 통일의 미신. 자네들은 마치 어린아이처럼 땅속에는 보물이 묻혀 있고 언젠가는 기적처럼 이를 얻을 수 있으며, 그러면 자네들 앞의 모든 문제가 풀리고 거기에 낙원을 건설할 수 있다고 믿고 있어. 환상! 몽상! 사실과 숫자, 통계를 통해서만 자네들의 실재를 받아들이고 이와 함께 생활해 나갈 수 있으며, 자네들의 능력 범위 안에서만 변화를 시도할 수 있는 걸세. 그리고 무스타파 사이드와 같은 사람이야말로 이를 위해 커다란 역할을 할 만한 역량 있는 사람이었지. 백치 같은 영국인의 손바닥에서 놀아나는 어릿광대로 탈바꿈하지만 않았어도 말이야."

만수르가 리처드의 견해를 반박하는 동안 나는 혼자만의 생각에 잠겼다. 이런 토론들이 과연 무슨 의미가 있을까? 리처드 역시 또 다른 광신자에 지나지 않는다. 너 나 할 것 없이 한 가지 믿음, 아니면 다른 한쪽으로 광신자인 것이다. 그가 말한 대로 우리는 그런 미신들을 믿고 있는지도 모른다. 하지만 그 역시 새로운 미신을 믿고 있는 것이다. 현대의 미신, 바로 통계라는 미신이다. 우리가 신을 믿는 한 신은 전지전능한 존재다. 그렇다면 통계는? 백인들은 단지 역사의 한 부분 동안 우리를 지배했다는 이유로 한동안 계속해서 약자에 대해 강자가 갖는 경멸의 눈빛으로 우리를 바라볼 것이다. 무스타파 사이드는 그들에게 말했었다. "나는 정복자로서 당신들에게 왔소." 이 얼마나 멜로드라마같은 표현인가. 하지만 그들이 온 것도 우리가 상상했던 것처럼 비극만은 아니었다. 그렇다고 해서 그네들이 생각했던 것처럼 축복인 것도 아니었다. 이 한 편의 멜로드라마는 세월의 흐름과 더불어 위대한 신화로 변할 것이다. 만수르가 리처드에게 하는 말이 들려왔다. "자네들은 자본주의라고 하는 자네들 경제의 질병을 우리에게 가져왔지. 아직까지도 우리의 피를 빨아먹고 있는 몇몇 제국주의 기업 말고 자네들이 우리에게 준 게 뭐가 있나?" 그러자 리처드가 말했다. "이 모든 것이 우리 없이는 자네들이 살아갈 수 없다는 것을 보여 주고 있네. 자네들은 제국주의를 비난하고는 했지. 하지만 우리가 떠나자 자네들은 베일에 싸인 신제국주의의 신화를 창조해 냈어. 공공연한 형태로든 아니면 내밀한 관계이든 간에 여기에 존재하는 우리가 물과 공기처럼 자네들에게 필요할거야." 서로가 화를 내며 언쟁하는 것은 아니었다. 적도에 던져진 돌을 비웃고 있는 듯, 이런 식의 이야기만을 늘어놓았을 뿐. 한없이 깊은 역사의 골이 그들 둘을 갈라놓고 있었다.

4

  하지만 무스타파 사이드가 강박 관념처럼 나를 항상 따라다녔다고 생각
하지는 마시라. 어떤 때에는 전혀 그를 떠올리지 않은 채 몇 달이 지나가기
도 했다. 익사를 했든 자살을 했든 간에 그는 이미 죽었고, 그것은 신만이 아
는 일이다. 매일 수천 명이 죽어 간다. 이렇게 많은 사람이 왜 죽는지, 또 어
떻게 죽었는지 주시한다고 해서 살아 있는 우리에게 과연 무슨 소용이 있
을까? 우리가 선택을 했건 아니면 부인을 했건 간에 세상은 흘러간다. 그리
고 나는 수백만 인류와 마찬가지로 사막을 오르고 내리며 짐을 부리고 숙영
하고 다시 길을 떠나는 기다란 대상 행렬의 틈에 끼여 습관적으로 생활한
다. 대상의 삶이 전부 나쁜것만은 아니다. 여러분도 분명 이를 깨달았을 것
이다. 낮 동안의 행군은 고될 수도 있다. 황야는 망망대해와도 같이 끝없이
우리 앞에 펼쳐져 있다. 우리는 비 오듯 땀을 흘리고 목은 갈증으로 바짝바
짝 타오른다. 이제 우리는 한 발자국도 나아갈 수 없다고 여길 지경에 다다
른다. 그때 해가 뉘엿뉘엿 넘어가고 공기는 서늘해지며 하늘에는 무수히 많
은 별이 빛난다. 우리는 먹고 마시며 일행 중에 있던 가수는 노래를 부르기
시작한다. 일부는 셰이크를 따라 무리 지어 기도를 올리고, 몇몇은 둥그렇
게 원을 그리며 춤추고 노래 부르며 손뼉을 친다. 우리 머리 위에는 따뜻하
고 자비로운 하늘이 있다. 때로는 밤에도 강행군을 계속해야 할 때가 있다.
가다가 흰 실과 검은 실을 구별할 정도로 날이 밝아 오면 우리는 말한다. "먼
동이 틀 때 여행객들은 찬미한다." 때때로 신기루가 우리를 속이거나 더위
와 갈증으로 열에 들뜬 우리 머릿속에 얼토당토않은 생각들이 들끓어도 해

가 될 것은 없다. 밤의 유령은 새벽과 함께 사라지고 한낮의 더위는 서늘한 밤바람에 식어 간다. 이것 말고 더 좋은 방법이 있을까? 나는 매년 두 달간을 나일 강 어귀에 있는 그 조그마한 마을에서 보내고는 했다. 강은 남에서 북으로 흐르다가는 갑자기 거의 직각이 되게 굽어서 서에서 동으로 흐른다. 여기에서 강폭은 더 넓고 깊어지며 물 가운데에는 초록의 작은 섬이 떠 있고 이름 모를 흰 새들이 주위를 맴돌고 있다. 강 양쪽 둑은 울창한 대추야자 숲으로 이루어져 있고 물레방아가 돌아가고 있다. 간혹 가다 펌프가 보이기도 한다. 윗옷을 벗은 채 긴 바지만 입은 남자들이 무언가를 베고 심느라 여념이 없다. 그러다가 물에 뜬 성 같은 기선이 나일 강을 거슬러 지나가면 그들은 잠시 몸을 일으켜 바라보고는 다시 하던 일을 계속한다. 기선은 일주일에 한 번, 정오에 바로 이곳을 지나간다. 기선의 동력이 물보라를 일으키며 지나간 자리에는 여전히 강둑의 대추야자 그림자가 드리워져 있다. 목쉰 뱃고동 소리가 울려 퍼진다. 우리 가족은 지금쯤이면 분명 집에서 정오의 커피를 마시며 이 소리를 듣고 있겠지. 멀리 선착장이 보인다. 하얀 플랫폼을 따라 무화과나무가 줄지어 늘어서 있다. 강 양쪽 둑에서의 바쁜 움직임이 느껴진다. 나귀를 타고 가는 사람도 있고 걸어가는 사람도 있다. 보트와 돛단배들이 강가의 맞은편 선착장을 향해 움직인다. 동력이 물결을 거스르지 못하도록 기선은 제자리를 한 바퀴 돌더니 멈춰 선다. 남녀 할 것 없이 많은 사람이 그곳에 마중을 나와 있다. 아버지와 삼촌들, 사촌 형제들까지도 나와 있다. 그들은 타고 온 당나귀를 무화과나무에 매어 놓았다. 하르툼에서 7개월 만에 돌아오는 길이어서인지 이번에는 나와 그들 사이에 안개가 가로놓여 있지 않았다. 나는 그들을 현실적인 눈으로 바라보았다. 그들의 갈라비아는 깨끗했으나 다림질이 되어 있지는 않았다. 하지만 그들이 두른 터번은 그 옷보다 더 새하얗다. 그들의 턱수염은 길거나, 짧거나, 검거나, 희거나, 서로 제각각이었으며, 그중에는 콧수염을 멋지게 다듬은 사람도 있었다. 그들이 타고 온 당나귀 중에 전에는 보지 못했던 검은빛의 커다란 나귀 한 마리가 눈에 띄었다. 그들은 배가 닻을 내리고 입구에 사람들이 붐비는 모습을 무심히 보고 있다. 그들은 나를 만나려고 서두르지도 않고 그저 밖에서 기다리고 있었다. 그들은 서둘러 나와 아내에게 악수를 청했다. 그렇지만 나귀를 타고 마을로 향하는 동안에는 딸아이를 서로 돌아가며 안아들고는 내가 초등학교에 다닐 적부터 그랬던 것처럼 키스를 퍼부었다. 오랫동안의 해외 유학 시기를 빼놓고는 중단된 적이 없는 모습이었다. 마을로 가면서 나는 그들에게 검은 나귀에 대해 물었다.

"베두인이 네 삼촌을 속여서는 너도 전에 본 적이 있는 그 흰 당나귀와 5 쥬나이히를 가로채 갔다." 아버지께서 말씀하셨다.

"맹세컨대 이 당나귀는 우리 마을에서 가장 멋져요. 이건 순종 암놈이라고요. 그냥 나귀가 아니에요. 제가 팔려고 마음만 먹는다면 50쥬나이히는 문제없이 받아 낼 수 있을 거예요." 압둘 카림 삼촌이 이렇게 말하는 걸 듣고서야 나는 베두인에게 속아 넘어간 삼촌이 누구인지 알았다.

"그게 암놈이라면 아마도 새끼를 낳지 못하는 모양이로구나. 새끼도 못 낳는 암나귀가 무슨 소용이 있어." 압둘 라흐만 삼촌이 웃으며 말했다. 나는 그들이 어떤 대답을 할는지 알면서도 금년 대추야자 작황이 어땠는지 물어보았다.

"좋지 않아." 그들은 매년 똑같은 소리로 한결같이 말했지만 사실은 그렇지 않다는 것을 나는 잘 알고 있다. 도중에 나일 둑에 반쯤 짓다 만 붉은 벽돌로 된 건물을 지나게 되었다. 무슨 건물이냐고 물었더니 압둘 마난 삼촌이 대답했다.

"병원이다. 꼬박 1년이 지났는데도 저 모양이지. 가망 없는 정부야." 삼촌에게 7개월 전 내가 이곳에 있을 당시는 병원 신축 공사가 시작되지 않았다고 말했다. 하지만 압둘 마난 삼촌은 내 말을 귓등으로 들었다.

"그들이 해 주는 것은 단지 2, 3년마다 우리에게 데려오는 군중과 트럭, 포스터뿐이야. 누구는 성공해서 잘살고, 누구는 쫄딱 망하고 말이지. 우리는 영국인과 함께 사는 이 소란스러운 생활에 만족하고 있다." 압둘 마난 삼촌이 말했다.

"사회 민주 국민당 만세!" 그때 한 무리의 사람이 낡은 트럭을 탄 채 이렇게 외치며 우리 곁을 지나갔다. 이들이 바로 책에 '농민'이라고 쓰여 있는 사람들일까? 내가 만약 할아버지께 혁명은 그 이름만으로 이루어지는 것이며 정부가 자기네 이익을 위해 혁명을 일으키기도 하고 좌절시키기도 한다고 말한다면 웃으실 것이다. 그러한 생각은 무스타파 사이드의 삶과 이러한 장소에서 그가 생을 마감했다는 사실이 믿기지 않는 것처럼 불가사의하다. 무스타파 사이드는 사원 예배에 꾸준히 참석했다. 그는 무엇 때문에 자신이 맡았던 그 우스꽝스러운 배역에 전력을 기울였던 것일까? 진정 그 자신이 이야기했던 대로 단지 마음의 휴식을 얻기 위해 이 벽촌까지 온 것일까? 그 해답은 아마도 초록빛 창문이 있는 그 직사각형의 방에 있을 것이다. 내가 도대체 무얼 바라는 거지? 어둠 속에서 의자에 홀로 앉아 있는 그의 모습을 기대하는 걸까? 아니면 밧줄로 목을 맨 채 천장에 매달려 있는 그의 모습을 바라기라도 하는 걸까? 그리고 내게 남긴 밀랍으로 봉해 놓은 편지. 언제 그 편지를 썼던 것일까?

"내 아내와 두 아이와 전 재산을 선생의 보호하에 맡깁니다. 저는 선생이 이 모든 것을 정확하게 다루어 주시리란 것을 잘 알고 있습니다. 아내는 제 재산의 내역을 모두 알고 있으며 그것을 어떻게 사용하든 그녀의 자유입니다. 저는 아내가 사리 분별이 있는 여자라고 믿습니다. 비록 제가 원했던 만큼 선생과 친분을 돈독히 하지는 못했지만, 이 모든 일을 선생께서 맡아 주셨으면 합니다. 또 저희 가족을 잘 돌봐 주시고, 두 아이의 조력자이자 상담자, 충고자로서 아이들이 인생행로에서 맞닥뜨리는 곤경을 무사히 헤쳐 나갈 수 있도록 도와주십시오. 아이들이 여행의 고통을 덜 수 있도록 해 주세요. 또한 평범하게 자라서 가치 있는 일을 할 수 있게 도와주시기 바랍니다. 제 서재의 열쇠를 선생께 남겨 놓습니다. 아마도 그 방에서 선생이 찾고자 하는 것을 발견하게 될 것입니다. 저에 대한 지나친 호기심으로 당혹스러워하신다는 거 잘 알고 있습니다. 하지만 그것은 어떠한 변명의 여지도 없는 문제들입니다. 제 삶은 결코 남에게 교훈이 될 만하지 못하기 때문이지요. 마을 사람들이 제 과거를 알게 되면 제 스스로 선택했던 이 마을에서의 삶을 지속할 수 없기 때문에 비밀로 감춰 두었던 겁니다. 저와 그 밤에 했던 약속, 이제는 신경 쓰지 않아도 됩니다. 하고 싶은 대로 말씀하셔도 좋습니다. 정말 선생이 호기심을 억누를 수 없다면 여태껏 저를 제외하고는 아무도 들어간 적이 없는 그 방에서 단편적인 사실들을 적어 놓은 종이 몇 묶음과 일기 형식으로 적어 놓은 노트 등을 찾아 살펴보십시오. 어쨌거나 그것들은 시간을 보내는 데는 더할 나위 없이 안성맞춤일 거라고 생각합니다. 그리고 방 열쇠를 보관하고 계시다가 적당한 시기에 아이들이 저에 대해 올바른 사실을 알 수 있도록 전해 주시기 바랍니다. 아이들이 자기 아버지의 실체를 아는 것은 제게 중요한 문제입니다. (그게 가능하다면 말이죠.) 그렇다고 저에 대해 좋은 생각을 갖도록 유도하려는 건 아닙니다. 긍정적으로 봐주는 것이 궁극적으로 제가 바라는 바이기는 하지만요. 아무튼 그것은 두 아이가 진실을 아는데 도움을 줄 겁니다. 물론 그런 사실들을 알아도 아무런 해가 되지 않을 만한 나이가 되어서 말이지요. 이 마을의 공기와 냄새, 색깔, 역사, 마을 사람들의 얼굴, 홍수의 기억, 추수와 파종, 이 모든 것에 동화되어 자라난 아이들이 여러 가지 의미 이외에 또 하나의 의미를 갖는 것처럼 제 인생도 올바른 궤도에 올라서게 될 겁니다. 막상 그때가 되어서 아이들이 저를 어떻게 생각할지 모르겠습니다. 안 됐다고 여길 수도 있겠고 아니면 상상 속에서 영웅으로 바꿔 놓으려고 할 수도 있겠지요. 하지만 그것은 그다지 중요하지 않아요. 다만 제 생이 사악한 악마처럼 미지의 뒤안에서 아이들을 따라다니며 해를 끼치지 않기를 바랄뿐입니다. 아이들과 함께 살고 아이들이 자라나는 모습을 지켜 보면서 적어도 아이들을 제가 이 세상에 존재하기 위한 하나의 구실로 삼을 수 있기를 얼마나 바랐는지 모릅니다……. 제가 남는 것과 떠나는 것, 둘 가운데 어느 것이 더 이기적인지 저는 모릅니다. 어찌 되었든 제게는 선택의 여지가 없습니다. 그날 밤 제가 말한 것을 더듬어 기억해 보신다면 제가 뜻하는 바를 짐작할 수 있을 겁니다. 자신을 기만하는 것은 어리석은 일이지요. 그 아득한 외침이 여전히 제 귓전에서 맴돌고 있습니다. 이곳에서의 생활과 결혼이 그 외침을 잠잠하게 가라앉혀 줄 것이라고 생각했습니다. 그러나 저는 이렇게 태어났나 봅니다. 아니면 제 운명이 그렇게 정해져 있었는지도 모르지요. 어찌 되었든 저는 그 의미를 알 수 없습니다. 제 이성은 무엇을 해야 하는지 잘 알고 있습니다. 이 마을에서 낙천적인 주민들과 함께 어울려 살았던 것처럼 말이지요. 그렇지만 제 영혼과 피에 흐르고 있는 희미한 그 무엇들이 제 앞에 드러난 아득히 먼 곳, 하지만 모른 체 간과할 수만은 없는 그곳으로 저를 재촉했습니다. 안타깝게도 두 아이 모두 또는 그 중 한 아이는 이 병균을 지닌 채 자라나게 되겠지요. 방랑벽이란 병 말입니다. 저는 선생을 신뢰합니다. 선생의 할아버지에게서 보았던 모습을 선생에게서도 보았거든요. 벗이여! 제가 언제 가게 될지는 모르겠지만 떠날 시간이 서서히 다가옴을 느낍니다. 그럼 안녕히……."

무스타파 사이드가 최후를 선택했다면 그는 자기 생애의 줄거리 중에서 멜로 드라마의 클라이맥스를 장식한 것이다. 또 다른 가능성이 맞는다면 자연은 그 자신이 원했던 바로 그 최후를 선사해 준 것이다. 상상해 보라. 7월의 무더위로 여름은 그 절정에 다다랐다. 잔잔히 흐르던 강은 30년 만에 처음으로 범람했다. 어둠은 자연의 모든 요소를 삼켜 버려서 강보다 더 오래되고 더 평범한 하나의 분명치 못한 요소로 만들어 놓았다. 영웅의 최후는 그렇게 와야만 했다. 그것이 진정 그가 바라던 최후였을까? 아마도 그는 북에서, 북의 끄트머리에서, 폭풍우가 몰아치는 매섭게 추운 밤, 별 하나 없는 캄캄한 하늘 아래, 그에게 관심을 갖는 이 아무도 없는 가운데에서 홀로 최후를 맞이하고 싶었을 것이다. 정복자들의 침략의 최후를. 그렇지만 그가 말했던 것처럼 배심원, 증인, 변호사, 판사들은 그에게서 최후를 빼앗으려고 공모했다. 그는 이렇게 말했다. "배심원들은 자신을 방어하려 하지 않고 자기들 앞에 서 있는 한 남자를 보았습니다. 삶의 의욕을 상실한 남자를. '우리 함께 가요. 우리 함께 가요.' 그날 밤 진이 제 귀에 대고 흐느꼈을 때 저는 망설였습니다. 그날 밤, 제 인생에서 대단원의 막은 내려졌고 더는 남아 있을 까닭이 없었죠. 하지만 저는 망설였고 최후의 순간을 두려워했습니다. 제가 해낼 수 없는 것을 법정에서 대신 해 주기를 바랐던 거지요. 그렇지만 그런 제 의도를 알아채기라도 한 듯 그들은 제가 원했던 그 마지막 요구조차도 들어주지 않기로 결정을 내렸습니다. 제가 자비를 베풀어 주리라고 기대했던 하몬드 대령마저도 말입니다. 대령은 제가 리버풀로 그를 찾아갔던 때를 더듬으며 그때 저에 대해 좋은 인상을 받았다고 말했습니다. 그는 자신이 어느 누구에게도 편견을 갖지 않는 진보적인 사람이라고 말했어요. 그러나 그는 현실적이었고, 우리 결혼이 결코 성공하지 못하리라고 보았습니다. 그는 또 자기 딸 앤은 옥스퍼드에서 동양 철학에 심취했고 불교와 이슬람 중에 무엇을 선택할지 몰라 갈팡질팡했다고 말했습니다. 그는 딸의 자살 동기가 딸에게 불어닥친 정신적인 위기의식 때문인지 아니면 무스타파 사이드가 자신을 속였다는 사실이 드러났기 때문인지 정확히 구분하지 못했어요. 앤은 하몬드 대령의 외동딸이었으며, 나는 그녀의 나이가 스물이 채 안되었을 때 만났습니다. 나는 그녀를 속였고, 우리가 결혼한다면 그것은 북과 남을 이어 주는 교량이 될 거라고 유혹했으며, 그녀의 초록빛 두 눈에 타오르던 호기심을 재로 만들었습니다. 그런데도 그녀의 아버지는 법정에 서서 조용한 목소리로 자신은 딸이 자살한 원인을 정확히 단정 지을 수 없다고 말하는 겁니다. 이것이 바로 전쟁의 법규와 전쟁의 중립처럼 정의인 것이며, 게임의 법칙인 겁니다. 이것이 바로 자비란 가면을 둘러쓴 힘인 겁니다……." 중요한 사실은 그들이 무스타파 사이드에게 단지 7년형을 언도했을 뿐이며 무스타파가 스스로 자신의 의지대로 내렸어야 하는 그 결정을 내려 주기를 거부했다는 것이다. 감옥에서 풀려난 후 그는 파리에서 코펜하겐으로, 델리로, 방콕으로, 지구 곳곳을 방황했다. 그는 결정을 내려야 할 때를 늦추려 했다. 그 후 나일 강가의 외딴 마을에서 그의 최후는 찾아왔다. 그러나 그것이 우연이었는지 아니면 그가 자진해서 베일을 벗은 것인지 정확히 말할 수 있는 사람은 아무도 없다. 내가 무스타파 사이드를 생각하느라 여기까지 온 건 아니다. 진흙과 녹색 벽돌로 지은 집들은 다닥다닥 늘어서서 우리 앞에 목을 길게 빼고 서 있으며, 나귀는 클로버와 꼴과 물 냄새를 맡고는 어서 길을 가자고 재촉한다. 집들은 사막 둘레에 있었으며, 옛날 어느 부족이 정착하려 했다가는 손을 털고 서둘러 떠난 듯했다. 여기에서 모든 일이 시작되고, 또 끝을 맺는다. 사막의 찌는 듯한 더위 가운데서 강가에서 불어오는 습기를 머금은 찬 공기에 둘러싸인 이 조그만 마을은 마치 거짓으로 가득 찬 세상 가운데 남아 있는 반쪽 진실 같다. 인간과 새, 짐승들의 소리는 마치 속삭임처럼 가느랗게 귀에 와닿는다. 펌프에서 일정하게 들리는 찌걱거리는 소리는 불가능이란 느낌을 더욱 강하게 해 준다. 강, 강은 시작도 끝도 없다. 그저 무심히 북으로 흐를 뿐, 산이 막아서면 동으로, 또 골짜기가 나오면 서로 굽이져 흐르겠지. 그렇지만 언젠가는 북쪽의 바다를 향해 결정적인 행로를 정할 것이다.

5

이른 아침, 나는 할아버지 댁 문 앞에 섰다. 이 낡고 커다란 문은 하라즈나무 한 그루를 통째로 써서 만든 게 분명하다. 그것은 우리 마을의 목수인 웃드 알 바시르가 만들었다. 그는 학교에서 목공 일을 배우지 않았지만 물레방아 바퀴도 만들었고, 어긋난 뼈를 맞추거나 뜸도 뜨고, 또 부항으로 피를 내서 상처도 치료할 줄 알았다. 심지어 당나귀의 품종도 식별을 해서 마을 사람들은 꼭 그와 미리 상의하고 나서야 나귀를 사고는 했다. 웃드 알 바시르는 아직 살아 있기는 하지만, 젊은 사람들이 움무 두르만시에서 들여온 너도밤나무로 목제문을 만들거나 철제문 만드는 법을 알아낸 후로는 아무도 할아버지 댁과 같은 문을 만들지 않았다. 물레방아도 마찬가지였다. 펌프가 등장하자 물레방아 시장이 사라졌다. 집 안에서 왁자지껄하게 웃는 소리가 들렸다. 나는 할아버지가 기분 좋으실 때면 내는 장난기 어린 가냘픈 웃음과 포만감에서 나오는 듯한 웃드 라이스의 웃음, 항상 주위의 분위기에 알맞은 색깔과 맛을 띠고 터져 나오는 바크리의 웃음, 남자같이 우렁찬 빈트 마주두브의 웃음을 정확히 구별할 수 있다. 기도할 때 쓰는 깔개 위에 앉아 백단향으로 만든 염주를 손에 쥐고 물레방아의 물받이처럼 끊임없이 돌리고 계실 할아버지의 모습을 그려 보았다. 할아버지의 오랜 지기들인 빈트 마주두브와 웃드 라이스, 바크리는 바닥에서 겨우 두 뼘 정도 높이의 낮은 침상에 앉아 계시겠지. 할아버지께서는 침상이 바닥에서 높을수록 허영심이 큰 것이고, 낮다는 것은 바로 겸손을 나타낸다고 말씀하시고는 했다. 빈트 마주두브는 한쪽 팔을 괴고 다른 손에는 담배를 들고 있다. 웃드 라이스는 턱수염 한끝에서 뭔가 심술궂은 얘기라도 꺼내려는 것 같다. 바크리는 묵묵히 앉아 있을 뿐이다. 이 커다란 집은 아래를 돌과 붉은 벽돌이 아니라 들판을 이룬 진흙으로 지은 데다, 들판 한쪽 구석에 위치해 있어서 마치들판의 일부분처럼 보인다. 이러한 모양은 정원의 아카시아와 산트나무, 농경지에서 스며든 물을 머금고 벽을 타고 자라나는 풀들로 더욱 분명해진다. 무질서했던 이 집은 오랜 세월을 지나오면서 이와 같은 모양새를 갖추게 되었다. 할아버지 댁에는 크기가 제각각인 방이 많이 있는데 한꺼번에 지은게 아니라 할아버지께서 경제적으로 여유가 있거나 혹은 필요에 의해서 그때그때 만든 것이다. 방은 서로 연결되어 있기도 하고 머리를 숙여야만 들어갈 수 있게 문이 낮은 방도 있다. 어떤 방은 문이 없으며, 여기저기 창문이있는 방, 창문이 없는 방도 있다. 굵은 모래와 검은 진흙, 짐승의 분뇨를 섞어서 바른 벽은 반들반들 윤이 났으며 천장도 마찬가지였다. 지붕은 산트나무와 대추야자의 줄기와 가지를 엮어 만들었다. 미로 같은 이 집은 여름에는 서늘하고 겨울에는 따뜻하다. 밖에서 얼핏 보면 허술하기 짝이 없어금방이라도 쓰러질 것 같지만, 기적처럼 오랜 세월을 꿋꿋이 버티어 오고있다.

안문을 들어서서 드넓은 정원을 둘러보았다. 멍석 위에는 대추야자 열매가 널려 있고 한쪽에는 양파와 칠리도 있다. 밀과 콩을 담아 놓은 자루들도보였다. 어떤 자루는 아가리를 꿰매 놓았고 어떤 것은 벌린 채로 놓여 있다. 한쪽 구석에서는 염소가 새끼에게 젖을 물린 채 보리를 먹고 있다. 이 집은들판과 그 운명의 궤를 함께해 왔다. 들판이 신록의 빛을 띠면 집도 마찬가지이고, 가뭄이 들을 휩쓸고 지나갈 때면 집도 같이 휩쓸려 버린다. 나는 양파, 칠리, 대추야자, 밀, 콩, 말콩, 호로파 등 서로 불협화음을 이루는 여러 가지 곡식 냄새들과 뒤섞여 풍겨 나오는 할아버지 댁의 독특한 냄새를 맡았다. 거기에는 커다란 향로에서 항상 타오르는 향내음도 섞여 있다. 이 향냄새를 맡을 때면 할아버지의 근검절약하시던 모습과 매일 단 한 차례도 거르지 않는 기도에서 우러나오는 풍요로움이 떠오른다. 할아버지께서는 기도할 때 쓰는, 표범 세 마리의 가죽을 이어서 만든 깔개를 날이 추워지면 담요로도 사용하신다. 기도 전 우두할 때 쓰시는 놋쇠 물병에는 여러 가지 문양이 새겨져 있으며 놋대야도 있다. 할아버지는 백단향으로 만든 염주를 특히 소중하게 여기시며, 늘 염주알을 굴리고 때로는 얼굴을 문지르면서 그 향기를 들이마시고는 하신다. 손자 녀석이 장난을 쳐서 화가 나실 때면 염주로 아이의 머리를 때리면서 이렇게 해서 악마를 쫓아내는 거라고 말씀하신다. 이 모든 것에는 수많은 방과 들판의 대추야자처럼 할아버지께서 매번 덧붙이거나 빠뜨리면서 얘기해 주시고는 하던 나름대로의 역사가 있다.

여행에서 돌아올 때마다 할아버지를 뵙기 전에 느끼곤 했던 흐뭇한 생각을 떠올리면서 방문 앞에서 잠시 서성거렸다. 지구상에 아직도 이런 고색창연한 집이 존재하는 데 대한 순수한 경이로움. 할아버지를 껴안을 때면 커다란 무덤에서 나는 냄새와 젖먹이 냄새가 섞인 듯한 냄새를 맡는다. 할아버지의 차분히 가라앉은 가느다란 목소리는 나와 아직 형성되지 않은 불안한 시간 사이를 잇는 다리를 놓아 준다. 사건에 동화되거나 그냥 스쳐 지나가 버리는 순간들은 나름대로의 의미와 차원을 지닌 성채의 벽돌이 된다. 유럽 선진 산업 사회의 기준에서 볼 때 우리는 가난한 농부들이다. 그렇지만 나는 할아버지를 껴안을 때 마치 나 자신이 우주의 심장 박동으로부터 나오는 울림인 듯 풍요로움을 느낀다. 할아버지는 물과 비옥함을 선사해 준 땅에 자라난 울창한 가지를 지닌 위세 당당한 떡갈나무가 아니라, 바로 저 수단의 사막에서 두꺼운 껍질과 뾰족한 가시를 가지고 자라며 생을 낭비하지 않기 때문에 죽음을 물리칠 수 있는 싸얄 덤불이다. 이것이 바로 놀라운 점이다. 할아버지는 역병과 기근, 전쟁, 통치자들의 부패에도 꿋꿋하게 이 모든 것을 이겨 내셨다. 연세가 많으신데도 치아가 모두 성하고, 흐릿한 작은 두 눈은 시력이야 약하겠지만 칠흑같이 어두운 밤에도 사물을 정확하게 구분하신다. 뼈와 정맥, 피부, 근육 어디에도 살이라고는 없는 깡마르고 주름 잡힌 자그마한 체구임에도 나귀 등에 가볍게 올라타시며, 이른 새벽에는 집에서 사원까지 걸어 다니신다.

할아버지는 어찌나 웃었던지 눈물이 다 흘러내렸고 옷자락으로 눈물을 닦아 내셨다.

"이보게, 웃드 라이스. 자네 이야기야말로 배꼽이 빠질 일일세." 내가 자리에 앉기를 기다려 할아버지께서 말씀하셨다. 그것은 내가 들어오는 바람에 중단된 얘기를 계속하라고 웃드 라이스에게 보내는 신호였다.

"이보게, 하지 아흐마드. 그런 다음에 말이야, 발버둥 치는 그녀를 나귀에 태우고는 옷을 강제로 모두 벗겼어. 그녀는 바야흐로 사춘기에 접어들어 가슴이 나오기 시작하는 작은 새였네. 그 젖가슴은 말이지, 하지 아흐마드, 꼭 피스톨 모양으로 튀어나왔고, 엉덩이는 자네가 두 팔을 한껏 벌려도 안을 수 없을 정도로 풍만했다네. 매끈하게 향유를 바른 그녀의 피부는 달빛 아래에서 눈부시게 빛났지. 게다가 그녀의 향기는 머리가 어지러울 지경이었네. 나는 옥수수 밭 가운데의 모래 위에 그녀를 내려놓았어. 그러고는 그녀 위에 올라타려는데 옥수숫대 사이로 인기척이 나더니 말소리가 들리더군. '거기 누구요?' 이보게, 하지 아흐마드! 젊어서의 광기는 아무도 당할 재간이 없지 않은가. 나는 순간적으로 귀신처럼 행동하기로 했지. 귀신 흉내를 내며 소리를 지르고 모래를 흩뿌리기 시작했네. 갈수록 모래를 뿌리는 속도를 빨리했지. 그러자 그 남자는 놀라서 도망쳤어. 우스운 일은 말이야, 숙부인 이싸가 결혼식이 치러진 집에서 내가 그 노예 처녀를 납치해서 모래밭으로 데리고 갈 때까지 내 뒤를 쫓아 왔던 거야. 그러고는 내가 귀신을 흉내 내는 모습까지 지켜봤다더군. 이튿날 아침 일찍 숙부는 돌아가신 아버지(신이여, 자비를 베푸소서!)에게 가서 전날 밤 있었던 일을 낱낱이 얘기했네. 그러고는 덧붙였지. '형님, 그 녀석은 영락없는 사탄입니다. 오늘 내로 빨리 혼인을 시켜야지 그러지 않으면 마을이 쑥밭이 될 거예요. 우리 가족은 또 밑도 끝도 없는 추문에 휘말릴 거고요.' 그러더니 정말로 그날, 라지브 삼촌 딸과 나를 혼인시켰어. 신의 자비가 그녀에게 함께 하길! 하지만 그녀는 첫아이를 낳고는 저세상으로 가 버렸지."

"그때부터 그렇게 수탕나귀처럼 타고 내리고 하는 거였군." 빈트 마주두브가 담배를 많이 피워 목쉰 소리로 남자처럼 웃어 대며 말했다.

"이봐요, 빈트 마주두브. 당신만큼 그 달콤함을 알고 있는 사람이 세상천지에 어디 있겠나. 당신은 남편을 여덟 명이나 묻었잖아. 난잡한 할망구 같으니. 오늘이라도 남자를 만나면 싫다고 하지 않을걸." 웃드 라이스가 말했다.

"그래, 우리는 정말이지 상상조차 하기 힘든 요염한 소리를 빈트 마주두브한테 들었지." 할아버지께서 말씀하셨다.

"맹세컨대 하지 아흐마드, 남편이 내 가랑이 사이에 있을때면 나는 개울가 풀밭에 매여 있는 짐승들이 내는 소리를 지르고는 했지." 빈트 마주두브가 담뱃불을 붙이며 말했다. 말없이 웃기만 하던 바크리가 입을 열었다.

"이봐, 빈트 마주두브. 남편들 중에서 누가 제일 나았는지 얘기 좀 해 봐."

"웃드 알 바쉬르" 빈트 마주두브는 거침없이 대답했다.

"웃드 알 바쉬르라고! 그 느릿느릿한 얼뜨기 말인가? 그 친구는 풀 뜯는 염소처럼 늘 그렇게 행동이 굼떴지." 바크리가 말했다.

"맹세하지만 말이야, 그의 쐐기와도 같은 그것이 내 속으로 들어올 때면 나는 참을 수가 없었어. 저녁 예배를 마치면 그는 내 다리를 들었고, 나는 새벽 아잔 소리가 들릴 때까지 다리를 벌린 채로 있었지. 절정의 순간이 오면 그는 마치 도살당할 때의 소처럼 울부짖었어. 내 위에서 몸을 일으키면서 그는 늘 이렇게 말하고는 했지. '정말 멋지군! 아, 빈트 마주두브.'" 과장된 손놀림으로 담뱃재를 바닥에 털어 내며 빈트 마주두브가 말했다.

"당신이 한창 나이의 바쉬르를 저세상에 보낸 건 조금도 이상한 게 아니었군." 할아버지께서 말씀하셨다.

"운명의 시간이 그를 데려간 거지. 그런 일로 아무도 죽지 않아." 빈트 마주두브가 웃었다.

빈트 마주두브는 검은 우단처럼 피부가 까만 키 큰 여성으로 일흔을 바라보는 나이인데도 여전히 아름다움을 간직하고 있다. 그녀는 이 고장에서 유명하며, 남자든 여자든 누구나 할 것 없이 대담하고 자유분방한 그녀의 이야기를 듣고 싶어 한다. 그녀는 담배를 피우고 술을 마시며 남자처럼 걸핏하면 이혼해 버리겠다고 맹세를 하곤 했다. 그녀의 어머니는 알 가우르의 한 술탄의 딸이라고 전해지고 있다. 그녀는 이 고장의 집안 좋은 남자들과 결혼하였다. 그러나 그들 모두 적지 않은 재산을 남겨 놓은 채 죽고 말았다. 그녀에게는 아들 하나와 딸이 여럿 있는데 하나같이 아름다우며 어머니처럼 거리낌 없이 대담하게 얘기하는 걸로 유명하다. 빈트 마주두브의 딸들 가운데 하나는 어머니가 반대하는 남자와 결혼하였다고 한다. 그리고 둘은 함께 여행을 떠났다. 일 년쯤 지나 돌아왔을 때 남편은 아내의 친지들을 초청해 잔치를 벌이려고 했다.

"어머니는 말을 가리지 않고 하시니까 따로 모시는 게 좋을 것 같아요." 아내가 남편에게 말했다. 둘은 가축을 잡는 등 정성을 다해 음식을 장만해 놓고는 어머니를 초대하였다. 그녀는 신 나게 먹고 마시고 난 후 사위가 듣는 데서 딸한테 말했다.

"얘, 아미나야! 이 남자가 네게 잘해 주는가 보구나. 집도 이렇게 으리으리하고 옷도 잘 입었구나. 게다가 손과 목은 온통 금으로 치장을 했고. 한데 어째 얼굴을 보니 침대에서 너를 만족시켜 주기는 힘들 것 같구나. 어떠냐, 네가 만약 진정한 행복을 얻고 싶다면 말이다. 한번 네 위에 올라갔다 하면 네가 지쳐서 숨을 거둘 때까지 떠나려 하지 않을 그런 남편감을 하나 골라 주마." 옆에서 이 말을 들은 남편은 화가 머리끝까지 치밀어 올라 아내에게 그 즉시 이혼하자고 세 번 말하고는 이혼해 버렸다.

빈트 마주두브가 웃드 라이스에게 말했다.

"어때, 당신은 어쩐 일로 2년 동안이나 한 아내로 만족하는 거지? 열정이 사그라졌나?"

할아버지와 웃드 라이스는 뜻 모를 눈짓을 주고받았는데 나는 나중에 가서야 그 의미를 깨달았다.

"몸은 늙었지만 마음은 청년이야. 당신 혹시 나한테 어울릴 만한 과부나 이혼하고 혼자 사는 여자 알고 있나?"

"이보게, 웃드 라이스. 진심으로 충고 한마디 하겠는데, 자네는 다시 결혼하기에는 너무 늦었어. 나이가 일흔이 아닌가. 자네 손자들도 벌써 결혼을 해서 아이들이 있는데 말이야. 매년 결혼식을 올리는 게 부끄럽지도 않은가? 이제 그만 위엄을 지키고 전능하신 하나님께로 돌아갈 준비를 해야하지 않겠나." 바크리가 말했다.

이 말에 빈트 마주두브와 할아버지는 웃으셨고, 웃드 라이스는 짐짓 화난 체하며 말했다.

"이런 문제를 자네가 어찌 이해할 수 있겠나. 자네와 하지 아흐마드는 한 여자로 만족했으니까. 그리고 아내가 저세상으로 떠난 뒤에는 다시 결혼할 용기도 없지 않았나. 하지 아흐마드, 자네는 온종일 기도를 드리고 마치 천국이 자네 혼자만을 위해 있는 양 신을 찬미했지. 그리고 바크리, 자네는 어차피 죽으면 아무런 소용도 없을 재물을 모으느라 여념이 없었고 말일세. 전능하신 하나님께서는 결혼과 이혼을 모두 인정해 주시네. 그리고 여인들을 취할 때에는 자비로운 마음으로 할 것이며, 갈라설 때에도 그러해야 한다고 말씀하셨네. 쿠란에는 이렇게 쓰여 있어. '현세에서 여인과 아이들은 생의 장식품이다.'"

나는 웃드 라이스에게 쿠란에는 '여인과 아이들'이 아니라 '재물과 아이들'이라고 쓰여 있다고 말했다.

"어쨌거나 결혼의 즐거움보다 더한 건 없어." 바늘 끝처럼 뾰족하니 둥글

게 말려 올라간 콧수염을 조심스레 어루만지며 웃드 라이스가 말했다. 그러 더니 이번에는 왼손으로 양쪽 관자놀이께까지 덮어 버린 숱 많은 하얀 턱수염을 쓰다듬었다. 순백의 수염은 무두질한 가죽 같은 구릿빛 얼굴과 묘하게 대조를 이루어 마치 얼굴에 일부러 붙여 놓은 것 같다. 하얀 턱수염은 머리에 두른 커다란 터번의 흰빛과 잘 어울려 얼굴의 여러 특징 가운데서도 가장 두드러진 모습을 보이고 있다. 아름답고 이지적이기까지 한 두 눈, 곧게 뻗어내린 콧날. 웃드 라이스는 코올(화장먹)을 눈에 바른 것 같았다. 그의 얼굴은 전체적으로 매우 아름다우며 특히 아무런 특징도 없는 할아버지의 얼굴이나 쭈글쭈글한 수박 같은 바크리의 얼굴과 비교해 보면 더욱 잘생겨 보였다. 웃드 라이스 자신도 이를 잘 알고 있을 것이다. 그가 젊었을 때에는 동네에서 가장 잘생겼고, 남쪽과 북쪽, 강 상·하류 할 것 없이 젊은 처녀들의 가슴을 설레게 했다고 들었다. 그는 수도 없이 결혼하고 이혼했으며, 그저 여자이기만 하면 가리지 않고 데려왔다. 누구든지 이와 관련해서 물으면 "종말은 까다롭지 않은 법이야."라고 대답한다. 그의 아내들 중에서도 특히 칸다크에서 데려온 동골라 여인, 가다리프의 하단다위 여인, 하르툼에 있는 그의 맏아들 집에서 하녀로 있던 에티오피아 여인, 그가 네 번째 갔던 순례 길에 만나서 데려온 나이지리아 여인 등이 기억난다. 나이지리아 여인과 결혼하게 된 동기는 그가 포트수단과 제다 간을 오가는 배에서 그녀와 그녀의 남편을 만났던 때로 거슬러 올라간다. 웃드 라이스는 그 둘과 친해졌는데, 그녀의 남편이 '아라파트에 머무는 날'에 그만 메카에서 죽어 버렸다. "제 아내를 잘 돌봐 주시기 바랍니다." 그는 죽어 가며 이렇게 유언했다. 그녀를 돌봐 주는 데는 결혼하는 것보다 더 좋은 방법이 없었고, 둘은 3년간 함께 살

왔다. 웃드 라이스에게 3년은 긴 시간이었다. 그는 매우 흐뭇해했으며, 특히 그가 마음에 들어 했던 점은 그 여자가 아이를 낳지 못한다는 사실이었다. 그는 사람들에게 아내와의 관계를 자세히 설명해 주며 말했었다. "나이지리아 여인과 결혼하지 않은 사람은 결혼의 참맛을 모르지." 그는 나이지리아 여인과 살면서 또 하므라트 앗셰이크 방문길에 데려온 카바비쉬 여인과도 결혼하였다. 그러나 두 여인은 함께 어울려 살지 못했고, 그는 카바비쉬 여인 때문에 나이지리아 여인과 이혼했다. 그렇지만 얼마 후, 카바비쉬 여인도 그를 떠나 하므라트 앗셰이크에 있는 가족에게로 도망쳤다.

"사람들은 서양 여자들이 상상을 초월한다고 하더구나." 웃드 라이스가 팔꿈치로 내 옆구리를 찌르며 말했다.

"전 몰라요." 내가 말했다.

"그런 말이 어디 있나? 자네같이 한창때에 8년 동안이나 퇴폐한 나라에서 살다 왔는데 모른다니." 나는 잠자코 있었다.

"도대체 이 집안은 제대로 된 것이 하나도 없군. 자네 숙부 압둘 카림을 제외하고는 모두 한 여자밖에 모르지. 그 친구야말로 진짜 남자라고." 웃드 라이스가 말했다.

사실 우리 집안 남자들은 이혼을 하지도 않고, 여러 여자와 결혼하는 일도 없다고 알려져 있다. 마을 사람들은 우리가 아내들을 무서워하는 거라며 놀려 댄다. 수도 없이 결혼하고 헤어진 바람둥이 압둘 카림 삼촌을 제외하고는…….

"서양 여성들은 이에 대해 우리네 처녀들만큼 잘 알지 못해. 이방인 여성은 마치 물을 마시듯 그 일을 해내지. 우리네 처녀들이 말이야, 저녁 예배를 마친 후 온몸에 오일을 바르고 향수를 뿌린 다음 부드러운 나이트가운을 걸치고 붉은요 위에 누워 두 다리를 벌리면, 남자는 자기가 마치 아부 자이드 알힐랄리라도 된 것처럼 여겨지지. 열정이라고는 눈곱만큼도 없는 남자도 그때만큼은 정열이 솟구치게 된다고." 빈트 마주두브가 이야기했다.

할아버지와 바크리는 웃었다.

"이보게, 빈트 마주두브. 이곳 여자들 얘기는 집어치워. 이국 여성이야말로 진짜 여성 아니겠어?" 웃드 라이스가 말했다.

"당신 머리에 외국 물이 들어도 단단히 들었군." 빈트 마주두브가 말했다.

"웃드 라이스, 자네는 이방인 여성이 좋은 모양이구면." 할아버지께서 말씀하셨다.

"하지 아흐마드, 맹세컨대 말이지, 자네가 에티오피아나 나이지리아 여인과 함께 지내 보았다면 아마 염주를 던져 버리고 기도도 그만뒀을 걸세. 그쪽 여인들의 가랑이 사이에 있는 건 뒤집힌 접시 같아. 선과 악이 모두 담겨 있는 완벽한 형태라고. 우리는 여기에서 마치 헐벗은 땅처럼 그걸 깎아 내 버리지." 웃드 라이스가 말했다.

"할례는 이슬람의 한 조건이야." 바크리가 얘기했다.

"무슨 이슬람 말인가? 그건 자네의 이슬람이고 하지 아흐마드가 믿는 이슬람일세. 자네들을 해롭게 하는 그곳에서 바로 이로운 것이 나온다는 사실을 모르는군. 나이지리아인이나 이집트인, 시리아의 아랍인 모두가 우리처럼 무슬림이지 않은가? 하지만 그들은 기본 원칙들을 알고 있네. 또 신께서 여인들을 창조하신 그대로 그녀들을 남겨 놓지. 하지만 우리는 마치 짐승한테 하듯이 여자들을 다루지 않나!" 웃드 라이스가 말했다.

할아버지는 염주알이 한꺼번에 세 개나 떨어지는 것도 모른 채 웃으며 말씀하셨다.

"이집트 여인은 자네가 짐작도 못할 만큼 굉장한걸."

"자네가 이집트 여인에 대해 무얼 안다고 그러나?"

"자네는 하지 아흐마드가 6년하고도 9개월 동안이나 이집트에 머무른 적이 있었다는 것을 잊은 겐가?" 바크리가 할아버지를 대신해서 말했다.

"그래, 나는 염주와 물병만 들고 걸어서 이집트에 갔었지."

"가서는 뭘 했나? 자네는 떠났을 때와 마찬가지로 달랑 염주와 물병만 들고 돌아왔지. 내가 자네였다면 결코 빈손으로 돌아오지는 않았을 거야. 맹세하네."

그러자 할아버지께서 말씀하셨다.

"자네라면 여자를 데리고 왔겠지. 자네의 관심은 온통 그것밖에 없으니까 말이야. 나는 돈을 가지고 와서, 땅을 사고 물레방아를 고치고 아이들의 할례를 해 주었지."

"맹세코 하지 아흐마드, 자네 이집트 것을 맛보았나?"

염주알은 물레방아처럼 연신 할아버지의 손가락 사이에서 흘러내리고 있었다. 그러나 그 동작은 갑자기 멈추었고, 할아버지는 고개를 들어 천장을 바라보며 입을 벌리셨다.

"이보게, 웃드 라이스. 자네 돌았군. 나이만 먹었지 도대체 상식이라고는 없어. 이집트건 수단이건 이라크건 어디에 있든지 간에 여자는 여자야. 검은색이든 흰색이든 붉은색이든 여자는 다 똑같다고." 바크리가 앞질러 말했다.

웃드 라이스는 어처구니가 없어서, 도움을 청하기라도 하듯 빈트 마주두 브를 바라보았다.

"사실 이집트에서 결혼할 뻔했지. 이집트 인은 좋은 사람들이고 신을 경외하는 사람들이야. 여인네들은 남자의 가치를 알고 있어. 불라크에서 한 남자를 알게 되었지. 우리는 아부알라 사원에서 새벽 기도 때 만나고는 했어. 그는 자신의 집에 나를 초대했고, 자연 나는 그의 가족과도 알게 되었지. 그는 딸이 여섯이나 되었어. 그의 딸들은 하나같이 '달아, 내려오렴. 내가 네 자리에 앉아있게.'라고 할 정도로 아름다웠어. 얼마 후 그는 내게 말했지. '수단 친구여, 당신은 경건하고 신앙심이 돈독한 사람이오. 내 딸들중 하나와 결혼하지 않겠소.' 웃드 라이스, 사실 나는 큰딸에게 마음이 있었어. 그런 일이 있은 지 얼마 만에 어머니가 돌아가셨다는 전보가 오는 바람에 즉시 그곳을 떠나고 말았지."

"신의 은총이 자네 모친과 함께하기를. 참 훌륭한 분이었는데 말이야." 바크리가 말했다.

"거참, 아깝군. 세상은 그렇다니까, 가질 생각도 없는 사람에게는 쥐여 주고 말이야. 내가 자네였다면 온갖 것을 다 해 보았을 걸세. 결혼해서 거기에 머물며 시골 여자들과 인생의 달콤함을 맛보았을 거야. 도대체 무엇 때문에 이 헐벗고 메마른 땅으로 다시 돌아온 건가?"

바크리가 말했다.

"가잘도 내 나라가 바로 시리아처럼 좋은 곳이라고 말했으니까."

빈트 마주두브가 담배를 다시 피워 물고는 힘껏 들이마시며 웃드 라이스에게 말했다.

"당신은 이 헐벗고 메마른 땅에서도 인생의 단맛을 빼앗기지는 않았잖아. 보다시피 그렇게 건강하고 뚱뚱하지, 칠십 줄에 들어섰어도 늙지 않고 여전히 그렇게 기력이 왕성하니 말이야." 방 안은 그녀가 내뿜는 담배 연기로 얼룩졌다.

"맹세하지만 칠십 년에서 하루도 더 지나지 않았다고. 당신이야말로 하지 아흐마드보다 더 늙었지만 말이야."

"이보게, 웃드 라이스. 하늘이 무섭지도 않나. 빈트 마주두브는 내가 결혼할 때 태어나지도 않았다네. 자네보다도 두세 살 적지 않은가."

"어찌 되었든 요즈음 나는 그 누구보다도 원기 왕성하네. 맹세하네만, 여자의 가랑이 사이에서라면 자네 손자보다도 더 정력적일걸." 웃드 라이스가 되받았다.

"못하는 말이 없군. 당신 물건은 손가락 마디만 하니 분명 여자 뒤를 따라가야만 할 거야." 빈트 마주두브가 말했다.

"만약 당신이 나와 결혼했다면 말이야, 영국인의 대포와 같은 그것을 맛볼 수 있었을 거라고."

"웃드 알 바쉬르가 죽었을 때 대포도 잠잠해졌어. 웃드 라이스, 당신은 어째서 그렇게 쓸데없는 말만 늘어놓는 거야! 당신 생각은 전부 다 그 페니스 끝부분에 들어 있군. 결국 당신 페니스는 당신 생각만큼이나 작다는 얘기지."

좌중은 한바탕 웃어 댔다. 여태껏 조용히 미소만 짓던 바크리까지도 박장대소를 했다. 할아버지는 염주알을 똑똑 굴리던 것도 아주 그만둔 채 가느랗고 장난기 있어 보이는 웃음을 웃으셨다. 빈트 마주두브는 남자같이 목쉰 소리로 웃어 댔다. 웃드 라이스의 웃음은 웃는다기보다는 당나귀 울음소리에 더 가까웠다. 그들은 눈에서 흐르는 눈물을 닦아 내었다.

"전능하신 하나님, 회개하노니 용서해 주시옵소서." 할아버지께서 말씀하셨다.

"신이여, 용서하소서. 저희가 너무 웃었나이다. 저희가 좋은 때에 다시 만날 수 있도록 해 주시옵기를……." 빈트 마주두브가 말했다.

"신이여, 용서하소서. 저희 죄를 사해 주시고, 내세에서도 축복을 내려 주시옵기를 바라나이다." 바크리가 말했다.

"전지전능하신 하나님, 용서하소서. 현세와 내세에서 저희가 보내는 날들은 모두 당신께서 뜻하신 바대로 있을 것이옵니다." 웃드 라이스가 말했다.

빈트 마주두브는 젊은 사람처럼 벌떡 일어섰다. 그러고는 등도 구부리지 않은 채 양어깨를 똑바로 편 자세로 꼿꼿이 섰다. 바크리는 가까스로 몸을 추스르며 일어섰고, 웃드 라이스는 지팡이에 약간 기댄 채 일어났다. 할아버지는 예배용 깔개에서 일어나 다리 짧은 침상에 걸터앉으셨다. 나는 무덤 가장자리에 잠시 멈춰 서서 웃고 있는 세 노옹과 한 노파를 바라다 보았다. 머지않아 그들은 세상을 떠날 것이다. 내일이면 손자는 아버지가 되고, 아버지는 할아버지가 된다. 그리고 대상은 가던 길을 계속해서 간다.

그들은 집을 나섰다. "괜찮으면 내일 우리와 함께 점심 식사나 하자." 웃드 라이스가 문을 나서며 내게 말했다.

할아버지는 침대에서 몸을 일으키며 함께 떠들고 웃던 친구들이 모두 가 버린 후의 고독감을 확인하기라도 하는 것처럼 쓸쓸히 웃으셨다.

"애야, 웃드 라이스가 왜 너를 점심에 초대했는지 아니?" 나는 할아버지께 우리는 친구이며 그는 전부터 식사에 초대를 했었다고 말씀드렸다.

"그 친군 네게 도움을 바라고 있는 거다."

"그게 뭔데요?"

"그 친구는 결혼을 하려고 하지."

"웃드 라이스가 결혼하는 거랑 제가 무슨 상관이 있어요?" 나는 웃으며 말했다.

"네가 그 신부 될 사람의 후견인 아니냐!"

나는 어처구니가 없어서 잠자코 있었다.

"웃드 라이스는 무스타파 사이드의 미망인과 결혼하려고 한다." 할아버지는 내가 미처 이해하지 못했다고 생각하셨는지 이렇게 설명을 덧붙이셨다.

이번에도 나는 잠자코 있었다.

"웃드 라이스는 아직 젊다. 게다가 재산도 꽤 있지 않니. 어쨌거나 그 여자에게는 누군가 돌봐 줄 사람이 필요하다. 남편이 죽은 지 3년이란 세월이 흘렀다. 그녀가 절대 재가를 안 하겠다던?"

나는 그녀에게 아무런 책임도 없다고 할아버지께 말씀드렸다. 그녀의 아버지와 오빠들이 아직 다 살아 있는데, 웃드 라이스는 어째서 그들에게 얘기하지 않는 것일까?

"이 마을 사람들 모두 무스타파 사이드가 너를 자기 아내와 두 아이의 후견인으로 지목했다는 사실을 알고 있다."

물론 내가 두 아이의 후견인이기는 하지만 그 여자는 자기의 의지대로 생활하는 것이며 더군다나 아버지와 오빠들이 있는데 내가 간섭하는 것은 당치도 않다고 말씀드렸다.

"그녀는 네 말을 신뢰하는 것 같더구나. 그러니 네가 얘기하면 듣지 않겠니."

이 고장에서는 그런 일들이 당연하게 이루어지고 있다는 사실에 놀랐고 한편으로는 혐오스럽기까지 했다.

"할아버지, 그 여자는 웃드 라이스보다 나이가 적은 사람들의 청혼도 거절했어요. 웃드 라이스와 그녀는 마흔 살이나 차이가 나지 않아요?"

하지만 할아버지는 웃드 라이스가 아직 젊고 형편도 좋으며 또 그는 그녀의 아버지가 결코 반대하지 않을 거라고 믿고 있다고 강조하셨다. 그렇지만 당사자가 거절할지도 모르기 때문에 일이 잘 진행되도록 내가 중간에 나서기를 바라는 것이다.

나는 화가 치밀어 올라 아무 말도 할 수 없었다. 그 순간 추잡한 두 장면이 동시에 머릿속에 떠올랐다. 무스타파 사이드의 미망인, 호스나 빈트 마흐무드를 생각했다. 그녀가 바로 두 장면의 주인공이었다. 런던에서 하얀 가랑이를 벌리고 있는 여인, 나일 강 어귀 이름 모를 마을의 이른 새벽, 늙은 웃드 라이스 아래에서 신음하고 있는 여인. 그것이 해악이었다면 이것 또한 해악이다. 이것이 죽음과 탄생, 나일의 범람과 밀 수확처럼 우주의 일부분이었다면 그것 또한 마찬가지이다. 무스타파 사이드의 서른 살 미망인, 호스나 빈트 마흐무드가 일흔이나 된 웃드 라이스의 밑에서 신음하는 모습을 상상했다. 그녀의 울음은 웃드 라이스가 마을 사람들에게 장난삼아 들려주고는 했던 그의 많은 여자 얘기 가운데 하나로 바뀌고, 내 가슴속에는 분노의 불길이 걷잡을 수 없이 타올랐다. 더는 참을 수 없어서 집 밖으로 나왔다. 뒤에서 할아버지께서 부르시는 소리가 들렸지만 돌아보지 않았다. 집에 오

니 아버지가 무엇 때문에 그렇게 화가 났느냐고 물으셨다. 사실대로 말씀드
렸더니 아버지는 웃으며 말씀하셨다. "그래 그 일 때문에 그렇게 화가 난 거
냐?"

6

오후 네 시 무렵 무스타파 사이드의 집으로 갔다. 커다란 안문을 열고 들어가서 나는 잠시 왼편에 있는, 붉은 벽돌로 된 기다란 방을 바라보았다. 고요했으나 묘지와 같은 적막감은 아니었고, 닻을 올린 채 바다 한가운데에 떠 있는 배의 고요함이었다. 그렇지만 아직 때는 오지 않았다. 그녀는 응접실 앞 툇마루에 있는 의자로 나를 안내하고 레몬주스 한 잔을 가지고 왔다. 두 아이가 나와서 내게 인사를 했다. 큰아이는 외할아버지의 이름을 따서 마흐무드라 했고, 작은아이는 아버지 이름인 사이드라 불렀다. 둘은 평범한 아이였고 큰애가 여덟 살, 작은애가 일곱 살로 연년생이다. 아이들은 매일 아침 나귀를 타고 6마일 떨어진 학교에 간다. 나는 두 아이를 돌보아야 할 책임이 있고, 또 매년 고향 마을에 오는 이유 중의 하나가 바로 아이들이 어떻게 자라고 있는지 알아보기 위해서이다. 우리는 이번에 두 아이의 할례식을 치를 예정이며 가수들과 찬양대를 불러 축하 파티를 열어서 아이들에게 기억에 남을 만한 어린 시절의 추억을 남겨 줄 작정이다.

'아이들이 여행의 고통을 덜 수 있도록 해 주세요.' 그는 편지에 이렇게 썼다. 하지만 나는 생각이 달랐다. 아이들이 자라서 여행하기를 원한다면 마음껏 할 수 있다. 아무나 먼저 길을 떠날 수 있고, 어릴 때 보았던 세상은 끊임없이 그들 앞에 펼쳐질 것이다. 두 아이는 안으로 들어갔고 그녀는 여전히 내 앞에 있었다. 늘씬하게 큰 키에 살진 편은 아니었지만 사탕수수대처럼 풍만하고 유연한 몸매이다. 남들처럼 손발에 헤나를 바르지는 않았지만 그녀에게서는 옅은 향수 냄새가 풍겼다. 입술은 붉은빛을 띠었고 건강해 보이는 하얀 치아가 고르게 나 있다. 그녀의 얼굴은 아름다웠고 커다란 검은 두 눈에 슬픔과 수줍음이 함께 어려 있다. 그녀와 악수를 할 때면 내 손안에서 부드럽고 따뜻한 촉감을 느낄 수 있었다. 몸가짐은 우아했고 이국적인 멋이 풍겨 나왔다. 아니면 내가 그녀에게 실재하지 않는 그 무엇을 상상하고 있는 것일까? 그녀를 만날 때면 왠지 당황스럽고 어색해서 가능하면 빨리 그 자리를 벗어나려 했다. 이 여인이 바로 웃드 라이스가 무덤가에 제물로 바치려 하는 희생물이며 그는 그 제물을 바침으로써 죽음을 1년 혹은 2년 더 미루어 보려 하고 있는 것이다.

내가 재촉하는데도 그녀는 여전히 서 있었다.

"앉지 않으신다면 이만 가 보겠습니다." 내가 이렇게 말해야만 그녀는 자리에 앉았다. 대화는 천천히 그리고 힘겹게 시작되어 해가 서편으로 기울고 공기가 점차 서늘해질 때까지 계속되다가 서서히 풀려 가기 시작했다. 그녀가 달콤하게 웃을 때면 심장이 두근거렸다. 대지와 하늘 간에 벌어진 격전 끝에 숨을 거둔 수백만 사람이 흘린 피처럼 서쪽 하늘 끝 지평선은 어느덧 붉은 노을로 물들어 갔다. 갑자기 전쟁은 패배로 끝나고 지구의 사면에는 어둠의 장막이 짙게 드리워졌다. 그러고는 그녀의 두 눈에 어렸던 슬픔과 수줍음도 앗아가 버렸다. 애정이 담긴 포근한 말소리와 어느 한순간 말라 버릴지도 모를 샘과 같은 옅은 향수 내음만이 남았을 뿐이다.

"무스타파 사이드를 사랑했습니까?" 나는 문득 그녀에게 물었다.

그녀는 대답하지 않았다. 잠시 기다렸지만 여전히 아무 말이 없었다. 어둠과 향수가 나를 억제할 수 없게 했으며, 그 시각 그 장소에서는 그런 질문을 하지 말아야 했음을 깨달았다. 하지만 곧 어두운 공기를 가르고 그녀의 목소리가 귓전에 와 닿았다.

"그는 내 아이들의 아버지였어요."

내 생각이 맞다면 그 목소리는 슬프지 않았고 오히려 속삭임이 담겨 있었다. 나는 침묵했고, 그 침묵은 그녀에게 무언가를 얘기하도록 속삭였다. 맞아, 그거였어.

"그이는 자상한 남편이었지요. 아이들에게는 인자한 아버지였고요. 살면서 우리는 아무것도 부족한 게 없었어요."

나는 어둠 속에서 그녀에게 몸을 구부리며 물었다.

"그의 고향이 어딘지 아십니까?"

"하르툼이에요."

"하르툼에서는 뭘 했죠?"

"장사를 했었어요."

"그런데 무엇 때문에 이 마을에 온 것입니까?"

"그것은 신만이 아십니다."

나는 거의 단념할 뻔했다. 그때 내가 기대했던 것보다 더 진한 향수 내음을 실은 상쾌한 미풍이 내 쪽으로 불어왔다. 그 내음을 들이마시면서 나는 절망감이 더욱더 깊어 감을 느꼈다. 이윽고 어둠 속에 커다란 공동이 생겨났고 이번에는 슬픈 목소리가 새어 나왔다. 강바닥보다 더 깊은 슬픔의 울림이.

"그이가 무언가를 숨기고 있었던 것 같아요."

"왜 그렇게 생각하시죠?" 나는 얼른 되물었다.

"그이는 밤이면 오랜 시간을 혼자 저 방에서 보내고는 했지요."

"저 방에 뭐가 있습니까?"

"모르겠어요. 저는 한 번도 들어가 본 적이 없어요. 열쇠는 선생님께서 가지고 계시죠? 직접 알아보세요."

그렇다. 지금 바로 이 순간, 그녀와 나, 우리는 함께 일어나서 등불을 켜고 그 방에 들어가 볼 수 있지. 천장에 목을 매단 그를 볼 수 있을까, 아니면 방바닥에 웅크리고 앉아 있는 그를 만날 수 있을까?

"부인께서는 무엇 때문에 그가 무언가를 숨겼다고 생각하십니까?" 나는 재차 물었다.

지금 그녀의 목소리에는 아무런 감정도 담겨 있지 않았다. 그저 옥수수 잎처럼 날을 세운 톱날 소리로 들려올 뿐이었다.

"그이는 밤에 자다가는 가끔 뭐라고 말하곤 했어요……. 그냥 중얼중얼하는 거였죠."

"뭐라고 중얼거렸나요?"

"모르겠어요. 유럽 인들이 쓰는 말 같았는데." 난 어둠 속에서 여전히 그녀에게로 몸을 기울인 채 있었다. 무언가를 기대하면서.

"자면서 무슨 단어를 반복해서 말했어요……. 지나, 지니…… 비슷한 말이었는데……. 모르겠군요."

바로 이 장소에서, 지금과 같은 시간에, 이와 같은 어둠 속에서 해수면 위에 떠 있는 물고기들의 시체와도 같이 그의 음성이 떠다녔다.

"나는 3년 동안 그녀를 쫓아다녔다. 날이 갈수록 활시위는 더욱 팽팽하게 긴장되었다. 나의 대상들은 갈증으로 바짝바짝 타올랐고, 눈앞에 펼쳐진 열망의 사막 한가운데에서 신기루가 찬란하게 빛나고 있었다. 그날 밤 진이 내 귀에 대고 '우리 함께 가요. 우리 함께 가요.'라고 속삭였을 때 내 생은 완결점에 다다랐고, 이제 더는 내가 이 세상에 남아 있을 까닭이 없어졌다." 마을 어디에선가 자지러지게 울어 대는 아기의 울음소리가 들려왔다.

"그이는 자신의 최후가 가까웠음을 미리 알았던 것 같았어요. 그날 이전에, 그러니까 죽기 일주일 전에 모든 걸 정리했지요. 지금까지 모아 두었던 것들을 정리하고 빌린 것도 죄다 갚고요. 죽기 바로 전날, 저를 부르더니 자신의 재산을 전부 일러 주었어요. 두 아이에 대해 이것저것 지시도 하고요. 그리고는 밀랍으로 봉한 편지를 주며 제게 말했습니다. '만에 하나 무슨 일이 생기면 그에게 이걸 전해 주시오.' 일이 일어나면 선생님이 아이들의 후견인이 될 거라고 말했습니다. '무슨 일을 하든 그와 상의해서 하도록 해요.' '신께서 함께하신다면 아무 일도 없을 거예요.' 저는 울면서 그에게 말했습니다. '하나의 가정일 뿐이오. 세상사라는 게 언제 어떤 일이 일어날는지 모르는 거 아니겠소.' 그는 이렇게 말했어요. 그날은 홍수가 나서 온 세상이 물에 잠겼지요. 그래서 저는 그이에게 들에 나가지 말라고 애원했어요. 저는 두려웠어요. 하지만 그이는 수영에는 자신 있으니까 아무 염려 없다며 무서워하지 말라고 하더군요. 그날 하루 종일 왠지 모르게 걱정이 되었어요. 게다가 그이가 돌아올 시간이 지나자 불안은 점점 커졌어요. 저는 기다렸지요. 그렇지만 결국은 그렇게 되고 말았습니다."

나는 그녀가 숨죽여 울고 있음을 알았다. 울음소리는 점차 높아지고 격한 흐느낌이 되어 우리 둘 사이에 가로놓여 있는 어둠을 흔들어 놓았다. 향내음과 침묵은 사라지고 지상에는 오로지 남편을 잃은 여인의 흐느낌만이 맴돌고 있을 뿐이다. 자기만의 돛을 달고 낯선 이국의 신기루를 좇아 대양을 향해하는, 그녀 자신도 정확히 알지 못했던 남편을 향한 흐느낌만이. 늙은 웃드 라이스는 집에서 비단 나이트가운 아래에서의 밤의 희롱을 꿈꾸고 있겠지. 이 혼란 속에서 나는 지금 무엇을 하고 있는 것일까? 그녀에게 다가가 품에 안고 손수건으로 눈물을 닦아 주며 달래서 진정하도록 해야 하나? 두 팔에 의지해 몸을 반쯤 일으켰지만 어색한 느낌이 들어 망설이며 그렇게 한동안 서 있었다. 그때 갑자기 심한 피로가 엄습해 와서 다시 의자에 몸을 파묻고 말았다. 빛은 그 자취를 감추고 어느덧 어둠만이 짙게 드리워져 있는 지금, 원래부터 빛이란 존재하지 않았던 듯 어둠은 끊임없이 이어지고 하늘의 별들은 낡고 다 해진 옷의 찢어진 틈일 뿐이다. 향수 내음은 어지러운 꿈이고, 모래 언덕을 기어오르는 개미 소리조차 들리지 않을 정도로 사위는 고요하기만 하다. 그때 어둠 깊은 곳에서 그녀의 목소리도 아니고, 분노, 슬픔, 두려움, 아무것도 배어 있지 않은 목소리가 새어 나왔다.

"변호사들은 내 소장과 싸우고 있었다. 중요한 것은 내가 아니라 바로 그 문제였다. 맥스웰 포스터킨 교수는 옥스퍼드에서 도덕의 재무장 운동을 주창한 사람들 중 한 분이며, 프리메이슨 조합원이고 아메리카 프로테스탄트 선교 연맹 최고 위원회의 회원이다. 그는 나에 대한 혐오감을 감추지 않았다. 옥스퍼드에서 그에게 강의를 들을 때 그는 공공연히 성난 목소리로 내게 말했다. '사이드! 자네야말로 우리의 아프리카 문명화 임무가 얼마나 헛된 것이었는가를 드러내 주는 좋은 본보기일세. 우리가 자네를 교육시키기 위해 할 수 있는 모든 노력을 기울였는데도 자네는 마치 난생처음으로 숲에서 나온 것같이 행동하는군!' 그럼에도 그는 지금 이 법정에서 내가 교수형을 모면할 수 있도록 모든 노력을 동원했다. 아서 힌긴스 경은 두 번 결혼했다 이혼했으며, 그의 연애 사건들은 아주 유명하고 좌익과 보헤미안계와의 관계도 잘 알려져 있다. 나는 1925년 크리스마스를 새프론 월든에 있는 그의 집에서 보냈다. '자네는 정말 무뢰한이로군. 하지만 난 무뢰한들을 싫어하지는 않네. 나 역시도 그런 사람이니까 말이야.' 그는 내게 이야기하고는 했다. 하지만 그는 이 법정에서 내 목에 교수대의 올가미를 씌우려 모든 노력을 기울일 것이다. 나와는 아무런 상관도 없는 노동자, 의사, 농부, 교사, 상인, 장의사 등으로 구성된 배심원들도 마찬가지일 것이다. 내가 만약 그들에게 방 한 칸을 빌려 달라고 한다면 아마 대부분이 거절할 것이다. 또 자기네 딸이 이 아프리카인과 결혼하겠다고 말한다면 분명 그들은 세상이 발 아래에서 무너져 내림을 느끼겠지. 하지만 그들은 지금 이 법정에서 생전 처음으로 자기 영역을 벗어나 본 것이 틀림없다. 나는 그들에 대해 일종의 우월감을 느꼈다. 이 재판이라는 형식을 빌린 의식은 원래가 나 때문에 열린 것이니까. 나는 이 모든 것 위에 군림한 정복자이며, 그 운명을 결정해야만 하는 침략자이다. 마흐무드 웃드 아흐마드가 아트바라 전투에서 패해 쇠고랑을 찬 채 키치너 장군에게 끌려왔을 때 키치너는 그에게 말했다. '자네는 왜 우리 나라에 와서 파괴와 약탈을 일삼았나?' 이렇게 말한 그 자신이 바로 침략자였으며, 정작 원주인은 아무 말도 못하고 고개만 숙이고 있을 뿐이다. 지금의 나와 그들이 바로 같은 경우다. 나는 이 법정에서 로마 병사들의 칼 부딪치는 소리와 예루살렘을 짓밟고 있는 알렌비의 말발굽 소리를 듣고 있다. 배들은 처음에는 빵이 아닌 포탄을 싣고서 나일 강 물살을 가르며 나아갔고, 철도도 원래는 군인들을 실어 나를 목적으로 세웠다. 그들은 학교를 세워서 자기네 말로 '네' 하는 법을 우리에게 가르치려 했다. 그들은 세계가 일찍이 솜과 베르단에서 보았던 것과 같은 광포한 유럽의 병균을 우리에게 옮겨 주었다. 이미 천 년 전부터 그들이 감염되었던 치명적인 병균이다. 바로 그렇다. 이봐! 나는 침략자로서 바로 당신들 집에 들어왔다. 당신들이 역사의 동맥에 주사한 한 방울의 독약과도 같은 존재로서 말이다. 나는 오셀로가 아니다. 오셀로는 거짓이었다."

지금과 같은 밤에, 바로 이 자리에 앉아 얘기했던 무스타파 사이드의 말을 생각하던 중 나는 마치 먼 곳으로부터 울려오는 듯한 그녀의 흐느낌 소리를 들었다. 그 소리는 상상 속에서 각기 다른 시기에 들었던 여러 소리와 뒤섞였다. 그렇지만 그 흐느낌 소리는 내 머릿속에서 교회 종소리와 마을 어디에선가 들려오는 아기 울음소리, 개 짖는 소리, 당나귀 우는 소리, 강 맞은편 언덕으로부터 들려오는 결혼식의 시끌벅적한 소리와 함께 어우러졌다. 그러나 지금 나에게는 번민에 휩싸인 그녀의 흐느낌 소리만이 들려올 뿐이다. 나는 움직이지 않았다. 미동도 하지 않은 채 앉아서 그녀가 스스로 그칠 때까지 내버려 두었다. 뭐라고 그녀에게 위로를 해야만 했다.

"지나간 일을 돌이켜 봐야 무슨 소용입니까. 두 아이가 있지 않습니까! 게다가 부인은 아직 젊어요. 앞으로 다가올 일만을 생각하세요. 누가 압니까, 부인께서 수많은 청혼 중 하나를 수락하실지요."

내가 이렇게 얘기하자 그녀는 즉시 그리고 아주 단호하게 대답했다.

"무스타파 사이드 한 사람으로 족해요. 저는 절대로 다른 남자를 받아들이지 않을 겁니다." 나는 깜짝 놀랐다.

"웃드 라이스가 부인과 결혼하고 싶어 해요. 부인 아버님과 가족은 반대하지 않을 겁니다. 그가 제게 중매를 서 달라고 부탁했어요." 사실 나는 이렇게 말하려고 했던 건 아니었는데 그만 말을 내뱉고 말았다. 그녀는 한참 동안 아무 말 없이 있었다. 더는 말하고 싶지 않은가 보다고 여겨져서 그만 일어나려던 참이었다.

"결혼하라고 강요한다면 그 사람을 죽이고 저도 죽겠어요." 마침내 화살촉이 어둠을 가르는 것처럼 그녀의 절규하는 소리가 들려왔다. 그녀에게 무슨 말이든 해야 했지만 아무 말도 못하고 무앗진의 밤 기도를 위해 외치는 아잔 소리만 망연히 듣고 있었다.

"전능하신 신이시여! 전능하신 신이시여!"

나는 자리에서 일어섰고 그녀도 따라 일어섰다. 나는 말없이 그곳을 나섰다.

모닝커피를 마시고 있는데 웃드 라이스가 찾아왔다. 그러잖아도 그의 집을 방문할까 했는데 그가 한발 빨랐다. 그는 어제 했던 점심 초대를 확인하려고 왔다고 말했지만, 나는 그가 그새를 기다리지 못하고 그녀와 어떻게 이야기가 되었는지 궁금해서 왔다는 것을 눈치챘다.

"좋지 않았어요. 그녀는 절대로 재가하지 않겠답니다. 제가 아저씨라면 이 문제를 없었던 일로 하겠어요." 그가 자리에 앉자마자 말했다. 그 소식이 그에게 그렇게 충격을 주리라고는 상상도 하지 못했다. 하지만 지금 내 앞에 앉아 있는, 여자를 마치 당나귀 바꾸듯 갈아 치우던 웃드 라이스의 얼굴에는 언짢은 기색이 역력했고 눈꺼풀이 바르르 떨렸으며 아랫입술을 터져라 깨무는 것이었다. 그는 안절부절못하면서 지팡이로 바닥을 신경질적으로 두드려 댔다. 오른쪽 구두를 연신 신었다 벗었다 하더니 자리에서 일어서려 다가는 도로 주저앉았다. 그러고는 입을 움쭉하더니 다시 다물었다. 거참, 놀랍군! 웃드 라이스가 사랑에 빠진 건가?

"어디 여자가 그녀 하나뿐이겠어요."나는 말했다.

"그녀가 아니라면 결혼할 생각 없네. 그 콧대를 꺾고 나를 받아들이도록 만들 걸세. 아니, 자기가 무슨 여왕이나 공주라도 된다고 생각하는 모양이지? 이 나라에서 굶주린 사람보다 흔한 게 과부인데 말이야. 나 같은 남편감이 나선 걸 신께 감사드려야 할 거야."그의 총명해 보이는 두 눈이 더는 그렇게 보이지 않았으며 단지 한군데에 고정되어 있는 유리구슬처럼 여겨질 뿐이었다.

"보통 여자들과 다를 바 없다면서 왜 그녀만을 고집하시는 겁니까? 아저씨 말고도 여러 사람의 청혼을 거절했다는 거 아시잖아요! 그 사람들 중에는 아저씨보다 훨씬 젊은 사람도 꽤 있었어요. 그녀가 자기 아이들 교육에만 힘을 쏟겠다는데 사람들은 왜 그녀를 내버려 두지 않는 거죠?"

그러자 웃드 라이스가 길길이 날뛰며 화를 냈다.

"빈트 마흐무드가 누구 때문에 거절했는지 너 자신에게 물어봐라!"그는 극도로 흥분해서 소리쳤고 나는 소스라치게 놀랐다.

"원인은 바로 너다. 너와 그 여자 사이에 무언가 있는 것이 틀림없어. 도대체 네가 왜 간섭하는 거냐? 네가 그 여자의 아버지도 아니고 오빠도 아니고, 그렇다고 책임질 만한 사람도 아니면서 말이다. 설사 네가 반대하고 그 여자가 거절한다고 해도 결국에는 나와 혼인하게 될 거다. 여자 아버지와 오빠들이 모두 승낙했거든. 너희들이 학교에서 배운 그따위 쓸모없는 말들은 우리에게 통하지 않아. 그리고 이 마을에서는 남자가 여자의 보호자라는 걸 명심해라."

그때 아버지께서 들어오시지 않았더라면 무슨 일이 일어났을지도 몰랐다. 나는 얼른 일어나서 밖으로 나왔다.

들판에 있는 마흐주브에게 갔다. 그와 나는 동갑내기로 우리는 어릴 적부터 함께 자랐고 초등학교에 다닐 때에는 옆 자리에 나란히 앉곤 했다. 그는 나보다 똑똑했다. 초등학교 과정을 마쳤을때 마흐주브는 말했다. "읽고 쓰고 셈할 줄 알고 이 정도만 배우면 충분해. 할아버지, 아버지 세대와 마찬가지로 우리도 농부일 뿐이야. 농부가 받아야 할 교육이란 게 편지 쓰고 신문 읽을 줄 알고 예배 규율을 알 수 있는 정도면 되지 않겠나! 우리한테 만약 무슨 문제가 생기면 당국하고 협의하면 되지." 그 후 나는 공부를 계속했고, 마흐주브는 마을에서 커다란 영향력을 행사하게 되었으며, 지금은 농업 계획 위원회와 협동조합의 회장이고, 완공을 앞두고 있는 병원 위원회 위원이기도 하다. 그는 또 부정 사례들을 고발하기 위해 중앙 행정부로 가는 대표단을 인솔하기도 했다. 독립이 되면서 마흐주브는 민주 사회 국민당의 한 지방 지도자가 되었다. 우리는 때때로 이 마을에서의 어린 시절 추억들을 돌이켜 보고는 했다. 그럴 때면 그는 내게 말했다.

"그렇지만 지금 자네가 어디 서 있는지 보게. 나는 또 어디에 있나! 자네는 정부의 고위 관리가 되었고 나는 외딴 마을의 농부가 아닌가."

"아닐세. 성공한 건 자네지 내가 아니야." 나는 진심으로 그를 칭찬했다.

"자넨 이 마을의 실생활에 커다란 영향을 끼치지 않았나. 우리네 관리들은 앞서지도 뒤서지도 않고 평범하게 살 뿐이야. 자네 같은 사람들이 진정 이 나라를 다스려야 하는 건데. 자네야말로 삶의 원동력이고 이 땅의 소금이야."

"우리가 땅의 소금이라면 그 땅은 쓸모없는 땅이네." 마흐주브가 웃으며 말했다. 내가 웃드 라이스와 있었던 일을 얘기해 주자 그는 웃으며 말했다.

"웃드 라이스는 떠버리야. 말로만 잔뜩 벌여놓고 책임도 못 진다네."

"그녀와 나의 관계는 의무적인 것일 뿐, 그 이상도 이하도 아니라는 거 자네는 잘 알지?"

"웃드 라이스의 헛소리는 신경 쓸 거 없네. 이 마을에서 자네의 명성은 조금도 손상되지 않았어. 마을 사람들 모두 자네가 무스타파 사이드(신의 가호가 있기를!)의 아이들을 잘 돌봐 주는 것을 좋게 보고 있네. 어쨌거나 그는 자네와 아무런 상관도 없는 이방인인데 말이야." 그는 잠시 입을 다물었다가 다시 말했다.

"하지만 아버지와 오빠들이 찬성했다면 그녀도 어쩔 도리가 없을 걸세."

"그녀가 결혼하기를 원치 않는다면……."

"자네도 이곳 생활 풍습을 잘 알지 않나. 여자는 남자에게 속해 있고, 노쇠해서 아무리 기력이 없어도 남자는 남잔 거야." 그가 내 말을 가로막으며 말했다.

"그러나 시대가 변했어. 요즘 같은 세상에 그런 문제들은 우리와 걸맞지 않아."

"세상은 자네가 생각하는 만큼 변하지 않았어. 물론 변한 것도 있지. 물레방아 대신 펌프가 생겨났고, 나무 쟁기 대신 쇠로 만든 쟁기가 나왔어. 우리는 딸들도 학교에 보내게 되었지. 라디오와 자동차가 들어오고, 아락주와 마리싸주 대신, 위스키와 맥주를 마시게 되었어. 하지만 아직은 모든 게 그 자리에 있네." 마흐주브는 웃으면서 말했다. "나 같은 사람이 정부의 장관이 된다면 그때는 정말로 세상이 바뀔 거야. 물론 전혀 불가능한 일이지만 말 이야." 그가 여전히 웃으면서 덧붙였다. "자네는 웃드 라이스가 사랑에 빠졌 다고 생각하나? 그럴수도 있지. 웃드 라이스는 아주 열정적인 사람이야. 2 년 전부터 그녀를 칭찬하고 다니기 시작했어. 얼마 전에 청혼을 했는데 여 자가 거절했네. 하지만 식구들은 시간이 흐르면 그녀도 승낙할 거라고 믿고 있어."

"그렇지만 그가 왜 갑작스레 열애에 빠진 건가? 웃드 라이스는 호스나 빈 트 마흐무드가 어렸을 적부터 잘 알고 있었잖아. 생각나나? 그녀는 거친 소 녀였어. 나무에도 잘 오르고 걸핏하면 사내애들하고 싸우기 일쑤였지. 우리 는 함께 발가벗고 강에서 헤엄도 쳤어. 한데 지금은 뭐가 달라지기라도 했 단 말인가?" 내가 말했다.

"당나귀를 소유하는 데 광적일 정도로 열중하는 사람들과 마찬가지로 웃 드 라이스도 다른 사람이 타고 있는 당나귀를 보면 그걸 탐내지. 남의 떡이 더 커 보이기 때문이야. 그러고는 실제 값어치보다 더 주더라도 어떻게 해 서든 그걸 사려고 애쓰는 거지." 그는 한동안 묵묵히 있더니 입을 열었다.

"하기는 빈트 마흐무드가 무스타파 사이드와 결혼하고 나서 몰라보게 변 한 건 사실이야. 모든 여성이 결혼한 후 조금씩 달라지게 마련이지. 하지만 그녀는 특히 더 변했어. 전혀 딴 사람 같아. 어릴 때 함께 뛰어놀던 우리까지 도 지금 그녀를 보면 완전 새로운 걸 느껴. 자넨 알겠나, 도시 여성 같은 분위기 말이야."

나는 마흐주브에게 무스타파 사이드에 관해 물었다.

"신의 자비를……. 그는 나를 좋아했고 나도 그를 존경했네. 처음부터 그
와의 관계가 그렇게 돈독하지는 않았지. 하지만 계획 위원회에서 함께 일한
후로 많이 가까워졌어. 그의 죽음은 우리로서는 돌이킬 수 없는 손실이야.
자네도 알다시피 우리가 그 계획을 준비하는 데 그가 많은 도움을 주었지.
그는 회계를 맡았어. 우리는 그의 사업 경험 덕을 톡톡히 봤네. 그는 또 계획
사업에서 나오는 이익을 밀 제분소를 세우는 데 투자하라고 권했어. 덕분에
많은 비용을 절감할 수 있었네. 요즘엔 곳곳에서 사람들이 제분소로만 몰려
든다네. 우리한테 협동조합을 만들어 보라고도 했지. 지금 우리가 받고 있
는 소매가는 하르툼에서 받는 가격과 별 차이가 없어. 옛날에는 한 달에 한
두 번꼴로 배가 물건들을 싣고 오지 않았나. 상인들은 물건이 모두 동이 날
때까지 비축해 두었다가 몇 배씩 이문을 남기고 물건을 팔았어. 지금 우리
위원회에는 트럭이 열대 있어서 하루걸러 한 번씩 하르툼과 움무 두르만시
에서 직접 물건들을 싣고 오지. 나는 그에게 위원장직을 맡아 달라고 여러
차례 부탁했지만 그는 내가 더 적임자라면서 번번이 거절했어. 움다와 상인
들은 그를 몹시 싫어했지. 그가 마을 주민들의 눈을 뜨게 했고, 자기네 일을
방해했기 때문이야. 무스타파 사이드가 죽은 뒤, 그들이 그를 살해하려고
계획했었다는 소문까지 퍼졌어. 그건 말 그대로 소문일 뿐이었네. 그는 익
사했으니 말이야. 그해에는 수십 명의 장정이 익사했지. 그는 뛰어난 이지
력의 소유자였어. 이 세상에 정의가 존재했다면 그는 정부의 장관이 되고도
남았을 사람이야."

"정치가 자네를 그렇게 못쓰게 만들었나! 도대체 자네는 권력 이외에는 관심이 없는 것 같군. 각료니 정부니 하는 걸 떠나서 한 인간으로서의 그를 말해 주게. 그는 어떤 사람이었나?" 그의 얼굴에는 놀라는 빛이 역력했다. "어떤 유의 사람이냐고? 도대체 뭘 말하라는 건가? 그는 내가 말했던 그대로야."

마흐주브에게 내 의도를 설명할 만한 적당한 말을 찾을 수가 없었다.

"어쨌거나 자네가 무스타파 사이드에게 그렇게 관심을 갖는 까닭이 뭔가? 전에도 한 번 그에 대해 물어본 적이 있지?" 그는 내가 대답할 틈도 주지 않고 계속해서 말했다.

"사실 말이지 나는 그가 두 아이의 법적 후견인으로 자네를 지목한 것도 이해할 수가 없네. 물론 자네는 신뢰할 만하고 또 좋은 일을 많이 했다는 것은 인정하지만, 그래도 우리가 자네보다는 그에 관해서 더 잘 알지 않나. 우린 그와 함께 이 마을에서 살았어. 한데 자네는 겨우 일 년 정도를 같이 지냈을 뿐이잖아. 솔직히 자네 할아버지나 나를 후견인으로 정해 놓았을 거라고 생각했지. 자네 할아버지는 그와 친분이 꽤나 두터웠거든. 그는 자네 할아버지가 말씀하시는 걸 즐겨 듣곤 했지."

"그는 내게 이렇게 말했어. '이봐, 마흐주브! 자네는 아나? 하지 아흐마드는 아주 독특한 분이시네.' 그래서 내가 하지 아흐마드는 늙은 수다쟁이일 뿐이라고 했지. 그랬더니 화를 내며 말하더군. '그렇게 말하지 말게. 하지 아흐마드는 역사의 한 부분이네!' 아무튼 나는 이름뿐인 후견인일세. 실제 후견인은 자네 아닌가. 두 아이는 여기서 자네와 함께 있고 나는 멀리 하르툼에 있잖은가."

"애들은 아주 똑똑하고 예의 바르지. 둘 다 아버지를 많이 닮았어. 학교 성적도 늘 상위권이라네."

"웃드 라이스가 원하는 그 우스꽝스러운 결혼이 성사된다면 아이들은 어떻게 되겠나?"

"쉽게 생각하게. 분명 웃드 라이스는 또 다른 여자에게 정신이 팔릴 거야. 극단적인 생각이기는 하지만 말이야. 그녀와 결혼하면 아마 한두 해밖에는 같이 살지 못할 걸세. 그렇게 되면 그녀는 그의 많은 땅과 농작물을 차지하게 되는 거야."

그러고 나서 갑작스레 머리에 일격을 가하는 것처럼 충격적인 마흐주브의 말이 나를 번쩍 정신이 들게 했다.

"아니면 자네가 그녀와 결혼하지 그러나?" 나는 속으로 무척 당황했고 하마터면 자제력을 잃을 뻔했다. 잠시 후 진정이 되고 난 다음에야 가까스로 그에게 떨리는 목소리로 말할 수 있었다.

"물론 농담이겠지."

"아니, 정말이야. 그녀와 결혼하게. 자네라면 그녀도 틀림없이 승낙할 걸세. 자네는 두 아이의 후견인이고 또 훌륭한 아버지가 될 수 있을 테니 말이야."

어젯밤에 맡았던 그녀의 향수 냄새와 더불어 어둠 속에서 떠올렸던 그녀에 대한 상상이 생각났다. "자네는 이미 한 여인의 남편이요, 아이의 아버지라는 얘기는 하지 말게나. 남자들은 하루가 멀다 하고 첩을 얻지 않나. 자네가 처음으로 그러는 것도 아니고, 그렇다고 마지막도 아니야." 마흐주브가 웃으면서 말했다.

"자네 정말 미쳤군." 나는 그를 남겨 둔 채 먼저 자리를 떴다. 사실 그때 나는 훗날 내 마음의 평정을 앗아가 버릴 한 가지 사실을 더욱 확실히 깨달았다. 외모 때문이든 아니면 다른 그 무엇 때문이든 간에 나는 무스타파 사이드의 미망인, 호스나 빈트 마흐무드를 사랑한다. 나 역시 그와 웃드 라이스, 그리고 수많은 사람과 마찬가지로 우주의 몸체에 감염된 전염 병균에 면역이 되지는 못했다.

7

두 아이의 할례 성사를 마친 후 나는 하르툼으로 돌아갔다. 아내와 딸아이를 마을에 남겨 둔 채, 마흐주브가 얘기했던 계획 위원회의 트럭을 타고 사막로를 따라 여행했다. 전에는 기선을 타고 카리마 강나루까지 가서, 거기에서 아부함드와 아트바라를 지나 하르툼으로 가는 기차를 탔었다. 하지만 이번에는 특별히 서두를 이유도 없으면서 빠른 경로를 택하기로 했다. 차는 이른 새벽에 출발해서 나일을 따라 동쪽으로 두 시간 남짓 달리다가 남쪽을 향해 직각으로 꺾여져서 사막으로 들어갔다. 서서히 떠오르는 태양을 피할 보호막은 어디에도 없다. 태양은 지상의 인간들과 오랜 숙적이기라도 한 듯 작열하는 광선을 내뿜었다. 유일한 피난처는 차 안의 찜통 같은 그늘뿐이었으나 그곳도 더는 막아 주지 못했다. 오르락내리락 단조롭기만 한 길에는 눈길을 끌 만한 것이 아무것도 없다. 사막에 드문드문 보이는 덤불에서는 잎이라고는 찾아볼 수 없고 온통 가시뿐이다. 살아 있는 것도 죽은 것도 아닌 상태의 가엾은 나무다. 지나가는 사람도 동물도 없는 길을 트럭은 몇 시간이고 달렸다. 그렇게 얼마를 달리다가 여위고 굶주린 한 무리의 낙타 곁을 지났다. 지옥의 뚜껑과도 같이 불타는 하늘에는 희망을 알려 주는 구름 한 점 찾아볼 수 없다. 이곳의 낮은 아무런 가치도 없으며 단지 밤이 오기를 고대하며 살아가는 생물을 괴롭히는 하나의 고통일 뿐이다. 밤은 구원의 손길이다. 거의 열병에 걸릴 듯한 지경이 되자 아주 단편적인 생각들, 문장 가운데 몇몇 단어, 얼굴 모습이나 소리 등이 머리에서 맴돌았다. 이 모든 것은 황무지에 몰아치는 가벼운 회오리바람과도 같이 무미건조한 것들이다. 왜 이렇게 서두르는 걸까? "왜 그렇게 서두르시는 거예요?" 그녀가 내게 물었다. "한 일주일 더 계시다 가세요." 검은 당나귀, 베두인이 네 삼촌에게 사기를 쳐서 검은 당나귀를 팔았다. "그 일 때문에 이렇게 화가 난 거냐?" 아버지께서 물으셨다. 인간의 이성은 냉장고에 넣어 둔 것처럼 언제나 그렇게 차가울 수만은 없다. 그것은 바로 이 참을 수 없는 태양 때문이었다. 뇌는 온통 녹아내리고 사고는 마비되어 간다. 무스타파 사이드, 그의 얼굴은 처음 만났을 때처럼 기억 속에 선명하게 떠올랐지만, 자동차 모터의 부르릉거리는 소리와 차바퀴가 사막에 널려 있는 자갈들과 부딪치는 소리에 묻혀 잊어버리고 말았다. 다시 기억해 내려고 했지만 뜻대로 되지 않았다. 두 아이의 할례식이 있던 날, 호스나는 여느 어머니들이 아이의 할례 성사때 하는 것처럼 얼굴을 가린 베일을 벗고 춤을 추었다. 얼마나 아름다웠던지! 자네가 그녀와 결혼하지 그러나? 이자벨라 세이모어는 그에게 뭐라고 속삭였을까? "아프리카의 신령이여! 나를 죽여 줘요. 검은 신이여! 그대 신전의 불로 나를 태워 줘요. 그대의 격렬하고 열정적인 예배 의식으로 나를 휘감아 줘요." 이곳이 바로 불의 제전이다. 그것이 바로 신전이다. 아무것도 아니다. 태양과 사막, 말라비틀어진 식물과 야윈 동물. 나지막한 비탈을 따라 내려갈 때에는 차체가 덜컹거렸다. 차는 사막을 헤매다 갈증으로 죽은 낙타들의 뼈 무덤을 지나쳤다. 무스타파 사이드의 얼굴이 그의 큰아들 얼굴과 겹쳐서 다시 떠올랐다. 큰아이가 아버지를 더 많이 닮았다. 할례식이 있던 날 나와 마흐주브는 평소보다 술을 많이 마셨다. 늘 단조로운 일상생활을 영위하는 마을 사람들은 아무리 작은 경사라도 그냥 넘기지 않고 이를 구실로 결혼 잔치와 같이 커다란 축제를 벌이고는 한다. 그 밤, 가수들이 노래 부르고 남자들은 집 안에서 손뼉 치며 즐기고 있는 틈을 타서 나는 마흐주브의 손을 잡아끌었다. 우리는 그 방문 앞에 멈추어 섰다.

"이 철문의 열쇠를 가지고 있는 사람은 나 하나뿐이야."

"그럼 자네는 안에 뭐가 있는지 아나?" 마흐주브가 술 취한 목소리로 물었다.

"응!"

"뭔가?"

"아무것도, 아무것도 없어." 나는 술기운에 웃으며 말했다.

"이 방은 말이야, 사실은 하나의 커다란 농담이 담긴 방일 뿐이야. 삶과 마찬가지지. 자네는 그 안에 무언가 비밀이 있을 거라고 추측하지만 사실은 아무것도 없어."

"자네 취했군. 이 방에는 금, 은, 진주 등의 보물이 바닥에서 천장까지 가득 차 있다네. 자네 무스타파 사이드가 누군지 아나?" 나는 그에게 무스타파 사이드는 허위일 뿐이라고 말했다. "무스타파 사이드의 실체를 알고 싶은가?" 나는 또 한 번 히죽 웃으며 물었다.

"자네 취한 게 아니라 미쳤구먼. 무스타파 사이드는 갑자기 나타났다가 바람처럼 사라져 버린 신의 예언자인 알 카디르일세. 이 방에 있는 보석들은 정령이 가져온 솔로몬 왕의 보석들이지. 자네가 가지고 있는 것은 바로 그 보물들의 열쇠야. 열려라 참깨! 자, 어서 금과 보석을 사람들에게 나누어 주세." 마흐주브는 고함을 치려고 했다. 그의 입을 막지 않았더라면 사람들이 달려올 뻔했다. 아침에 눈을 떠 보니 그의 집이었으나 어떻게 그 친구의 집까지 오게 되었는지는 도무지 기억이 나지 않았다. 길은 끝없이 뻗어 있고 태양은 지칠 줄 모르고 타오르고 있다. 무스타파 사이드는 북쪽의 매서 운 추위를 찾아서 도망간 것이 틀림없다. 이자벨라 세이모어는 그에게 말했 다. "기독교인들은 예수가 자기네 죄를 대신 지고 십자가에 못 박혀 죽었다 고 이야기하죠. 그렇다면 그분은 헛되이 죽은 거예요. 고작해야 당신을 끌 어안고 만족의 신음을 내지르는 걸 그들은 죄악이라고 하니 말이죠. 아, 나 의 우상! 나의 신! 당신만이 유일한 나의 신이야!" 그녀가 자살한 이유는 자 신이 암에 걸려서가 아니라 바로 이 때문인 것이 틀림없다. 처음 무스타파 사이드를 만났을 때만 해도 그녀는 기독교 신자였다. 그렇지만 그녀는 자신 의 종교를 부인하고 유대교도의 금송아지와 같은 신을 섬겼다. 이 얼마나 기이하고 어리석은가! 인간이 단지 적도에서 태어났다고 해서 어떤 미친 사 람들은 노예 취급을 하고 또 어떤 사람들은 신으로 섬기니 말이다. 도대체 어디가 중용인가? 그 기준은 과연 무엇인가? 즐거울 때면 나오는 할아버지 의 가느란 목소리, 장난기 어린 웃음, 찬탄할 만한 순박함은 대체 어디에서 나오는 것일까? 내 생각이 사실일까? 할아버지가 정말 그렇게 보이는 것일 까? 진정 할아버지는 이 모든 혼돈을 초월하신 분일까? 모를 일이다. 어쨌 거나 할아버지는 이 지상에 만연한 전염병과 통치자의 부패, 자연의 냉혹함 가운데서도 꿋꿋이 살아오셨다. 설사 죽음이 덮쳐 온다 해도 그분께서는 미 소로 맞이하리라고 나는 확신한다. 그 정도면 충분하지 않을까? 인간으로서 이보다 더 큰 바람이 있을까? 언덕 너머에서 한 베두인의 모습이 나타났다. 그는 부지런히 우리 쪽으로 다가와서는 차 앞을 가로막고 섰다. 온통 흙먼 지를 뒤집어쓴 채였다. 운전사가 무엇 때문에 그러는가 물었다.

"부탁입니다. 담배나 궐련 가진 게 있으면 좀 나눠 주십시오. 꼬박 이틀 동안 담배 한 모금 피워 보지 못했습니다." 궐련은 없었고, 마침 내가 가지고 있던 담배 한 개비를 건네주었다. 우리는 내친김에 잠시 쉬었다가 가기로 했다. 나는 세상에 태어나서 그렇게 맛있게 담배를 피우는 사람은 처음 보았다. 베두인은 그 자리에 주저앉아서 정신없이 담배를 빨아 댔다. 잠시 후 그가 다시 손을 내밀었고 나는 한 개비를 더 내주었다. 이번에도 처음과 마찬가지로 게걸스레 피우고 나더니 간질이라도 걸린 사람처럼 땅바닥에 누워 몸부림치기 시작했다. 잠시 후 그는 똑바로 누워 두 손으로 머리를 감싸 쥐고는 죽은 듯이 누워 있었다. 그는 우리가 쉬는 동안 내내 그러고 있었다. 한 20분 흘렀을까, 차가 시동을 걸자 그는 죽었다가 다시 살아난 사람처럼 벌떡 일어섰다. 그러고는 내게 고맙다고 인사하면서 하나님의 은총이 내려 만수무강하기를 기원한다고 했다. 나는 남아 있는 담배를 갑째로 그에게 던져 주었다. 우리 뒤로 먼지가 일었다. 남쪽의 가시덤불 가운데 있는 낡은 텐트를 향해 달려가는 베두인을 물끄러미 바라보았다. 근처에는 새끼 양들과 발가벗은 아이들이 있었다. 하나님! 그들은 어디에 있습니까? 이런 땅에서는 예언자만이 나올 뿐이다. 이러한 가뭄은 하늘만이 해결할 수 있을 것이다. 길은 가도 가도 끝이 없고 태양은 사정없이 내리쬐었다. 차는 사막 위에 잔뜩 깔린 자갈 위를 지나며 심하게 덜컹거렸다.

"거참, 따분해서 견딜 수가 있나. 누가 재미난 얘기 좀 해보시지요!" 누가 그런 말을 했을까? 그러자 또 다른 목소리가 답했다.

"사막 한가운데 버림받은 사람 같군. 앞뒤로 보이는 거라고는 아무것도 없고 막막할 뿐이야!" 운전사도 말없이 차만 몰았다. 그러다가는 간혹 가다 욕설과 저주의 말을 퍼붓기도 하였다. 우리 둘레의 세상은 신기루 속에 가라앉아 있는 하나의 원이었다. '신기루가 우리를 들어 올리고 때로는 내던지누나. 때로는 멀리 저 멀리 사막으로 우리를 뱉어 내기도 하네.' 이런 시를 남긴 무함마드 사이드 알 압바시, 그는 진정 위대한 시인이 아닌가! 또 아부 누와스는 어떤가! '우리는 아드 시대부터 목말라했던 사람처럼 마시고 또 마셨다.' 여기가 바로 절망과 시의 땅인데, 아무도 노래하지 않는다. 우리는 고장 난 정부 차량을 발견하고는 차를 세웠다. 차 주위에는 소총으로 무장한 다섯 명의 군인이 상사 한 명과 있었다. 그들은 우리가 내어준 물을 마시고 음식을 먹었다. 우리는 약간의 연료도 나누어 주었다. 그들은 남편을 살해한 알 미리사브 부족의 한 여인을 체포하러 가는 길이라고 했다. 그녀의 이름이 뭔가요? 남편 이름은? 무엇 때문에 살해했나요? 군인들은 아직 자세한 사정을 알지 못했다. 그녀가 알 미리사브 부족 출신이고, 남자를 살해했으며, 그 남자가 바로 그녀의 남편이었다는 사실만을 알고 있을 뿐이었다. 그렇지만 그들은 곧 사건의 진상을 알게 되겠지. 알 미리사브, 알 하와위르, 알 카바비쉬 부족들. 상주 판사와 순회 판사들, 쿠르드반 북부의 감독관, 북남부의 감독관, 하르툼 동부의 감독관, 물가의 양치기들, 셰이크와 행정관들, 계곡 사이에서 모피로 만든 텐트를 치고 생활하는 유목민들, 그들 모두가 그 여인의 이름을 알게 될 것이다. 살인자가 살인을 계속하도록 태양이 가만히 놔두지 않는 땅에서, 여자가 자기 남편, 혹은 다른 남자를 살해하는 사건이 매일 벌어지는 것은 아닐 테니까. 바로 그 순간 내게 한 가지 생각이 떠올랐다. 나는 그 생각을 그들에게 돌려서 말해 보고 뭐라고 반응하는지 지켜보기로 했다. 나는 그들에게 그 여인이 남편을 살해한 것이 아니라, 이자벨라 세이모어, 셸라 그린우드, 앤 하몬드, 진 모리스가 죽은 것처럼 그도 태양의 충격으로 죽은 것이라고 말하였다. 아무런 반응도 없었다.

"우리에게는 '마주르 쿠크'라고 하는 엄정한 경찰대장이 계시지요." 상사가 대답했다. 아무 소용이 없다. 놀라는 기색도 보이지 않았다. 그들은 가던 길을 계속 갔고 우리도 출발했다. 태양이 바로 적이었다. 태양은 아랍인들이 "아, 저 타오르는 심장이여!"라고 말했던 것처럼 지금 이 순간 하늘 한가운데에 떠 있었다. 저렇게 조금도 움직이지 않은 채로 몇 시간이고 그 자리에 머물러 있겠지. 돌이 신음하고 나무가 울부짖으며, 쇠붙이가 도와 달라고 외칠 때까지, 살아 있는 모든 생물을 내리쬐고 있겠지. 새벽녘, 남자 밑에서 흐느껴 우는 여인의 울음, 하얗게 벌린 가랑이. 그건 지금 사막에 흩어져 있는 죽어 말라비틀어진 낙타 뼈와도 흡사하다.

맛도 향기도 없다. 선도 악도 아니다. 자갈들이 차바퀴에 부딪쳐 튕겨 나갔다. 그의 뒤틀린 생활 방식이 그를 얼마나 빨리 재앙으로 인도했는가! 재앙은 그의 앞에서 태양처럼 분명하게 드러났다. 우리는 그렇게 영리한 사람이 사실은 몹시 어리석었음에 적잖이 놀라게 된다. 그는 놀라운 지능을 받았으나 지혜는 받지 못했다. 그는 영리한 바보였던 것이다. 이것은 올드베리에서 그에게 판결이 내려지기 전에 판사가 했던 말이다. 길은 끝이 없고, 태양은 늘 그렇듯 붉게 타오른다. 로빈슨 부인에게 편지를 띄워야겠다. 부인은 영국 남부 와이트 섬의 생클린에 살고 있다. 그 밤, 무스타파 사이드가 얘기했을 때 부인의 주소는 내 머릿속에 분명하게 새겨졌다. 남편은 장티푸스로 세상을 떠났으며, 시신은 카이로의 이맘 샤피 묘지에 묻혔다. 그렇다, 그는 이슬람을 받아들였다. 무스타파 사이드는 자신이 재판을 받을 때 로빈슨 부인이 처음부터 끝까지 법정에 참석했다고 얘기했다. 그는 내내 태연히 앉아 있었으나, 판결이 내려진 후에는 부인의 품 안에서 울었다.

"착한 아가야, 울지 마렴!" 부인은 무스타파의 머리를 쓰다듬으며 이마에 입을 맞추고는 말했다. 부인은 진 모리스를 마음에 들어 하지 않았으며, 그녀와 결혼하지 말라고 그에게 충고했다. 부인에게 편지를 써야겠다. 부인이야말로 내게 한 가닥 빛을 보내 줄지도 몰라. 무스타파 사이드가 잊었거나 아니면 이야기하지 않았던 사실들을 기억하고 있을는지도 모르지. 전쟁은 갑작스레 승리로 끝났다. 황혼은 핏빛이 아니라 여인의 발에 바른 헤나 빛깔이다. 나일 계곡에서 불어오는 미풍은 내가 살아 있는 한 마르지 않고 남아 있을 것 같은 감미로운 향기를 싣고 불어온다. 대상이 행렬을 멈추자 우리도 가던 길을 멈췄다. 이제 목적지까지는 얼마 남지 않았다. 우리는 먹고 마셨다. 사람들은 저녁 예배를 드렸고, 운전사와 조수들은 차 트렁크에서 술병을 내왔다. 나는 모랫바닥에 누워서 담배를 피워 물었다.

휘황찬란한 하늘에 온통 넋을 빼앗겼다. 물과 벤젠, 기름을 채워 넣은 차는 마구간에서 포만감에 휴식을 취하고 있는 암말같이 보였다. 전쟁은 우리 모두의 승리로 끝이 났다. 돌과 나무, 짐승, 쇠붙이, 그리고 이 아름답고 자애로운 하늘 아래에 누워 있는 나, 우리 모두가 한형제라는 생각이 들었다. 술 취한 사람, 기도하는 사람, 도둑질하는 사람, 간음하는 사람, 싸우는 사람, 살인을 저지르는 사람, 모두가 한형제인 것이다. 그 근원은 하나다. 어느 누구도 신의 마음을 읽을 수 없다. 아니, 신은 관심도 기울이지 않을 것이다. 노여워하지도 않겠지. 이런 밤이면 당신은 줄사다리를 타고 하늘에 오를 수 있다고 느끼리라. 이곳은 시와 가능성의 땅이고, 내 딸아이의 이름은 희망이다. 우리는 과거를 묻고 새로운 미래를 건설할 것이며, 태양을 우리 뜻에 따르도록 하고, 어떤 방법으로든 가난을 물리칠 것이다. 하루 종일 아무 말 없이 차를 몰던 운전사는 어느샌가 목청을 돋우어 노래를 부르고 있었다. 달콤하고 잔잔한 노랫소리는 전혀 그의 목소리 같지 않다. 그는 먼 옛날 시인들이 자기네 낙타를 노래했듯이 그의 차를 노래하고 있다.

네 운전대는 단단한 강철 위에 얼마나 의연하게 서 있는가
나푸르 아줌마 없이는 오늘 밤 잠 못 이루겠네

여기에 대답하는 다른 목소리가 들려왔다.

우리는 카왈과 캄푸르의 땅으로부터 여행하려 하네
그는 여행의 기쁨에 앞머리를 흔들어 대는구나
그의 건장한 목덜미에서는 땀이 흘러내리고
사막길을 따라가는 발자국의 불꽃은 모래를 집어삼킬 것 같구나

그러자 어디선가 이 두 노래에 화답하는 소리가 높아졌다.

아! 내 마음은 찢어지누나
개는 오랜 사냥으로 지쳐 버렸고
그 종교인들은 나를 꼼짝할 수 없게 하는구나
무거운 마음으로 제다를 비껴나 히자즈로 가네

우리가 이러기를 계속하는 동안 지나가던 차량들이 하나둘씩 멈추어 우리는 거대한 대상을 이루었고, 백 명이 넘는 남자가 먹고 마시고 기도하며 술에 취했다. 이윽고 커다란 원을 만들었고, 몇몇 젊은이가 원 한가운데로 나와 소녀들처럼 춤을 추기 시작했다. 우리는 손뼉 치고 발을 구르고 콧노래를 부르면서, 사막 한가운데에서 아무것도 없이 성대한 축제를 벌였다. 누군가가 트랜지스터라디오를 가져왔고, 우리는 그 라디오를 원 한가운데에 놓고 흘러나오는 음악에 맞춰 손뼉을 치며 춤을 추었다. 그때 누군가 기가 막히게 멋진 생각을 해냈다. 운전사들은 차들을 원 주위에 일렬로 대어 놓고 춤추는 사람들에게 헤드라이트를 비춰 대었다. 불빛은 모랫바닥 위에서 번쩍이며 춤을 추었다. 사막에서는 상상도 할 수 없었던 진풍경이었다. 남자들은 축제 때 여자들이 하는 것처럼 목을 울리며 소리를 질렀고 차들은 일시에 경적을 울려 댔다. 불빛과 소란함에 이웃 계곡과 언덕 너머에서 베두인들이 몰려들기 시작했다. 이 베두인 남녀들은 한낮에는 태양빛에 녹아 버리기라도 한 듯 전혀 찾아볼 수 없었다. 이들의 놀라운 숫자가 우리와 자리를 함께 하게 되었고 이번에는 진짜로 여인네들이 원 안으로 들어갔다. 낮에 그 여인들을 만났더라면 아마 눈길조차 주지 않았을 것이다. 하지만 지금 이 시각, 이와 같은 장소에서 보는 여인들은 아름답기 그지없다. 베두인이 양 한 마리를 묶어서 가져와 그 자리에서 잡아 불을 지피고 그 위에다 굽기 시작했다. 여행객들 가운데 한 명은 맥주 두 상자를 내와 주위로 돌리며 큰 소리로 외쳤다.

"수단의 번영을 위하여 축배를! 수단의 번영을 위하여 축배를!" 담뱃갑과 사탕 봉지도 돌려졌다. 베두인 여인들은 노래하고 춤추었으며, 우리가 마치 귀신의 부족인 양 성대한 축제의 울림이 밤과 사막으로 퍼져 나갔다. 아무 의미도 없는 축제, 그저 사막에서 잠시 일었다가 사그라져 버리는 조그만 회오리바람처럼 즉흥적으로 나온 절망에 싸인 행동일 뿐이다. 새벽이 오자 우리는 뿔뿔이 흩어졌다. 베두인들은 계곡 골짜기로 돌아갔다.

"잘 가시오, 잘 가시오." 사람들은 소리쳐 인사했다. 그러고는 각자 차에 올랐다. 시동이 걸리고, 조금 전까지만 해도 친숙한 무대였던 그곳은 헤드라이트가 비치자 다시 이전의 모습인 사막의 한 부분으로 되돌아왔다. 차의 불빛들은 나일 남쪽으로 혹은 북쪽으로 향했다. 먼지가 소용돌이치며 일었다가 사라지고, 다시 일었다가 사라졌다. 태양은 어느덧 움무 두르만시가 내려다보이는 카라리 산 꼭대기에 걸려 있었다.

8

    기선은 기관이 물결을 거슬러 흘러가지 않도록 제자리를 한 바퀴 빙그르르 돌았다. 모든 것이 변함없이 예전처럼 움직이고 있다. 길게 울려 퍼지는 뱃고동 소리, 맞은편 강가에 늘어서 있는 자그마한 배들, 선착장 부두의 무화과나무들과 시끌벅적한 소란. 한 가지 커다란 차이만을 제외하고는 모든 것이 그대로이다. 부두에 내려섰을 때, 마흐주브가 다가와 손을 내밀었지만 그의 시선은 나를 피하고 있었다. 이번에는 마흐주브 혼자만 마중 나와 있었다. 그는 내게 죄책감이나 책임감 같은 것을 느끼고 있는 듯 어쩔 줄 몰라 했다. 그와 악수를 하는 둥 마는 둥 하고 다짜고짜 물었다.

    "어떻게 그런 일이 벌어지도록 가만있었나?"

    "어쩌다 보니 그리되었네. 아이들은 우리 집에서 잘 지내고 있어." 압둘 카림 삼촌의 커다란 검정 당나귀 안장을 바로 잡으며 그가 말했다. 그렇지만 이번 불길한 여행을 하는 동안 나는 아이들에 대해서는 전혀 생각하지 않았다. 오로지 그녀만을 생각했을 뿐이었다.

    "도대체 어찌 된 일인가?" 다시 한 번 마흐주브에게 물었다. 그는 여전히 내 얼굴을 외면하고 있었다. 그는 묵묵히 안장 위의 모피를 바로잡고 당나귀 허리에 매여 있는 끈을 조였다. 그러고 나서 안장을 앞으로 약간 밀고는 고삐를 잡고 뛰어올랐다. 나는 나오지 않는 대답을 기다리며 서 있었으나, 하는 수 없이 나귀 등에 올랐다.

    "전보에 적어 보낸 그대로야. 더 알아봐야 좋을 거 없네. 어쨌거나 우리는 자네가 이렇게 올 줄은 미처 몰랐네." 당나귀를 재촉하며 그가 말했다.

"자네 충고대로 그녀와 결혼할 걸 그랬어." 무언가 얘기하기를 기대하며 이렇게 말해 보았다. 하지만 그는 더욱 굳게 입을 다물었을 뿐이었다. 그는 화가 난 듯 애매한 당나귀만 발꿈치로 힘껏 내질렀다.

"자네 전보를 받은 후로는 제대로 먹지도 자지도 못하고, 사람들과도 잘 지내지 못했어." 그의 뒤를 쫓아가며 말했으나 따라가지는 못했다.

"꼬박 사흘 동안 기차와 배를 타고 하르툼에서 여기까지 오면서 어떻게 그런 일이 일어날 수 있을까 스스로에게 물어보았지. 하지만 답을 찾아내지는 못했네."

"자네가 이렇게 빨리 돌아온 건 처음 아닌가?" 그는 미안한 생각이 들었는지 부드럽게 말했다. "맞아. 정확히 삼십이 일 만이군." "하르툼에는 뭐 새로운 일이라도 있나?"

"회의 때문에 바빠서 정신없었네." 그의 얼굴에는 흥미로운 기색이 역력했다. 그는 하르툼 소식, 특히 스캔들, 뇌물 사건, 정치 부패 문제 등에 관심이 많았다.

"그래, 이번 회의에서는 무슨 문제를 논의했나?" 호기심에 가득 찬 표정으로 그가 물었다. 사흘씩이나 걸려 여기까지 온 이유 따위는 금세 잊어버린 것 같아 당황스러운 생각이 들었다.

"문교성이 이번 회의를 계획했어. 아프리카 대륙의 교육 체계를 일원화하는 방안을 논의하기 위해 대륙의 스무 나라 대표들을 초청했지. 난 이번 회의의 사무국원이었네." 간단하게 말을 끝내고 싶어서 피곤한 표정을 지으며 말했다.

"그 전에 먼저 학교를 세우고 나서 교육 일원화를 토의하라고 하게나. 도대체 문교성 직원들은 무슨 생각을 하고 있는 건가? 모여서 탁상공론에나 시간을 허비하고. 여기 우리 아이들은 아직도 몇 킬로미터씩이나 떨어져 있는 학교에 다니고 있는데 말이야. 우리는 사람이 아닌가? 우리도 버젓이 세금을 내고 있지 않은가? 우리는 이 나라에서 권리를 내세울 처지도 못 된단 말이지? 모든 시설은 하르툼에 있고, 국가 예산은 하르툼에서 몽땅 써 버리지. 이곳에는 병원도 없어서 미라위에 있는 병원까지 가려면 꼬박 사흘이나 걸려. 여자들은 해산하다 죽는 경우가 허다하고, 여기에는 제대로 교육 받은 조산원 하나 없다네. 자네는 하르툼에서 도대체 뭘 하는 건가? 이 마을 출신이 정부 부처에서 일해 봤자 우리 마을에 아무 도움도 주지 못한다면 무슨 소용이 있겠나?"

내가 탄 당나귀가 그를 지나쳤다. 나는 아무 말도 없이 그가 따라올 때까지 고삐를 쥐고 있었다. 예전 같으면 벌써 그의 면전에다 대고 고함을 쳤을 것이다. 우리는 어릴 때부터 그러면서 지내 왔다. 화가 나면 서로 소리 지르고 그러고 나서는 웃으며 잊어버린다. 하지만 지금 나는 허기지고 피곤했으며, 슬픔으로 마음이 무거웠다. 시기가 지금보다 조금만 더 좋았어도, 그 회의 얘기로 그를 웃겼다 화를 돋우었다 했을 것이다. 아프리카의 새 통치자들이 부드러운 얼굴을 하고 있지만 탐욕스러운 늑대의 입을 가지고 있으며, 손가락마다 보석 반지를 끼고 양 볼에서는 향수 냄새를 풍기고 흰색, 푸른색, 검은색, 초록색의 값비싼 모헤어나 비단옷으로 마치 샴고양이의 가죽처럼 어깨 위를 치장하고 다니며, 샹들리에 불빛에 반사되어 번쩍이는 구두는 대리석 바닥 위에서 삐걱거린다는 사실을 얘기해 준다면 마흐주브는 눈이 휘둥그레질 것이다. 그들이 아프리카 교육의 운명에 관해서 9일 동안 토론을 벌인 '독립의 전당'은 건설 비용만 해도 백만 쥬나이히 이상이 들었고, 돌과 시멘트, 대리석, 유리를 사용한 웅장한 원형의 건축물로 런던에서 설계해 온 것이며, 홀에는 이태리에서 수입해 온 백색 대리석을 사용했고, 티크 목재 창틀 안의 색 유리창은 정교한 모자이크로 되어 있으며, 바닥에는 멋진 페르시아 융단을 깔아 놓았고, 온통 금물을 입혀 놓은 둥근 천장에는 커다란 낙타 크기만 한 샹들리에가 곳곳에 매달려 있다. 9일 동안 아프리카 각국의 문교부 장관들이 오르내렸던 연단은 앵발리드에 있는 나폴레옹의 묘소처럼 붉은 대리석으로 되어 있고 부드러운 흑단목을 사용한 연단 표면에는 윤기가 흐르고 벽에는 유화들이 걸려 있다. 그뿐만 아니라 입구 정면에는 나라마다 각기 다른 색상으로 칠해 놓은 대형 아프리카 지도가 걸려 있다는 사실들을 마흐주브는 믿지 못할 것이다.

"학생들이 학교에서 배운 것과 국민의 실생활 간에 모순이 있어서는 안 됩니다. 오늘날 배웠다고 하는 사람들은 하나같이 선풍기 아래의 편안한 사무실에서 근무하고 정원으로 둘러싸인 에어컨이 있는 집에서 살기를 원합니다. 또 넓은 도로에서 미국산 자동차를 타고 출퇴근 하기를 바랍니다. 만약에 우리가 이러한 병폐를 뿌리째 뽑아 버리지 않는다면 우리 사회에는 실생활과 부합되지 못하는 부르주아 계층이 형성됩니다. 이는 제국주의보다도 더 심각하게 아프리카의 미래를 위협할 것입니다." 장관이 이렇게 장황한 연설을 늘어놓아 열렬한 박수갈채를 받았다고 어떻게 마흐주브에게 얘기할 수 있을까? 또 바로 그자가 여름의 몇 달 동안 아프리카를 벗어나 휴양차 로카르노 호반 근교에 있는 그의 별장에서 보냈으며, 장관 부인은 런던의 해로즈 백화점에서 생활용품을 구입하고 그것들은 특별기 편으로 그녀에게 보내지며, 또 장관이 아주 부패했고 뇌물을 받을 뿐만 아니라 여러 가지 사업을 벌이고 땅을 차지했으며, 정글에서 거의 벌거벗은 채 일하는 약자들의 이마에서 흐르는 땀방울을 착취해 엄청난 부를 쌓았다고 그의 수행원들이 공공연하게 이야기하고 다닌다는 사실을 어떻게 그에게 설명할 수 있을까? 이들은 오로지 자기네 위를 채우는 것과 물질적인 만족에만 관심이 있다. 이 세상에는 정의도 중용도 없다.

"나는 명예를 바라지 않습니다. 나 같은 사람은 명예를 추구하지 않지요." 무스타파 사이드가 말했었다. 만약 그가 정상적으로 돌아왔다면 아마도 이 늑대 그룹에 끼었을 것이다. 이들은 모두 무스타파 사이드를 닮았다. 잘생긴 얼굴들, 풍요로운 생활이 가져다준 얼굴 모습들이다. 그들 가운데 한 장관이 폐회식장에서 대학 시절 무스타파 사이드에게 배웠다고 말했다. 그들이 처음 나를 그 장관에게 소개했을때 그는 커다란 소리로 말했다.

"선생을 보니 런던에서 나와 친분이 두터웠던 한 친구가 생각나는군. 무스타파 사이드 박사라고, 1928년 난 그에게 배웠지. 그는 아프리카 해방 투쟁 연맹의 의장이었고, 나는 그 연맹의 임원이었네. 정말 대단한 사람이었어. 그는 내가 아는 한 가장 위대한 아프리카인이지. 그는 아주 폭넓은 교제를 했었네. 하나님 맙소사! 그에게는 여자들이 파리 떼처럼 몰려들었지. 그는 내 …로 아프리카를 해방시키겠다고 말하기도 했었네." 그는 목젖이 보일 정도로 한바탕 크게 웃었다. 그에 관해 몇 가지 물어보려고 했지만, 그는 곧 대통령과 장관들 틈에 섞여 사라졌다. 나도 내 일로 정신이 없었으므로 무스타파 사이드의 일은 곧 내 관심 밖으로 밀려났다. 그러나 마흐주브의 전보가 모든 것을 바꾸어 놓았다. 로빈슨 부인에게서 온 답장을 처음 읽었을 때 굉장히 기뻤다. 기차 안에서 그 편지를 다시 읽으며 온통 내 머릿속을 차지하고 있던 전보에 대한 생각들을 떨쳐 버리려고 했지만 전혀 효과가 없었다.

당나귀는 발굽으로 돌을 차 올리며 따각따각 앞으로 나아갔다.

"자네 갑자기 벙어리라도 됐나? 뭐라고 말 좀 해보지 그래?" 마흐주브가 말했다.

"나 같은 공무원들은 아무것도 바꿀 수 없어. 우리는 상관들이 시키는 대로 할 뿐이야. 자네야말로 여당인 민주 사회 국민당의 이 마을 위원장 아닌가? 한데 어째서 그들에게 자네 불만을 토로하지 않는 거야?"

"만약…… 만약에 그런 사건만 일어나지 않았어도……. 그 사건이 일어났던 날, 마을 대표단이 출발할 채비를 하고 있었어. 규모가 큰 병원과 남자 중학교, 여자 초등학교, 농업학교 건설 문제를 건의하려고 말이야. 그리고……." 그는 변명하는 듯 얘기하더니 갑자기 말을 멈췄다. 그러고는 다시 화가 난 듯 잠자코 있었다. 나는 우리 왼편을 따라 흐르는 강을 보았다. 강물은 뭔가를 위협하는듯 반짝이고, 희미한 소리들이 울려나왔다. 우리는 묘지 가운데 있는 10기의 봉분앞을 지나쳤다. 옛 기억이 되살아났다.

"우리는 이른 아침에 조용히 그녀를 묻었어. 여자들한테 울지 말라고 했지. 장례식도 치르지 않았고 다른 사람들에게도 알리지 않았어. 경찰만이 와서 사건의 진상을 조사했지."

"무엇 때문에 경찰이 온 거지?" 나는 놀라서 물었다. 그는 잠시 나를 바라보더니 묵묵히 있었다. 한참 만에야 그가 입을 열었다.

"자네가 떠나고 나서 일주일이나 열흘쯤 지난 후였어. 그녀의 아버지가 웃드 라이스에게 딸을 시집보내기로 약속했다는 거야. 그녀의 아버지는 그녀에게 욕설을 퍼붓고 때리면서 말했어. '네가 싫다고 우겨 봐야 소용없다. 무조건 결혼해라.' 나는 결혼식에 참석하지 않았네. 바크리와 자네 할아버지, 빈트 마주두브만 참석했어. 웃드 라이스의 친구들이지. 사실 난 웃드 라이스의 결심을 돌려 보려 했네만, 그 노인네는 고집불통이었어. 마치 정신 나간 사람 같았네. 그녀의 아버지도 찾아가 봤지. 하지만 그는 딸이 아버지 말도 듣지 않는다고 사람들이 비웃는 꼴을 당할 수는 없다고 하더군. 결혼식이 끝난 뒤 나는 웃드 라이스에게 그녀를 요령껏 대하라고 했어. 두 주일 동안이나 그들은 서로 말도 않고 지냈어. 그녀는 그냥 그랬는데, 그는 이루 말할 수 없는 지경이었어. 꼭 미친 사람 같았지. 만나는 사람마다 붙들고 불평을 늘어놓았네. 그는 어떻게 자기 집에서 신과 그의 사도의 율법에 따라 결혼식을 올린 여자가 부부 생활을 하지 않고 버틸 수 있느냐고 했어. 우리는 그에게 그저 참고 기다리라고만 했지. 그런데……."

갑자기 두 마리 당나귀가 동시에 히힝거리며 뛰어올랐고, 나는 안장에서 떨어질 뻔했다. 꼬박 이틀간 사람들을 붙잡고 물어봤지만 아무도 내게 진상을 말해 주지 않았다. 그들은 마치 커다란 범죄의 공모자이기라도 한 것처럼 한결같이 내 눈길을 피할 뿐이었다.

"도대체 무엇 때문에 하던 일까지 팽개치고 온 거냐!" 어머니께서 말씀하셨다.

"두 아이 때문이에요." 어머니는 한동안 살피듯 바라보시더니 말씀하셨다.

"애들이냐 아니면 애들 어미 때문이냐? 너와 그 여자 사이에 무슨 일이라도 있었던 거냐? 그 여자가 네 아버지한테 와서 뭐라고 했는지 알기나 하니? '그분께 저와 결혼하라고 말씀해 주세요.' 어쩌면 그렇게도 뻔뻔스러운지! 요즘 여자들은 다 그런다던! 그것만 해도 어처구니가 없는데, 아유, 세상에 끔찍도 하지."

할아버지도 가타부타 말씀이 없으셨다. 할아버지는 전에 없이 기력이 쇠하신 듯 침대에 누워 계셨다. 내부에서 솟아나던 삶의 샘이 갑작스레 말라 버리기라도 한 듯이. 나는 자리에 앉았고 할아버지는 여전히 말씀이 없으셨다. 그저 간간이 한숨을 내쉬거나 침대에서 몸을 뒤척이며, 저주받을 악마로부터 보호해 달라고 신께 간구하실 뿐이다. 할아버지께서 그렇게 말씀하실 때마다 악마와 내가 무슨 관련이라도 있는 듯 양심의 가책을 느꼈다. 한참 만에야 할아버지는 천장에 대고 중얼거리셨다.

"저주받을 여자들 같으니! 여자란 모두가 악마와 한통속이야. 오! 웃드 라이스, 웃드 라이스." 할아버지는 기어이 울음을 터뜨리셨다. 나는 이제껏 할아버지가 우는 모습을 한 번도 본 적이 없었다. 할아버지는 한참을 우시더니 소맷자락으로 눈물을 닦아 내셨다. 방 안에는 다시 고요만이 감돌았다. 할아버지께서 잠이 드셨나 생각하고 있는데 목소리가 들려왔다.

"웃드 라이스, 하나님이 자네를 보호해 주실걸세. 하나님, 그의 죄를 사해 주시고 자비를 베풀어 주소서." 할아버지께서는 중얼중얼 신께 간구하시더니 또 말씀하셨다.

"그 친구 같은 사람도 없었지. 항상 웃고, 남이 어려울 때면 발 벗고 나서고, 누구든 도움을 청하면 한 번도 거절한 적이 없는 친구였는데. 내 말만 들었어도! 그렇게 허무하게 가 버리다니! 전지전능하신 하나님! 당신께서 이 마을을 창조하신 이래 그런 일은 처음입니다. 요즈음은 얼마나 고통의 세월들인지."

"도대체 무슨 일이 있었어요?" 용기를 내어 여쭤 보았지만 할아버지는 들은 체도 않으시고 한동안 염주알만 굴리시더니 이윽고 말씀하셨다.

"그 집안은 앞으로 꽤나 힘들 거다. 내가 웃드 라이스한테 말했었다, 그 여자는 불운한 여자니까 멀리하라고 말이다. 하지만 어쩔 수 없는 운명이었나 보구나."

사흘째 되는 날 아침, 나는 위스키 한 병을 주머니에 찔러넣고 빈트 마주두브를 찾아갔다. 빈트 마주두브마저 입을 열지 않는다면 이 마을에서 내게 사실을 말해 줄 사람은 없을 것이다.

"궁금해서 찾아온 모양이구나. 외진 곳에 사는 우리가 이런 고급스러운 술을 맛보기는 어렵지!" 그녀는 커다란 알루미늄 잔 가득히 위스키를 따르며 말했다.

"무슨 일이 있었는지 알고 싶습니다. 아무도 제게 말해 주지 않아요." 그녀는 단숨에 한 모금 들이켜고는 얼굴을 찡그리며 말했다.

"빈트 마흐무드가 저지른 일은 도무지 입에 담을 수가 없다. 그런 일은 전무후무 할 거야."

그녀는 말을 멈췄다. 나는 술병이 3분의 1가량 줄어들 때까지 참을성 있게 기다렸다. 하지만 마실수록 더욱 기운이 나는지 취하는 기미는 보이지 않았다.

"이제 그만 마셔야겠군. 기독교도 술은 독해. 대추야자로 빚은 아락주와는 비교도 안 되는군." 병마개를 닫으며 빈트 마주두브가 말했다.

나는 애원하는 눈빛으로 그녀를 바라다보았다.

"내가 자네한테 하는 얘기는 아마 이 마을 어느 누구한테서도 듣지 못할 거야. 그들은 빈트 마흐무드와 가엾은 웃드 라이스를 묻을 때 그 얘기도 함께 묻어 버렸어. 너무 창피한 얘기라 꺼내기가 어렵군." 그러더니 그 대담한 두 눈으로 탐색하듯이 나를 바라보았다.

"자네가 듣기는 좀 거북할 텐데. 특히나 만에 하나……." 그러더니 고개를 숙였다.

"저는 단지 다른 사람들처럼 자초지종을 알고 싶을 뿐이에요. 왜 저만 사실을 알아서는 안 된다는 겁니까?"

그녀는 내가 내미는 담배를 받아 들며 말했다.

"저녁 예배 시간이 지난 지 얼마 안 되어서였어. 나는 웃드 라이스네 집에서 들려오는 호스나 빈트 마흐무드의 비명 소리 때문에 눈을 떴어. 마을은 쥐 죽은 듯이 고요했지. 사실 나는 말이지 웃드 라이스가 마침내 바라던 바를 얻었나 보다고 생각했어. 그 불쌍한 친구는 그즈음 제정신이 아니었거든. 두 주일 동안이나 그 여자는 전혀 말을 하지 않았고, 그를 가까이 오지도 못하게 했지. 나는 한동안 그녀가 비명을 지르고 울부짖는 소리에 귀를 기울인 채 있었어. 오, 하나님, 제 죄를 사해 주십시오. 나는 그녀의 비명 소리를 들으면서 혼자 웃었어. 그리고 중얼거렸지. '웃드 라이스가 아직은 힘이 쓸 만한가 보군.' 비명 소리는 점점 커졌어. 그때 웃드 라이스네와 이웃해 있는 바크리 집에서 부산하게 쿵쾅거리는 소리가 들리더군. 그러더니 바크리가 소리를 지르는 거야. '이보게! 창피한 줄 알게나. 밤늦게 이게 무슨 소란인가! 거참, 시끄러워서 살 수가 있나.' 그러고 나서 이번에는 바크리 아내가 말하더군. '이봐요, 빈트 마흐무드! 체면을 좀 지켜요. 아유, 동네 창피해서, 원. 새색시도 그러지는 않는다고. 이건 마치 한 번도 남자를 경험해 본 적이 없는 것 같잖아.' 빈트 마흐무드의 비명 소리는 점점 높아 갔어. 그러고는 웃드 라이스가 있는 힘을 다해 외치는 소리가 들렸어. '으, 바크리! 하지 아흐마드! 빈트 마주두브! 빨리 좀 와 봐! 비, 빈트 마흐무드가 날 죽이네!' 나는 벌떡 일어나서 달렸어. 옷을 제대로 입지도 못해서 질질 끌렸지. 바크리 집 문을 두드렸네. 마흐주브네 문도 두드렸지. 그러고는 정신없이 웃드 라이스 집으로 뛰어갔지만 문이 잠겨 있는 거야. 나는 크게 소리 내어 울었어. 마흐주브와 바크리가 오고, 다른 사람들도 모여들었어. 우리는 문을 부수었어. 그때 산이 무너져 내리는 것 같은 웃드 라이스의 비명 소리가 들려오는 거야. 빈트 마흐무드의 찢어지는 듯한 비명이 잇따라 들려왔지. 나와 마흐주브, 바크리는 안으로 뛰어들었어. '사람들이 집 안에 들어오지 못하게 해. 여자들은 절대로 들여보내면 안 돼!' 나는 들어가면서 마흐주브한테 말했어. 마흐주브는 나가서 사람들에게 소리쳤지. 그러고는 자네 삼촌 압둘 카림과 사이드, 앗따히르 알루와시와 함께 왔어. 가엾은 자네 할아버지도 왔지."

빈트 마주두브의 얼굴에는 땀이 비 오듯 흘러내렸다. 그녀는 갈증이 나는지 물을 찾았다. 내가 물을 갖다 주자 마시고나서는 흐르는 땀을 닦았다.

"하나님, 회개하노니 저희 죄를 사해 주소서. 우리는 길 쪽으로 나 있는 천장이 낮은 조그만 방에서 둘을 발견했어. 램프에서는 불빛이 올라오고 있었지. 웃드 라이스는 벌거벗은 채였어. 빈트 마흐무드의 옷과 속옷은 모두 찢겨 나갔고 그녀 역시 벗은 채였지. 붉은 요는 온통 피로 물들었어. 램프를 들

어 보았더니, 빈트 마흐무드는 배, 허벅지, 목 할 것 없이 온몸이 물리고 할
퀸 자국이었어. 젖꼭지 한쪽은 거의 떨어져 나갈 듯했고 아랫입술에서는 피
가 흐르고 있었지. 전지전능하신 하나님! 웃드 라이스는 열 군데 이상이 찔
려 있었어. 배, 가슴, ……." 그녀는 말을 잇지 못했다. 그녀는 힘겹게 침을
삼켰고 목소리가 떨렸다.

"하나님! 저희는 당신의 판결에 따를 뿐입니다. 그녀는 엎드린 채였고, 심
장 깊숙이까지 칼이 꽂혀 있었어. 입이 벌어졌고 두 눈은 마치 살아 있는 것
처럼 동그랗게 뜬 채였어. 웃드 라이스의 혀는 턱 아래까지 축 늘어지고 두
팔은 허공을 향해 벌리고 있었지."

빈트 마주두브는 양손으로 얼굴을 감쌌다. 손가락 사이로 땀이 흘러내리
고 가슴은 심하게 벌렁거렸다. 그녀는 가까스로 말을 이었다.

"전능하신 하나님! 저희 죄를 사해 주십시오. 둘은 바로 조금 전에 숨이 끊
어졌던 거야. 빈트 마흐무드의 심장과 웃드 라이스의 다리 사이에서 흐르는
피는 그때까지도 따뜻했어. 깔개와 침대가 온통 피범벅이었고 바닥에까지
흘러내리고 있었어. 마흐주브(신의 가호가 함께하길)만이 침착했어. 그는 마흐
무드의 소리가 들리자 밖으로 뛰어나가서 자네 아버지한테 말했지. '그가 들
어오지 못하게 해 주세요.' 마흐주브와 다른 남자들이 웃드 라이스를 들어
올렸어. 나와 바크리 아내, 나이 많은 여자 몇몇은 빈트 마흐무드를 옮겼지.
우리는 그날 밤 두 사람에게 수의를 입혔어. 그러고는 해가 뜨기 전에 신고
가서 묻었지. 그녀는 그녀의 어머니 곁에, 웃드 라이스는 첫 번째 아내였던
빈트 라지브 곁에 나란히 묻었어. 몇몇 여자가 곡을 시작했지. 그렇지만 마
흐주브(신의 축복이 있기를)가 와서는 못하게 막았어. '누구든지 입만 벙긋했

다 하면 목을 베어 버릴 거야.' 마흐주브가 엄포를 놓았어. 사실 말이지, 그런 상황에서 어떻게 장례식을 치를 수가 있겠나! 이 마을에서 그렇게 끔찍한 비극이 벌어지다니. 우리네 삶은 늘 신의 가호 아래 있는 거야. 한데 마지막에 가서 그런 일을 당하다니. 하나님, 회개하오니 자비를 베풀어 주소서."

할아버지와 마찬가지로 그녀도 슬피 울었다. 한참을 격하게 흐느껴 울더니 눈물 속에서 미소를 지으며 말했다.

"이상한 건 말이다, 그 난리가 벌어지고 마을 끝에서까지 사람들이 몰려왔는데도 웃드 라이스의 늙은 아내 마브루카는 일어나지도 않는 거야. 그래서 내가 가서 그녀를 흔들어 깨웠지. 그랬더니 머리를 들며 묻는 거야. '아니, 빈트 마주두브, 이 시각에 무슨 일이죠?' '이봐, 일어나! 당신집에서 끔찍한 살인이 벌어졌어.' '누가 죽었다고요?' '빈트 마흐무드가 웃드 라이스를 죽이고 자기도 자살했어.' '거참, 잘됐군요.' 그러더니 글쎄 다시 잠을 자는 거야. 우리가 정신없이 빈트 마흐무드를 묻을 준비를 하는 동안에도 그녀는 내내 코를 골면서 자더구나. 사람들이 시신을 묻고 돌아와 보니 그제야 일어나서는 커피를 마시고 있었어. 여자들 몇이서 그녀와 함께 곡을 하려고 했지만 그녀가 소리쳤어. '이봐! 자기 일들이나 하지그래. 웃드 라이스는 제 손으로 제 무덤을 판 거라고. 그리고 빈트 마흐무드(하나님, 그녀에게 축복을 내려 주소서)는 철저히 그에게 보복한 거야.' 그러고는 기쁜 듯 소리 내어 웃는 거야. 맙소사! 글쎄, 그러더라니까. 그리고 여자들에게 얘기하더구나. '안 된 일이지만, 평안 감사도 저 싫으면 그만이지, 뭐.' 전능하신 하나님! 저희 죄를 사해 주시옵소서. 그녀의 아버지, 마흐무드는 그날 밤 어찌나 울던지 숨이 다 넘어갈 것 같았어. 마치 황소처럼 울부짖었지. 자네 할아버지께서는 지팡이로 바닥을 내리치며 욕설을 퍼붓더니 소리 내어 우셨어. 네 삼촌 압둘 카림은 아무런 까닭도 없이 바크리와 다투었고. '이웃집에서 살인 사건이 벌어졌는데도 잠만 자고 있었단 말입니까?' 네 삼촌은 바크리에게 이렇게 따져 물었어. 그날 밤은 악마가 그들에게 찾아오기라도 한 것처럼 마을 전체가 어수선 했어. 마흐주브만이 유일하게 침착했지. 그 친구 혼자서 모든 걸 준비했어. 어디서 가져왔는지 모르지만 수의도 준비해 놓았고. 한바탕 소란을 피우려는 웃드 라이스의 자식들에게도 조용히 하라고 타일렀어. 네가 그런 꼴을 안 봐서 다행이야. 그 광경은 보는 사람들의 가슴을 찢어 놓았고 아이의 머리까지도 하얗게 세어 버릴 정도였어. 도대체 뭐가 뭔지 모르겠더구나. 타지에서 온 사람은 받아들였으면서 왜 웃드 라이스는 받아들이려고 하지 않았을까?"

들판은 한창 불을 놓아서 연기로 덮여 있었다. 이제 밀을 파종할 때다. 사람들은 땅을 깨끗하게 고른 후에 옥수숫대와 조그만 풀들을 모은다. 그러고는 계절이 끝난 것을 기념하는 뜻에서 모아 둔 것들을 들판 한가운데에 쌓고는 불을 놓는다. 그러면 땅은 평평하고 검어져서 다음에 지을 농사를 준비하게 되는 것이다. 사람들이 쟁기와 괭이를 들고 일하고 있다. 대추야자 꼭대기는 미풍에 살랑거리다 잠잠해지고, 한낮의 타오르는 태양 아래 물먹은 클로버들이 피어 있는 들판에서는 뜨거운 연기가 피어오른다. 레몬, 오렌지, 탕헤르 향기를 실은 바람이 살랑거린다. 황소의 음매 우는 소리와 당나귀의 히힝 우는 소리, 장작 패는 소리도 들려오고. 그러나 세상은 변했다.

마흐주브는 진흙을 뒤집어쓴 채 대추야자에서 어린 가지를 잘라 내고 있다. 허리 둘레만 누더기 같은 천으로 가린 알몸은 땀으로 젖어 있다. 나는 인사를 건네지 않았고, 그 역시 나를 쳐다보지도 않은 채 잘라낸 어린 가지를 심고 그 둘레를 파고 있다. 옆에서 묵묵히 그를 지켜보다가 담배를 꺼내 불을 붙이고 그에게 담뱃갑을 내밀었다. 하지만 그는 고갯짓으로 사양했다. 생각은 내가 머리를 기대고 있던 옆의 대추야자 줄기로 옮겨 갔다. 이곳에는 내가 머무를 자리가 없다. 짐을 정리해서 떠나 버릴까? 마을 사람들은 어떤 일에도 놀라지 않는다. 그들은 모든 어려움을 너무도 쉽게 극복해 낸다. 새 생명이 태어나도 크게 기뻐하지 않으며 누가 죽어도 슬퍼하는 일이 없다. 그들은 웃으면서 말한다. '하나님, 저희를 용서해 주십시오.' 그들은 울면서도 말한다. '하나님, 저희를 용서해 주십시오.' 그것뿐이다. 한데 나는 무엇을 배웠나? 그들은 강과 나무에게서 침묵과 인내를 배웠다. 그렇다면 나는 어떤가! 나는 무엇을 배웠지? 무슨 일에 열중할 때면 늘 그렇듯이 아랫입술을 힘주어 물고 있는 마흐주브를 바라보았다. 레슬링과 달리기에서는 내가 그를 이겼지만, 헤엄쳐서 강을 건너기나 대추야자 오르기 시합에서는 그가 앞질렀다. 대추야자 정도는 그에게 약과였다. 우리 둘 사이에는 친형제 이상의 애정이 있었다. 마흐주브는 뿌리를 다치지 않고 어미 대추야자에서 가지를 떼어 내는 데 가까스로 성공하자 어린나무에 욕을 퍼부었다. 그는 대추야자 줄기에 뚫린 커다란 상처를 흙으로 메우고는 어린 가지를 쳐서 흙을 털어 내고 햇볕에 말리려 던져 놓았다. 나는 속으로 이제 그가 얘기를 꺼낼 거라고 생각했다. 그는 내가 있는 그늘로 와서 다리를 뻗고 앉았다. 잠시 앉아 있더니 이윽고 한숨을 내쉬면서 말했다.

"하나님, 용서해 주십시오." 그가 손을 내밀었고 나는 담배를 건네주었다.

그는 내가 여기에 머무를 때에만 담배를 피웠다.

"정부 화폐를 불태워 버려야겠어. 한데 자네 어디 아픈가? 여행이 힘들었나 보군. 무리해서 오지 않아도 괜찮았는데. 자네한테 전보를 보냈을 땐 이렇게 달려오리라고는 전혀 예상도 못했지." 담배를 피우다 말고 멀리 던지며 그가 말했다.

"그녀가 웃드 라이스를 죽이고 자신도 죽은 거야. 열 군데 이상이나 그를 찔렀어. 그리고…… 아! 너무 끔찍한 일이야." 나는 독백하듯이 중얼거렸다.

"누가 얘기해 주던가?" 마흐주브는 깜짝 놀라며 물었다.

그의 말에 아랑곳하지 않고 계속 얘기했다.

"웃드 라이스는 그녀의 젖꼭지를 물어뜯고 온몸을 할퀴고 물었다더군. 세상에 그런 끔찍한 일이!"

"빈트 마주두브가 이야기한 게 틀림없군. 에잇, 빌어먹을. 그놈의 혀를 가만히 놔두지 못하니, 원. 그런 일은 차라리 얘기하지 않느니만 못하다고." 마흐주브는 화가 치밀어 오르는듯 소리쳤다.

"얘기를 하든 하지 않든 간에 이미 벌어진 일 아닌가! 바로 자네들 눈앞에서 벌어진 일이고. 하지만 아무도 손쓰지 않았지. 더군다나 자넨 위원회 위원장이고, 이 마을 지도자 아닌가. 한데 아무것도 하지 않았어."

"우리가 뭘 할 수 있었겠나? 그런 자네는 왜 가만히 있었지? 왜 그녀와 결혼하지 않은 건가? 자네는 말로만 한몫하는군. 그 여자가 먼저 용감하게 말했어. 우리는 살아오면서 여자가 먼저 남자에게 청혼하는 것을 가끔 보아왔네."

"그녀가 무슨 말을 했나?"

"그래, 청혼을 했네. 하지만 이미 지나간 일이야. 이제 와서 말해 봐야 무슨 소용이 있겠나? 그 여자와 결혼하지 않은 걸 신께 감사드리게나. 그녀가 저지른 일은 도저히 인간이 할 수 없는 짓이야. 악마가 한 짓이지."

"도대체 그녀가 뭐라고 말했나?"

"그 여자 아버지가 그녀에게 한참 욕을 퍼붓고 간 후, 먼동이 트자마자 그녀가 우리 집을 찾아왔지. 그리고 웃드 라이스의 구혼을 피할 수 있는 길은 자네와 결혼하는 것뿐이라고 하더군. 그녀가 자네에게 바라는 건 그것뿐이었지. '웃드 라이스는 제게서 아이들을 떼어 놓을 거예요. 제가 그분께 바라는 건 오직 아이들과 함께 살 수 있도록 해 달라는 거예요.' 나는 우리가 그런 문제에 간섭할 수는 없다고 말했어. 그러고는 현실을 받아들이라고 충고했지. 당신 아버지가 보호자니까 아버지 마음대로 할 수 있는 거라고. 난 또 웃드 라이스가 그녀와 영원히 함께 살지는 않을 거라고 했지. 남자고 여자고 둘 다 미쳤어. 우리가 무슨 잘못이 있나? 우리가 뭘 어떻게 할 수 있었겠나? 불쌍한 건 그녀의 아버지야. 그날 이후로 몸져누워 있네. 외출도 하지 않고 아무도 만나지 않아. 세상이 온통 미쳐서 돌아간들 나나 다른 사람들이 할 수 있는 게 뭐가 있지? 분명한 건 빈트 마흐무드의 그런 광기는 전무후무하다는 거야." 마흐주브는 차가운 눈빛으로 말했다.

"호스나는 미치지 않았어. 미친 건 바로 자네들이야. 그녀야말로 이 마을에서 가장 분별 있는 여자였지. 또 가장 아름다운 여성이었고. 절대로 미치지 않았어." 나는 가까스로 눈물을 참으며 말했다.

마흐주브는 웃었다. 너털웃음을 웃어 대며 그가 말했다.

"거참, 놀랍군. 이보게! 자네 일이나 잘하라고. 정신 차리게. 자네 그 나이에 사랑에 빠지기라도 한 건가? 자네도 웃드 라이스처럼 제정신이 아니군. 학교와 교육이 자네 마음을 여리게 만들었나 보군. 여자처럼 울다니. 정말 놀라운 일이야. 사랑, 병, 그리고 울음이라. 그 여자는 서푼의 가치도 없어. 체면만 아니었다면 묻어 주지도 않았을 걸세. 그녀를 바다에 던져 버리거나 시체를 매에게 맡겨 버릴 수도 있었어." 마흐주브가 웃으며 얘기하는 걸 들었다.

그다음에 벌어졌던 일들은 분명하게 기억이 나지 않는다. 하지만 내 두 손은 마흐주브의 목을 움켜쥐었고, 불쑥 튀어나온 그의 두 눈이 생각난다. 그러고는 배에 강한 타격을 느꼈다. 마흐주브가 나를 덮쳤던 듯하다. 하지만 마흐주브는 땅에 엎어졌고, 내가 그를 발로 찼던 것 같다. "미쳤군. 자네 미쳤어." 그가 이렇게 소리를 쳤던가……. 소란이 벌어졌고, 내가 마흐주브의 목을 양손으로 힘껏 눌렀을 때 그는 숨이 넘어갈 듯이 꼴깍거렸다. 그리고 어떤 힘센 손이 내 목을 잡았고 둔탁한 지팡이가 내 머리 위로 떨어졌다.

9

세상은 갑자기 뒤죽박죽이 되었다. 사랑? 사랑이 이렇게 만든 것은 아니다. 그것은 증오다. 나는 증오에 휩싸여 복수하려는 것이다. 내 적은 안에 있고, 나는 이에 맞서 싸워야한다. 그렇지만 마음 한켠에서는 여전히 이 상황을 비웃고 있다. 나는 무스타파 사이드가 끝내 놓고 난 지점부터 시작한다. 그러나 그는 어쨌든 선택을 했지만 나는 아무것도 선택하지 못했다. 둥근 태양은 한동안 움직이지 않고 서쪽 지평선 너머에서 가만히 지켜보더니 서둘러 사라졌다. 가까이서 진을 치고 기다리던 어둠의 병정들은 순식간에 몰려나와 세상을 점령했다. 내가 그녀에게 솔직하게 이야기만 했어도 그런 일은 저지르지 않았을 것이다. 나는 제대로 알지 못했고 또 선택을 하지 않았기 때문에 전쟁에서 패배했다. 한참을 철문 앞에 우두커니 서 있었다. 지금 나는 혼자다. 도망칠 곳도, 피신해 있을 곳도, 그렇다고 안전한 곳도 없다. 밖에서 바라볼 때 나의 세계는 무한히 넓었다. 그러나 지금 세계는 점점 좁아지고 결국 세상은 물러나 버리고 나 혼자만 동그마니 남았다. 그러면 지난날 죽었던 그 뿌리는 어디에 있나? 죽음과 삶의 기억들은 어디에 있지? 그 대상과 부족에게 무슨 일이 일어났던 것인가? 수십 번의 결혼식에서 들려오던 여자들의 환호의 외침 소리와 나일 강의 범람, 북쪽과 남쪽에서 여름과 겨울에 불던 바람은 어디로 갔나? 사랑? 사랑이 이렇게 만든 것은 아니다. 그것은 증오다. 아, 지금 나는 무스타파 사이드의 집 철문 앞에 서 있는 거였지. 세모꼴 지붕에 초록빛 창문이 있는 직사각형의 기다란 방문 앞에. 열쇠는 주머니에 있고, 나의 적은 분명 온 얼굴에 악마의 유쾌한 빛을 띤 채 그 안에 있겠지? 나는 후견인이요 연인인 동시에 적이다.

나는 열쇠를 돌렸고 문은 금세 열렸다. 방 안에 가득 찬 습기와 오랜 기억과도 같은 향기가 나를 맞이했다. 이미 익숙한 향기다. 백단향과 향목 내음. 손가락 끝으로 벽을 더듬어 가며 길을 찾았다. 창유리에 몸이 부딪쳤다. 유리문을 활짝 열고, 나무 덧문도 열었다. 두 번째, 세 번째 창문도 모두 열었다. 하지만 어둠만 더욱 짙어 갈 뿐 빛은 들어오지 않았다. 나는 성냥개비를 그었다. 불은 순간 폭발하는 듯 확 피어올랐다. 그러자 어둠 속에서 입을 다문 채 인상을 찌푸리고 있는 얼굴이 나타났다. 아는 얼굴이었지만 도무지 기억이 나지 않았다. 나는 증오에 가득 차 그에게 다가갔다. 그는 내 숙적인 무스타파 사이드였다. 얼굴 아래로 목이 보이고 양어깨와 가슴이 차례로 나타나고 이윽고 몸체와 두 다리가 드러났다. 내 앞에 얼굴을 마주하고 서 있는 나를 발견했다. 그는 무스타파 사이드가 아니었다. 그것은 얼굴을 찌푸린 채 서 있는 내 모습이 거울에 비친 것이다. 그 모습은 갑자기 사라지고 나는 한동안 어둠 속에 앉아서 주의 깊게 귀를 기울였으나 사방은 쥐 죽은 듯이 고요했다. 다시 성냥개비를 그었다. 그러자 이번에는 한 여인이 쓰디쓴 미소를 짓고 있었다. 나는 불꽃 한가운데에 앉아 주위를 둘러보았다. 그러다 책상 위에 놓여 있는 낡은 램프를 발견했다. 흔들어 보니 아직 기름이 남아 있었다. 놀랍군! 램프에 불을 켜자 어둠과 벽은 저만치 달아나고 천장은 높이 올라갔다. 램프에 불을 켠 후 창문을 도로 닫았다. 그 향기는 여기이 방 안에 갇혀 있어야만 했다. 벽돌, 나무, 불에 타는 백단향과 향목 내음, 그리고 책 냄새. 이럴 수가. 사면은 바닥에서 천장까지 서가였고 책들이 빽빽이 꽂혀 있었다. 나는 담배를 피워 물었다. 폐 속에는 이상한 향기들로 가득 찼다. 어리석은 사람! 이것이 새롭게 삶을 시작하려 했던 사람의 행동이란 말인가? 이것들을 그의 머리 위에 쏟아붓고 불태워 버리리라. 나는 발 아래 깔려 있는 멋진 카펫에 불을 놓고는 멀리 도망가는 영양을 향해 창을 겨누고 있는 페르시아 왕을 서서히 삼키는 불꽃을 바라보았다. 램프를 위로 들어 보았더니 방바닥 전체가 페르시아 카펫으로 덮여 있었다. 문에서 마주 보이는 벽면을 바라보니 빈 공간으로 끝나 있었다. 손에 램프를 든 채 그리로 가 보았다. 그것은 우습게도 벽난로였다. 상상이나 할 수 있었겠는가! 모양이며 재료가 완벽한 영국산 벽난로. 그 위는 놋쇠로 된 갓이고 네모꼴 앞면에는 초록빛 대리석 타일을 붙여 놓았고, 벽난로 선반은 푸른 대리석으로 꾸며 놓았다. 난로 양옆으로는 수놓은 붉은 비단을 씌운 빅토리아 시대의 의자가 둘 놓여 있고 그 사이에는 원형 탁자가 있다. 그 위에는 책과 공책들이 놓여 있었다. 조금 전 나를 향해 웃고 있는 여인의 얼굴을 보았었는데. 벽난로 선반 위에는 금박 틀에 끼운 대형 유화가 걸려 있고, 그림 오른편 구석에는 'M. 사이드'라고 서명이 되어 있었다. 방 한가운데에서 타오르고 있는 불길을 돌아보았다. 열여덟 발자국을 걸어가서-걸으며 숫자를 세었다-는 구둣발로 불길을 비벼 껐다. 복수를 하려고 마음먹기는 했지만 호기심을 억누를 수가 없었다. 우선 이것들을 살펴보고 나서 아무것도 없었던 것처럼 불에 태우기로 했다. 그리고 책들은……. 불빛에 자세히 들여다보니 종류별로 잘 분류되어 있었다. 경제·역사·문학 서적들, 동물학, 지리학, 수학, 천문학, 대영 백과사전, 에드워드 기번, 토머스 매콜리, 토인비, 버나드 쇼 전집, 케인스, 리처드 헨리 토니, 스미스, 로빈슨, 불완전 경쟁의 경제, 홉슨의 제국주의론, 로빈슨의 마르크스주의 경제학 평론, 사회학, 인류학, 심리학, 토머스 하디, 토머스 만, 조지 에드워드 무어, 토머스 모어, 버니지아 울프, 비트겐슈타인, 아인슈타인, 브라이얼리, 나미에르. 익히 들어서 알고 있는 책들도 있고 전혀 생소한 책도 많았다. 이름조차 처음 들어 본 시인들의 시집, 고든의 일간지들, 〈걸리버 여행기〉, 하우스먼, 〈프랑스 혁명사〉, 토머스 칼라일, 액튼 경의 프랑스 혁명 강연집, 가죽으로 장정된 책들, 종이로 포장된 책들, 낡고 오래된 책들, 방금 인쇄소에서 나온 듯한 책들, 묘비 크기만 한 커다란 장정본들, 금테를 두른 카드 한 벌 크기의 작은 책들, 서명, 색인들, 상자 안에 들어 있는 책들, 의자 위에 놓여 있는 책들, 바닥에 있는 책들. 이것은 도대체 어떤 연극인가? 무엇을 뜻하는 것일까? 오언, 포드, 슈테판 츠바이크, 브라운, 래스키, 해즐릿, 〈이상한 나라의 앨리스〉, 리처드, 영어판 쿠란, 영어 성경, 길버트 머레이, 플라톤, 무스타파 사이드의 〈제국주의 경제학〉, 무스타파 사이드의 〈제국주의와 독점〉, 무스타파 사이드의 〈십자가와 화약〉, 무스타파 사이드의 〈아프리카 약탈〉, 프로스페로와 칼리반, 토템과 터부, 다우티. 아랍어 책은 단 한 권도 없었다. 묘소, 무덤, 광적인 사고, 감옥, 커다란 농담, 보물, 열려라 참깨! 사람들에게 보물을 나눠 주자. 오크로 된 천장, 가운데에는 아치형으로 방이 둘로 나뉘어 있었으며 누런빛이 감도는 붉은 색 대리석 기둥 두 개가 받치고 있다. 아치 밑 통로에는 끝 부분이 장식된 파양스 도자기가 덮여 있다. 나는 무슨 목재로 만들었는지 알 수 없는 기다란 탁자 앞에 가서 섰다. 탁자 표면은 검은빛 광택이 났다. 양옆으로는 가죽을 씌운 의자 다섯 개가 놓여 있다. 오른쪽에는 등널이 있고 푸른 벨벳을 씌운 소파가 하나 있으며, 쿠션들도 있었다. 손으로 만져 보니 타조 털로 속을 채운 부드러운 쿠션이었다. 벽난로 양옆에 미처 주의를 기울이지 못했던 것들이 눈에 들어왔다. 오른편으로는 기다란 테이블이 있고 그 위에는 은 촛대가 있으며 아직 한 번도 사용하지 않은 초가 열 개 꽂혀 있다. 왼편도 똑같은 모습이었다. 나는 하나하나 불을 붙여 나갔다. 불빛은 벽난로 선반 위에 걸려 있는 유화를 환하게 비추었다. 커다란 두 눈과 그 위에 알맞게 뻗은 눈썹의 얼굴이 갸름한 여인이었다. 약간 큰 코와 벌릴 듯 말 듯 한 입. 문을 마주하고 있는 벽면의 유리문이 달린 책 선반들은 방바닥까지는 닿지 않고 벽난로 양옆 서가보다 두세 발자국 앞으로 나와 있는 흰색의 벽장이 있는 데서 끝났다. 왼편을 따라서도 마찬가지였다. 선반에 걸려 있는 사진들 쪽으로 갔다. 웃고 있는 무스타파 사이드, 무언가 쓰고 있는 무스타파 사이드, 수영하는 무스타파 사이드, 시골의 한적한 곳에서 포즈를 취한 무스타파 사이드, 대학 졸업 가운을 걸친 무스타파 사이드, 서펜타인 연못에서 노를 젓고 있는 무스타파 사이드, 예수 탄생 연극에서 향료와 물약을 가지고 가는 세 명의 왕 가운데 하나로 분장하고 왕관을 쓰고 있는 무스타파 사이드, 한 여인과 남성 가운데 서 있는 무스타파 사이드. 무스타파 사이드는 어느 한순간도 그냥 흘려보내지 않고 이렇게 기억과 역사 속에 자신을 기록해 두었다. 한 여인의 사진을 들고 자세히 살펴보았다. 거기에는 우아한 글씨체로 헌사가 씌어 있었다. '모든 사랑을 담아. 셸라로부터.' 셸라 그린우드가 틀림없다. 무스타파 사이드는 선물과 달콤한 말, 사물을 대하는 직관력으로 헐 시 출신의 그녀를 속였다. 불에 타는 백단향과 향목 내음은 그녀를 현기증이 일도록 몰고 갔다. 정말 어여쁜 얼굴이다. 목걸이를 하고 사진 속에서 미소 짓고 있는 그녀. 분명 상아로 만든 목걸이다. 드러난 두 팔과 풍만한 가슴. 그녀는 낮에는 식당에서 일하고 야간 공예 학교에서 공부를 계속했다. 그녀는 지적이었으며, 미래는 노동자 계층을 위한 것이고 또한 계층 간의 위화감이 해소되고 모든 사람이 한형제가 되는 날이 오리라고 믿었다. "제가 흑인을 사랑한다는 사실을 알면 어머니는 정신이 나가 버리고, 아버지는 저를 죽이려 드실 거예요. 하지만 상관없어요." 그녀는 무스타파 사이드에게 이렇게 말했었지. "셸라는 우리가 벌거벗고 누워 있을 때면 마리 로이드의 노래를 부르고는 했다. 목요일 밤이면 나는 캠덴타운에 있는 그녀의 방에서 함께 보냈다. 가끔은 내 아파트에서 함께 밤을 지새우기도 했다. 그녀는 혀로 내 얼굴을 핥으며 말했다. '당신 혀는 적도 지방의 해 질 무렵 빛깔인 진홍색이군요.' 나는 그녀에게 만족하지 못했고 그녀 또한 마찬가지였다. 그녀는 매번 무언가 새로운 것을 찾는 눈빛으로 나를 바라보았다. 그녀는 이렇게 말했었다. '당신의 검은 피부는 정말 놀라워요. 마법과 신비, 음란의 색이죠.'"

그녀는 자살했다. 무스타파 사이드! 셸라 그린우드는 무슨 이유로 자살한 거지? 당신 머리위에 불을 지를 이 파라오의 무덤 어딘가에 당신이 숨어 있다는 것을 알고 있어. 여태까지 살인 사건이란 있지도 않았고, 또 상상조차 할 수 없었던 이 마을에서 왜 호스나 빈트 마흐무드는 늙은 웃드 라이스를 살해하고 자신도 죽은 것일까?

나는 또 다른 사진 한 장을 집어 들고 또박또박 쓴 헌사를 읽었다. '이 생명 다하는 날까지 당신만을 위하여. 이자벨라.' 가엾은 이자벨라 세이모어! 나는 이자벨라 세이모어에게 특히 정이 갔다. 둥근 얼굴, 약간 통통한 체격에 그 당시에 유행했던 것보다 더 짧은 치마를 입고 있다. 무스타파 사이드가 설명한 대로 완벽한 청동 조상은 아니었지만 좋은 성격과 생에 대한 낙관이 얼굴에서 엿보였다. 그녀는 웃고 있다. 그도 역시 웃고 있다. 무스타파 사이드는 그녀가 성공한 외과의의 아내이며 딸 둘과 아들 하나를 둔 어머니라고 말했다. 그녀는 11년간 행복한 결혼 생활을 했다. 매주 일요일 아침이면 어김없이 교회로 향하고, 자선 모임에도 참여했다. 그러던 중 그를 만났고 자신의 깊은 곳에 잠재되어 있던 어두운 구석을 발견하게 되었다. 이런 모든 것에도 불구하고 그녀는 다음과 같은 내용의 편지를 그에게 남겼다. '만약 저 하늘에 신이 계시다면 마음 깊은 곳에서 우러나오는 행복을 억누르지 못하는 이 분별력 없는 가련한 여인을 동정의 눈으로 바라보실 거라 믿습니다. 설사 그것이 결혼의 관습을 거스르고 남편의 자존심에 상처를 입히더라도 말이죠. 신께서는 저를 용서해 주시고 당신이 제게 안겨 준 행복만큼 당신을 행복하게 해 주실 겁니다.' 나는 그 밤, 칠흑같이 캄캄한 밤에 그의 목소리를 들었다. 슬픔도 후회도 없이 간간이 높아졌다 낮아지는 소리를. 그 소리에 무언가 담겨 있다면 그것은 기쁨의 울림이다. "그녀가 항복해 애원하는 어조로 내게 말했다. 사랑해요! 그러자 내 의식의 밑바닥에서는 이에 대답해 그만 멈추라고 힘없이 외쳤다. 하지만 정상은 이미 몇 발자국 앞으로 다가와 있었고, 그런 다음에는 숨을 가다듬고 휴식을 취하겠지. 우리가 고통의 정점에 다다랐을 때 사막 한가운데에 있는 염천에서 피어오르는 수증기처럼 아득히 멀고 오랜 기억의 뭉게구름이 내 머릿속을 스쳐 지나갔다. 그녀의 남편이 법정 증언대에 올라섰을 때 모든 사람의 시선이 그에게로 쏠렸다. 외모와 걸음걸이도 사뭇 당당했다. 은회색 머리는 그의 품위를 한층 더해 주었다. 그의 행동 하나하나에는 위엄이 배어 있었다. 그와 나를 저울에 재어 본다면 아마도 그의 눈금이 몇 배는 더 나갈 것이다. 그는 고소인이 아니라 변호하는 증인이었다. 법정을 내리누르고 있는 침묵 속에서 그가 말했다. '사실대로 말씀드리자면 제 아내 이자벨라는 자신이 암에 걸렸다고 믿고 있었습니다. 죽기 얼마 전부터 심한 우울증으로 고생했지요. 자살하기 며칠 전 아내는 제게 피고인과의 관계를 털어놓았습니다. 자신은 그를 사랑했고 어쩔 수 없었다고 말했습니다. 저와 함께 사는 동안 그녀는 정숙하고 진실한 아내로 늘 모범이 되었습니다. 아무튼 저는 저 자신이나 아내 혹은 저 피고인, 어느 누구도 원망하지 않습니다. 단지 아내를 잃었다는 사실만이 한없이 슬플 뿐입니다."

세상에는 정의도 공정도 없다. 이 모든 제물 위에 무스타파 사이드는 또 다른 제물을 얻는 영광을 누리다니. 슬픔과 증오심이 밀려왔다. 호스나 빈트 마흐무드, 내가 사랑했던 유일한 여인. 그녀는 불쌍한 웃드 라이스를 죽이고 무스타파 사이드를 위해 자신도 죽었다……. 이렇게 잔인한 일이 있을 수 있을까. 가죽으로 된 액자에 끼운 사진을 집어 들었다. 낙타털로 짠 아랍 옷을 입고 머리띠를 둘렀지만 앤 하몬드임에 틀림없다. 사진 하단에는 꼬불꼬불한 글씨체로 다음과 같이 쓰여 있었다. '당신의 노예 소녀 사우산으로부터.' 사진에 모두 담을 수 없을 정도로 건강미가 넘쳐흐르는 생기발랄한 얼굴이다. 양 볼에는 볼우물이 파이고, 터질 듯한 입술은 미소를 머금고, 두 눈은 호기심으로 불타오른다. 사진에는 꽤 오랜 세월이 흘렀음에도 이 모든 것이 분명하게 남아 있다. "나와는 반대로 그녀는 적도의 기후와 타오르는 태양, 자줏빛 지평선을 동경했다. 그녀의 눈에 비친 나는 그 모든 동경의 상징이었다. 나는 북쪽과 얼음을 갈망하는 남쪽이었다. 햄스테드의 히스 공원이 내려다보이는 곳에 그녀의 아파트가 있었다. 주말이면 나는 옥스퍼드

148

에서 그리로 갔다. 내가 있는 곳에서 토요일 밤을, 그리고 그녀 집에서 일요일 밤을 함께 보냈다. 어쩌다가는 월요일까지 그녀가 머무르기도 하고 일주일을 꼬박 함께 보내는 때도 있었다. 그러다가 한 달 두 달 결석하기 시작했고 결국 그녀는 퇴학당했다. 그녀는 내 겨드랑이 사이에 얼굴을 파묻고 마취제를 들이마시듯 냄새를 맡고는 했다. 그녀의 얼굴은 기쁨으로 일그러졌다. 사원에서 기도를 하며 중얼거리듯 그녀는 말했다. '당신 땀을 사랑해요. 당신의 온 내음을 맡고 싶어요. 아프리카 정글에서 썩어 가는 나뭇잎 냄새, 망고, 파파야, 열대 향료 냄새, 아라비아 사막 지대에 내리는 빗방울 냄새도 맡고 싶어요.' 그녀는 손쉬운 먹이였다. 내가 처음 그녀를 만난 건 옥스퍼드에서 아부 누와스에 대한 강연을 마치고 나서였다. 나는 학생들에게 오마르 하이얌은 아부 누와스와는 비교도 되지 않는다고 말했다. 그들에게 아부 누와스의 수사적이고도 해학적으로 쓰인 술에 대한 시를 읽어 주며 아바스 왕조 시대에는 바로 이런 방법으로 아랍 시가 불리었다고 주장했다. 그 강연에서 아부 누와스는 수피의 신비론자이며 술을 자신의 모든 정신적 동경에 대한 하나의 상징으로 삼았고, 그의 시에 나타난 술에 대한 갈망은 사실은 신에게로 향한 자기 망각의 염원이라고 말했다. 사실적 근거가 없는 무의미한 말들이었다. 하지만 그 밤, 나는 영감을 받았다. 그리고 거짓말이 마치 숭고한 진실인 양 나도 모르게 내 혀에서 튀어나옴을 느꼈다. 그와 같은 나의 도취는 청중에게도 전달되었고, 나는 거짓말을 계속했다. 강연을 끝마치자 그들은 내 주위로 몰려들었다. 동쪽에서 근무했던 관리들, 이집트, 이라크, 수단의 남편을 잃은 나이 든 여인들, 키치너, 알렌비와 싸웠던 남자들, 동양 학자들, 식민 시대 관공서 관리들, 외무부 중동 지역 분과의 관리들. 그때 갑자기 사람들 틈을 비집고 내게로 뛰어드는 열여덟아홉 살가량의 소녀가 눈에 들어왔다. 그녀는 두 팔로 나를 껴안고 입 맞추며 아랍어로 말했다. '정말 뭐라고 형언할 수 없을 정도로 멋지군요. 당신께로 향한 제 사랑은 이루 말할 수 없을 정도랍니다.' 나는 그녀의 열정에 놀라 흥분해서 말했다. '아, 사우산! 마침내 당신을 찾았구려. 당신을 찾아 정신없이 헤맸소. 영원히 당신을 만나지 못할까 두려웠는데. 나를 기억하오?' 그녀 역시 나 못지않게 흥분해서 말했다. '마으문 시절, 티그리스 강 유역 바그다드의 카르크에 있던 우리 집을 제가 어떻게 잊을 수가 있겠어요? 저도 수세기 동안 당신을 찾아 헤맸어요. 하지만 전 늘 당신을 다시 만날 수 있으리라고 믿었지요. 아, 내 사랑 무스타파! 여기 계셨군요. 당신은 헤어질 때와 하나도 달라지지 않았어요.' 마치 그녀와 내가 연극을 하고 있는 것 같았다. 우리 둘레에 있는 사람들은 단역 배우들이었다. 내가 남자 주인공이고 그녀는 여주인공이었다. 불이 꺼지고 주위에는 어둠이 내려앉았다. 그녀와 나, 단둘만이 무대 한가운데에 남아 있었고 한 줄기 빛이 우리를 내리비추었다. 내가 거짓말을 하고 있다는 것을 알면서도 자꾸만 내 말이 사실이라는 생각이 들었고, 그녀 또한 거짓인 줄 알면서도 자신이 한 말이 모두 진실이라고 여겼다. 그 순간은 정말이지 내 전 생애를 팔아서라도 얻고 싶을 정도의 황홀한 순간이었다. 눈앞에서 거짓이 진실로 변모하고 역사는 뚜쟁이가 되며 어릿광대가 군주로 변하는 그 순간, 그와 같은 허황된 꿈속에 사로잡혀 그녀는 자신의 차로 런던까지 나를 데리고 왔다. 그녀는 무서우리만치 빠른 속도로 차를 몰았고 때로는 운전대를 놓은 채 두 팔로 나를 껴안고는 소리쳤다. '이렇게 당신을 만나게 되다니 정말 행복해요. 지금 이 순간 죽는다 해도 여한이 없어요.' 우리는 길가 술집에 차를 세우고는 사과주, 맥주, 적포도주, 백포도주를 마셨다. 가끔은 위스키를 마시기도 했다. 술을 들이켤 때마다 나는 아부 누와스의 시를 그녀에게 암송해 주었다.

대지가 꽃으로 만발함이 기쁘지 않은가
술은 노처녀의 무르익은 자태로 준비되어 있구나
그러니, 그대가 이를 즐기지 않겠다고 변명할 여지가 있겠는가
술의 아버지는 밤과 같고 그 어머니는 푸르름이요
알 카라크의 무릉도원이 여기 있으니 어서 잔을 들어라
전쟁의 참혹한 손길도 그것을 범하지는 못하였구나

나는 이런 구절을 낭송하기도 했다.

내가 마신 그 잔은 마치 하늘의 등불과 같네
입맞춤을 하거나 다시 만날 약속을 하며
잔도 없이 몇 날이 지나 버리더니, 다시 내게 다가온 너는
마치 하늘의 틈 사이로 쏟아지는 빛과 같구나

또 이렇게 읊기도 했다.

역전의 용사가 전쟁에 임하여 말을 준비하고
노익장 앞에서 죽음의 깃발이 펄럭이며 나부끼네

드디어 전쟁이 터지고 그 불빛이 활활 타오를 때

우리가 우리의 손을 활로 삼고 백합으로 화살을 대신하매

전쟁은 다시 화기애애해지고, 우리는 친구가 되었으니

그들이 북을 쳤을 때 우리는 우드를 탔고

쾌락 속에서 죽음을 맛보았던 청년들은 신성한 제물 양이 되었는가

우리 전쟁의 시작은 술 따르는 주동에게 있었지

다른 이들이 먼저 사람들에 연이어 잔을 권하네

어떤 이는 널브러져 있고, 또 어떤 이는 술에 취해 있으니

이 전쟁은 서로 적개심에 고통스러워하는 전쟁이 아니요,

술과 더불어 우리가 사람들을 죽이고 죽은 이들을 살려 내는 거라오

  우리의 만남은 이러했고 그녀는 시에 취하고 술에 감동했다. 그녀는 달콤한 거짓말로 나를 즐겁게 해 주었고, 나는 뒤얽힌 환상의 실로 그녀에게 이야기를 엮어 나갔다. 그녀는 내 두 눈에서 찌는 듯한 사막 한가운데 빛나고 있는 신기루를 보았으며, 내 목소리에서는 밀림 속에서 포효하는 사나운 맹수들의 울음소리를 듣는다고 했다. 나는 그녀의 푸른 두 눈에서 무변대해로 펼쳐진 머나먼 북쪽 바다를 본다고 이야기했다. 런던에서 나는 아주 세심하게 거짓 위에 거짓을 덧발라 지은 치명적인 거짓의 우리인 나의 집으로 그녀를 데리고 갔다. 백단향, 향목, 타조의 부드러운 깃털, 상아와 흑단으로 만든 조상들, 나일 강가를 따라 우거진 대추야자 숲, 비둘기의 날갯짓처럼 물 위를 소리 없이 미끄러져 가는 작은 배들, 홍해에서 바라다보이는 산맥 너머로 스러지는 낙조, 예멘 국경선의 모래 언덕을 따라 걷는 낙타들의

대상 행렬, 코르도판의 나무들, 잔디, 누에르, 쉴크 부족의 벌거벗은 소녀들, 적도 근방의 바나나와 커피 농장, 누에바 지역의 오래된 사원들, 화려한 고대 아랍 문양을 장식한 회화 장정을 씌운 아랍 서적들, 페르시아 융단과 장밋빛 커튼, 벽에 걸린 커다란 거울들과 구석에서 빛나는 색색의 조명등을 그린 그림과 스케치들. 그녀는 무릎을 꿇어 내 발에 입 맞추고는 말했다. '무스타파 사이드, 당신은 내 주인이에요. 저는 당신의 노예 사우산입니다.' 이렇게 우리는 각자 자기의 역할을 선택한 것이다. 그녀는 노예 소녀 역을, 나는 자연스레 그 주인 역을 맡았다. 그녀는 목욕 준비를 해 놓고는 장미향을 뿌린 물로 나를 씻겼다. 그녀는 선향에 불을 붙이고, 입구에 걸린 놋쇠로 만든 모로코산 화로의 백단향에도 불을 붙였다. 내가 침대에 길게 누워 있는 동안 그녀는 두르개를 걸치고 머리띠를 두르고는 다가와 내 가슴과 양다리, 목, 어깨를 마사지했다. '이리 오너라.' 내가 그녀에게 명령하면 '분부대로 따르겠습니다, 주인마님.' 그녀는 순종적으로 대답했다. 환상과 도취, 광기, 이런 것들 속에서 이미 천 년 전부터 우리가 그랬었던 것처럼 나는 그녀를 취했고, 그녀는 나를 받아들였다. 사람들이 햄스테드에 있는 아파트에서 가스로 자살한 그녀를 발견했을 때, 옆에는 쪽지가 놓여 있었다. '사이드, 신의 저주가 내리길!'"

나는 로빈슨 씨와 그의 부인 사이에 서 있는 무스타파의 사진 왼쪽 옆 자리에 앤 하몬드의 사진을 내려놓았다. 사진 아래에는 이렇게 적혀 있었다. '사랑하는 무지에게 - 1913. 4. 17. 카이로에서.' 로빈슨 부인이 내게 보낸 편지에서도 '무지'라는 이름으로 무스타파 사이드를 지칭한 것을 보면 무지는 아마도 그의 애칭이었던 것 같다. 사진 속의 무스타파 사이드는 얼굴을 찡그리고 있기는 하지만 그저 순진한 아이로 보일 뿐이다. 로빈슨 부인은 그의 왼편에 서서 팔로 그의 어깨를 두르고 있고, 그녀의 남편은 둘을 함께 안고서 부인과 행복한 듯 환하게 웃고 있다. 두 사람 다 서른이 채 안 되는 듯 젊어 보였다. 그러한 사건들이 벌어졌음에도 무스타파 사이드에 대한 로빈슨 부인의 사랑은 변함이 없었다. 그녀는 처음부터 끝까지 법정에 나와서 모든 것을 지켜보았다. 그런데도 그녀는 내게 보내는 편지에다가 이렇게 썼다.

"우리 사랑하는 무지에 관해 그렇게 적어 보내 주셔서 뭐라고 감사의 말씀을 드려야 좋을지 모르겠습니다. 무지는 저와 제 남편이 가장 사랑했던 사람이었어요. 가엾은 무지. 그 아이는 늘 괴로워했지요. 하지만 저와 제 남편에게는 한없는 행복을 가져다주었습니다. 그런 가슴 아픈 일이 벌어지고 그 아이가 런던을 떠난 후로 소식이 끊겼습니다. 연락을 하려고 백방으로 수소문해 보았지만 허사였어요. 불쌍한 무지. 하지만 그 아이가 생의 마지막 몇 년간을 여러분과 행복하게 보냈고, 좋은 여자와 결혼해 두 아이까지 두었다는 소식이나마 알게 되니 무지를 잃은 슬픔도 어느 정도 가시는 듯합니다. 제 이런 사랑을 사이드 부인에게 전해 주세요. 저를 어머니처럼 생각해도 좋다고 말씀해 주십시오. 그녀와 두 아이에게 제가 무엇이든 도움이 될 만한 일이 있으면 주저하지 말고 제게 편지를 써 보내라고 전해 주시기 바랍니다. 오는 여름 방학에 다 함께 이곳에 와서 저와 함께 보낸다면 정말 기쁠 거예요. 저는 이곳 와이트 섬에서 혼자 지내고 있어요. 지난 1월에는 카이로에 있는 남편 묘소를 다녀왔지요. 리키는 카이로를 무척 좋아했습니다. 그래서 자신이 죽으면 세상 그 어느 곳보다도 사랑했던 도시인 카이로에 묻히기를 원했을 정도였어요.

요즈음 저는 지나온 우리 삶을 엮어 책으로 만들 준비에 여념이 없습니다. 리키와 무지, 그리고 제 이야기지요. 그 둘은 묵묵히 각자의 길을 걸었던 아주 훌륭한 사람이었습니다. 리키의 장점은 남들을 즐겁게 해 주는 데 있었어요. 그는 행복한 사람이었고, 그와 만나는 사람은 누구든 무척 즐거워 했습니다. 무지는 천재였지요. 하지만 늘 불안정했어요. 그 아이는 행복을 받으려고도 다른 사람에게 나누어 주려고도 하지 않았습니다. 진정으로 자신을 사랑했고, 본인 스스로도 사랑했던 저와 남편 리키와 같은 사람들을 제외하고는 말이지요. 사랑과 어떤 의무감이 이 두 훌륭한 남자 이야기를 세상 사람들에게 알리라고 강요하는 것을 저는 느낍니다. 그 책은 리키와 무지에 대한 이야기가 될 겁니다. 저는 특별히 기억에 남을 만한 일을 한 적이 없거든요. 저는 아랍 문명에 기여한 리키의 뛰어난 업적, 희귀한 사본들을 발견하고 거기에 주석을 달아 인쇄를 감독한 것 등에 관해 쓸 겁니다. 그리고 식민지로서 우리네 보호 아래 살고 있는 자기와 같은 아프리카 주민들의 비참함에 관심을 갖도록 한 우리 무지의 뛰어난 역할에 대해서 쓸 겁니다. 또 무지의 재판에 대해서 명확하고 상세하게 적어 그 아이를 따라다니는 의심들을 없애려고 합니다. 제가 이 책을 쓰는 데 도움이 될 만한, 그곳에서의 무지의 행적을 적어 보내 주시면 고맙겠습니다. 무지가 런던에서 저를 자신의 보호자로 여겼다는 것을 선생님께 얘기했을 겁니다. 무지가 저술한 몇 권의 서적 출판과 번역 인세로 얼마간 돈이 모였습니다. 그쪽 거래 은행 계좌를 적어 보내시면 즉시 보내 드리겠습니다. 우리 무지의 가족을 돌봐 주시는 데 진심으로 감사드리며 정기적으로 가족의 소식을 자세하게 적어 보내 주시고, 다음번 편지에는 사진을 동봉해 주시면 정말 고맙겠습니다.

엘리자베스 드림"

편지를 주머니에 넣고 벽난로 오른편에 있는 의자에 앉았다. 나의 시선은 1927년 9월 26일 월요일자 〈타임스〉지에 실린 기사들에 가서 멎었다. 출생. 결혼. 사망. 결혼식은 문학 석사인 샘슨 신부의 인도 하에. 장례식은 수요일 오후 2시 스터트니 교회에서 거행됩니다. 개인 광고도 있었다. 영원한 나의 연인이여! 언제까지 우리가 이렇게 헤어져 있어야 하오? 사랑하는 케냐에서 온…… 공인 검사관 10월 5일 나이로비로 귀국하다. 오늘 일자까지 식민지 자산에 관한 보고서에 대해 아무런 발표도 없었다. 이는…… 을 통해 게재되어야 한다. 승마 연습 광고. 푸른 샴고양이 세일. 17세의 정숙한 여성, 직장 구함. 30세 된 여성, 해외 근무 희망. 스포츠 소식. 웨스트힐, 버힐을 꺾다. 웨스트햄 승리. 진 터니, 잭 덤프시를 누르다. 펀자브 지방에서 있었던 무슬림과 힌두교도 간의 분쟁에 관한 시멘랄 스텔버드 경의 견해에 반박하는 자프룰라 칸(Zafrullah Khan)의 서한. 한 편지는 적고 있다. '재즈는 희망 없는 세계의 유일한 즐거운 음악.' 어제 랑군으로부터 코끼리 두 마리가 도착했으며, 틸버리 부두에서 내려 동물원까지 걸어서 갔음. 한 가축사가 자신의 농장에서 황소에게 옆구리를 들이받혀 사망함. 바나나 4개를 훔친 남자에게 3년형 구형. 영 제국주의와 그 밖의 해외 소식들. 러시아의 대불 부채 상환을 위한 모스크바의 새로운 제안. 스위스, 홍수 발생. 스콧 선장이 지휘하는 디스커버리호 남태평양으로 귀환하다. 독일의 슈트라스만 씨, 토요일 제네바에서 군축에 관해 연설. 그는 또한 탄부르크에서 폰 힌덴부르크

대통령이 행한 독일은 전쟁 발발에 아무런 책임이 없다고 거부한 연설을 지지하는 성명을 〈마틴〉지에 냈다. 대영 제국을 대표한 길버트 클라이튼 경과, 히자즈, 나지드 지역과 그 보호령의 국왕인 부친을 대신한 아미르 파이잘 압둘 아지즈 알 사우드 간에 조인한 제다 조약에 관한 사실. 영국과 웨일스의 일기 예보. 서부와 북서부, 대체로 바람, 해당 지역에는 때때로 세찬 바람이 불겠음. 한동안 맑은 날씨를 보이겠으나 간혹 천둥 번개를 동반한 비 혹은 지역성 강우 예상.

  신문에 있는 내용은 단지 그것뿐이었다. 이 신문이 여기 있는 것은 무슨 까닭이 있는 것일까, 아니면 단지 우연일까? 나는 노트를 펴 들고 첫번째 페이지를 읽었다. '내 지나온 삶에 관하여-무스타파 사이드.' 다음 장에는 헌사가 씌어 있었다. '하나의 눈으로 보고 하나의 혀로 말하며, 흑 아니면 백, 동 아니면 서로 사물을 바라보는 이들에게 바침.' 다음 장들을 넘겨 보았으나 한 줄도, 아니, 단 한 글자도 쓰여 있지 않았다. 이것 역시 무슨 의미가 있는 것일까, 아니면 단지 우연일까? 서류철을 들춰 보았다. 거기에는 많은 종이와 스케치, 그림이 들어 있었다. 그렇다면 그는 그림도 그리고 글도 쓰려고 했다는 말인가! 그림은 훌륭했고, 미술에 대한 그의 재능을 여지없이 보여 주고 있다. 영국의 시골 풍경을 담은 수채화 몇 점에는 떡갈나무와 시내, 거위를 반복해서 그려 넣었다. 우리 마을의 풍경과 인물들을 목탄으로 스케치해 놓은 것들도 있다. 정말이지 그의 놀라운 재능을 인정하지 않을 수 없다. 바크리, 마흐주브, 할아버지, 웃드 라이스, 호스나, 압둘 카림 삼촌, 그 외 여러 사람. 내가 오랫동안 그들의 얼굴을 보아 오며 느끼기는 했지만 뭐라고

딱 꼬집어 정의 내릴 수 없었던 특징을 그는 정확한 통찰력으로 그려 보이고 있었다. 무스타파 사이드는 그들을 명료한 시각과 사랑에 가까운 마음으로 그렸다. 웃드 라이스의 얼굴은 유달리 다른 사람들 보다 더 많이 그려 놓았다. 그의 얼굴 그림이 서로 다른 표정으로 여덟 장이나 있었다. 왜 그는 웃드 라이스에게 그렇게 관심을 가진 것일까?

그가 이것저것 끄적여 놓은 종이철을 읽어 보았다. "우리는 사람들이 지성을 깨치고 잠재된 역량을 계발할 수 있도록 그들을 교육시킨다. 그렇지만 그 결과를 미리 예측할 수는 없다. 자유, 우리는 미신들로부터 그들의 이성을 해방시킨다. 우리는 국민들에게 그들이 원하는 대로 행동할 수 있도록 미래의 열쇠를 쥐어 준다." "유럽이 한층 더 잔악한 폭력을 위해 군대를 동원하기 시작했을 때 나는 런던을 떠났다." "그것은 증오가 아니었다. 무어라 달리 표현할 수 없는 사랑이었던 것이다. 나는 왜곡된 방법으로 그녀를 사랑했다. 그녀 역시 마찬가지였다." "촉촉이 내리는 이슬비에 집집마다 지붕이 젖어들었다. 들판에 보이는 소와 양 떼는 마치 희고 검은 자갈들 같다. 6월을 적셔 주는 이슬비. 부인, 부탁입니다. 이 기차 여행은 지루합니다. 안녕하십니까? 버밍엄에서 런던까지 가는 길의 경치는 어떻습니까? 나무와 풀들, 들판 한가운데에 쌓아 놓은 건초 더미, 초목은 어느 곳이나 같은 모습이군요. 나이오 마시의 책들, 그녀는 주저했다. 네, 아니요, 아무런 대답도 하지 않았다." 그가 실제로 있었던 일들을 적어 놓은 것일까, 아니면 단지 지어낸 글일까? "주인마님! 저는 명확하고도 논리적으로 그 고소를 공박해야만 합니다. 그는 그가 실제로 저질렀던 단 한 가지 사건에 근거해 피고인과는 전혀 무관한 사건들에 대한 책임을 피고에게 전가시키려고 합니다. 그러고 나서는 이전의 여러 가설을 기초로 해서 실제로 있었던 그의 가설을 재확인하는 겁니다. 피고는 자신의 아내를 살해한 사실을 시인합니다. 하지만 그렇다고 해서 지난 10년간 대영 반도에서 일어났던 모든 여인의 자살 사건을 그에게 책임 지울 수는 없는 거지요." "선을 행한 자는 신께서 행복하게 날 수 있는 한 마리 새로 만들어 주신다. 악하게 자라난 자에게선 슬픔의 가지가 달린 나무가 자라고 후회의 열매를 맺게 된다. 하나님께서는 남의 허물을 탓하지 않고, 있는 그 자체만을 바라보는 자에게 자비를 베풀어 주신다."

나는 그가 친필로 써 내려간 시를 발견했다. 그렇다면 그는 시에도 흥미를 갖고 손을 댄 것일까. 여러 차례 지우고 고친 자국이 있는 것으로 봐서 그 역시 예술을 대할 때에는 그 어떤 경외감을 느꼈음이 분명하다.

가슴속 깊이 슬픔에 찬 신음이 울부짖고
세월의 몸부림 속에 마음의 눈물이 쏟아지네
바람은 사랑과 이미 묻혀 버린 증오를 싣고 저만치 달아나 버리고

남은 것은 깊은 침묵에 싸인 기도뿐
끓어오르는 탄식과 절규, 애원, 그리고
나그네가 걷는 길에 자욱이 내려앉은 먼지와 슬픔의 연기뿐

평안한 영혼들, 또 다른 불안에 떨고 있는 영혼들
유순한 얼굴들과 그렇지 못한……

무스타파 사이드는 운율에 맞는 단어를 고르기 위해 분명 오랜 시간을 허비했을 것이다. 이 모든 것이 내 흥미를 불러일으켜 잠시 생각에 잠겼다. 그러나 그 생각은 오래가지 않았다. 어쨌거나 그것은 불완전한 시였고 대구와 비교법에 너무 치우쳐 있었다. 거기에는 진솔한 감정도, 솔직한 감동도 들어 있지 않다. 그러나 이 구절은 다른 구절들보다 나쁘지 않다. 나는 마지막 구절을 지워 버리고 대신 이렇게 그 자리를 채워 넣었다. '겸허히 숙인 머리와 떨군 얼굴'.

나는 계속해서 종이들을 뒤적거렸다. 거기에서 아래와 같이 적혀 있는 쪽지들을 발견했다. '석유 3배럴', '위원회, 펌프의 기반 강화 문제 토의하다', '시멘트 잔여분, 급매 가능', 또 이런 문구를 찾았다. "내 운명의 별은 그녀 별과의 충돌을 피할 길이 없다. 나는 몇 년을 감옥에서 보낼 테고, 그리고 그 후에도 몇 년을 그녀의 환상을 좇아, 아니 그녀의 환상에 쫓겨 지구를 헤맬 것이다. 시간의 경계를 초월해 나를 사로잡으려 하는 죽음의 여신과 동침하고, 그녀의 동공에서 지옥을 보았다는 느낌은 인간으로서는 상상조차도 할 수 없는 감정이다. 그 밤의 달콤함이 아직도 입속에 남아 있어 이제는 다른 어떤 것도 맛볼 수 없다." 종이철을 읽다 보니 피곤함이 몰려왔다. 이 방에는 차근차근 풀어 나가야 할 산수 문제처럼 다른 종이들이 감추어져 있는 것이 분명하다. 무스타파 사이드는 내가 그것들을 찾아내 차례대로 나열해서 그의 실체를 정확하게 보여 주는 완전한 그림을 그려 주기를 바라고 있다. 그는 가치 있는 역사적 유물처럼 발굴되기를 원한다. 맞다, 바로 그거다. 이제야 나는 그가 이 역할을 맡기기 위해 나를 선택했음을 깨달았다. 그가 내 호기심을 불러일으키고, 그러고는 자신의 삶 가운데 일부만을 알려 주고 내가 그 나머지 부분을 찾아 헤매도록 했던 것은 결코 우연이 아니었다. 그가 붉은 밀랍으로 봉한 편지를 내게 남겨 놓아 호기심을 더욱 부풀리고, 또 두 아이의 후견인으로 나를 지목해서 더욱더 옭혀들어 빠져나올 수 없게 한 것과 밀랍의 박물관 열쇠를 내게 남겨 준 것, 이 역시도 결코 우연이 아니었다. 정말이지 그의 이기심과 기만은 한도 끝도 없다. 이 모든 것에도 그는 역사가 자신을 불멸하게 해 주기를 바라고 있다. 이제 이 우스꽝스러운 희극을 계속할 시간이 내게는 없다. 먼동이 터오기 전에 막을 내려야 하는데 시간은 이미 새벽 두 시를 넘어서고 있었다. 날이 밝으면 불길이 이 거짓들을 삼켜 버릴 것이다.

나는 벌떡 일어서서 벽난로 선반 위에 있는 유화에 촛불을 가져다 대었다. 방에 있는 모든 것은 질서 정연하게 제자리에 정돈되어 있었다. 진 모리스의 그림만 제외하고는. 마치 그가 그 그림을 어떻게 해야 할지 몰랐던 것처럼, 다른 여자들은 모두가 사진 속에 들어 있었다. 그러나 진 모리스, 이 여자는 카메라를 쳐다보는 것이 아니라 마치 그를 꿰뚫어 보는 것 같았다. 나는 감탄해서 그림을 바라보았다. 기다란 얼굴에 커다란 눈망울, 그 위에 나란히 놓인 눈썹, 약간 큰 듯한 코와 입. 단어 몇 마디로 얼굴을 묘사하는 것은 어려운 일이다. 혼란하고 곤혹스러운 표현, 가느다란 두 입술은 이를 앙다문 듯 굳게 닫혀 있고 턱은 도도하게 앞으로 내민 채였다. 두 눈은 화났다고 해야 할까 아니면 웃는다고 해야 할까? 얼굴 전체에는 관능적인 멋이 풍겨났다. 그렇다면 이 여인이 바로 악마를 강탈한 불사조라는 말인가? 그날 밤, 그의 목소리는 상처 입고 슬펐으며 후회가 가득 담겨 있었다. 그녀를 잃었기 때문일까? 혹은 모멸감이 그를 집어삼켜서였을까?

"내가 가는 파티마다 그녀가 있었다. 마치도 나를 굴복시키기 위해 일부러 그러는 것만 같았다. 나는 그녀와 춤추기를 원했다. 하지만 그녀는 내게 말했다. '설사 당신이 이 세상의 유일한 남자라고 해도 난 당신과 춤추지 않을 거야.' 나는 그녀의 빰을 때렸고 그녀는 발로 나를 걷어차고는 사자처럼 이빨로 내 팔을 물어뜯었다. 그녀는 직업이 없었는데 어떻게 생활했는지 모르겠다. 그녀의 가족은 리즈에서 왔지만, 결혼한 후에도 그녀의 가족을 만나 보지는 못했다. 그녀의 아버지는 무슨 상품을 취급했는지는 모르지만 상인이었다. 그녀에 따르면 형제는 남자가 다섯이었고 여자는 자기 하나뿐이라고 한다. 그 여자는 아주 사소한 것까지도 거짓말을 하고는 했다. 집에 돌아올 때면 그날 있었던 일이나 자기가 만났던 사람에 대해 믿지 못할 이상한 이야기를 한보따리씩 가지고 왔다. 상식적으로 도저히 있을 수 없는 이야기들이었다. 그러니 설사 그녀에게 가족이 없고, 마치 거지 셰에라자드와 같다는 이야기를 들어도 조금도 놀라지 않을 것이다. 하지만 그녀의 총명함과 매력은 아무도 따라올 수 없었다. 어디를 가든 그녀를 찬미하는 자들이 주위에 파리 떼처럼 몰려들고는 했다. 사실 그녀가 겉으로는 싫은 체해도 내게 관심을 갖고 있다는 것을 느낄 수 있었다. 우리가 따로 있을 때면 그녀는 슬쩍 곁눈질로 바라보며 내 일거일동을 주시하는 것이었다. 또 내가 다른 여자한테 관심을 보이면 바로 그 여자에게 무례하고 쌀쌀맞게 대했다. 그녀의 말과 행동은 아주 뻔뻔스러웠으며, 훔치고 거짓말하고 속이는 데 주저하거나 망설이지 않았다. 하지만 나는 의지와는 달리 그녀를 사랑했고, 사건이 진행되는 것을 막을 수 없었다. 내가 피하면 그녀가 다가와서 나를 유혹했고, 내가 그녀를 쫓아가면 저만치 달아나 버리고는 했다. 한번은 마음을 굳게 다지고 2주일 동안 그녀를 피한 적도 있었다. 그녀가 다니는 장소들을 멀리하고, 파티에 초대받으면 가기 전에 미리 그녀의 참석 여부를 확인했다. 그러자 그녀는 나의 집을 알아냈고 어느 토요일 늦은 밤 나를 찾아왔다. 그때 나는 앤 하몬드와 함께 있었다. 그녀는 앤 하몬드에게 온갖 추잡한 욕설을 퍼부었다. 그녀를 때리며 쫓아내려 했지만 막무가내였다. 결국 앤 하몬드가 울면서 나가 버리고 그녀는 사탄처럼 내 앞에 서 있었다. 그녀의 눈에 타오르는 반항적인 도전이 내 마음속에 잠자고 있던 욕망을 일깨웠다. 우리는 아무 말도 하지 않았고, 그녀는 옷을 차례로 벗고는 알몸으로 내앞에 섰다. 내 가슴속에는 지옥의 불길이 활활 타올랐다. 내 앞길에 놓여 있는 빙산에서 그 불길을 꺼야만 한다. 그녀를 향해 다가갈 때 내 온몸은 떨려왔고, 그때 그녀는 선반 위에 있는 고가의 꽃병을 가리켰다. '이걸 내게 줘요. 그럼 당신은 날 가질 수 있어요.' 그 순간 그녀를 얻기 위한 대가로 내 목숨을 내놓으라고 했어도 나는 주저하지 않았을 것이다. 승낙의 표시로 머리를 끄덕였다. 그러자 그녀는 꽃병을 들어 바닥에 내동댕이치고는 부서진 조각들을 발로 짓밟아 가루로 만들었다. 그러더니 이번에는 책상 위에 놓여 있는 희귀한 아랍 어 고사본을 가리켰다. '이것도 내게 줘요.' 그녀가 말했다. 내 목은 바싹바싹 말라 왔다. 갈증으로 숨이 넘어갈 지경이었다. 차가운 냉수 한 모금으로 이 갈증을 풀어야 했다. 나는 고갯짓으로 그러겠다고 했다. 그녀는 고사본을 집어 들더니 찢어서 입안 가득히 종잇조각을 집어넣고 한참을 씹고 나서 뱉었다. 마치 내 간을 씹는 것 같았지만 신경 쓰지 않았다. 이번에는 내가 카이로를 떠날 때 로빈슨 부인이 선물한 이스파한산 기도용 비단 깔개를 가리켰다. 그것은 내가 가지고 있는 것 중에서 가장 값나가는 물건이며, 또 마음속으로 제일 아끼던 것이었다. '이걸 내게 줘요. 그래야만 당신은 나를 소유할 수 있어요.' 나는 잠시 머뭇거렸다. 만반의 준비를 갖추고 내 앞에 서 있는 그녀를 바라보았다. 두 눈은 위기의 빛과 함께 반짝였고 입술은 따먹을 수밖에 없는 금단의 과실과도 같았다. 나는 고개를 끄덕였다. 그러자 그녀는 깔개를 집어 벽난로의 불길 속에 던지고는 점차 사그라지는 모습을 흡족한 듯이 바라보았다. 날름거리는 불꽃이 그녀의 얼굴에 반사되었다. 이 여자가 바로 내 목표물이며 나는 지옥 끝까지라도 그녀를 쫓아갈 것이다. 그녀에게 다가가 두 팔로 허리를 감싸 안고 키스하려고 몸을 밀착시켰다. 그때 갑자기 그녀가 무릎으로 내 다리 사이를 세차게 걷어차는 것을 느꼈다. 정신을 차렸을 때에는 그녀는 이미 사라지고 없었다.

나는 3년 동안 그녀를 쫓아다녔다. 대상은 갈증으로 타오르고, 갈망의 황야에서 헤매는 내 앞에는 신기루가 찬연히 빛나고 있다. 어느 날 그녀는 내게 말했다. '당신은 아무리 쫓아도 지치지 않는 거센 들소 같군요. 당신이 그렇게 쫓아다니는 것에도, 내가 도망 다니는 것에도 이젠 지쳤어요. 우리 결혼해요.' 이렇게 해서 나는 풀햄에 있는 신고 사무소에서 그녀와 결혼했다. 혼인 서약에는 그녀의 친구 한 명과 내 친구 한 명만이 참석했다. '나 진 윈프레드 모리스는 무스타파 사이드 오스만을 법률이 인정하는 남편으로 받아들이고 기쁠 때나 슬플 때나, 가난할 때나 부유할 때나. 건강하거나 병들어 아플 때나……' 그녀는 기록원을 따라서 말하다 말고는 갑자기 울음을 터뜨리더니 격하게 흐느끼기 시작했다. 나는 그녀의 갑작스러운 변화에 몹시 당황했다. 기록원은 식을 중단하고는 그녀에게 친절하게 말했다. '자, 자, 울지 마세요. 부인 마음을 충분히 이해합니다. 이제 조금만 참으면 모든 게 끝나요.' 하지만 그녀는 계속해서 훌쩍였고 식이 끝나자 또다시 울음을 터뜨렸다. 기록원이 다가와 그녀의 어깨를 두드리고는 내게 악수를 청하며 말했다. '부인께서 너무 행복해서 우는 겁니다. 결혼식을 올리며 신부들이 우는 걸 많이 보았지만 이렇게 심하게 우는 건 처음 보는군요. 아마도 부인께서는 선생님을 무척 사랑하시나 봅니다. 어서 위로해 드리세요. 두 분은 분명 행복한 부부가 되실 겁니다.' 신고 사무소를 나올 때까지 그녀는 울음을 그치지 않았다. 그러다가 어느 순간 울음은 웃음으로 바뀌었다. 그녀는 깔깔 웃으며 말했다. '이건 영락없이 한 편의 코미디야.'

우리는 그날 하루 종일 술에 취해서 보냈다. 피로연도 손님들도 없었다. 나와 그녀, 그리고 술만이 있었을 뿐. 밤이 우리가 함께 있는 침대 위를 덮었을 때 나는 그녀를 원했다. 하지만 그녀는 돌아누우며 말했다. '지금은 싫어. 피곤해요.' 두 달 동안 그녀는 내가 가까이하는 것을 허락하지 않았다. 그녀는 매일 밤 변명했다. '피곤해요.' '몸이 아파요.' 나는 참을 수 없었다. 어느 날 밤, 손에 칼을 쥐고 서서 그녀를 내려다보며 말했다. '당신을 죽여 버리겠어!' 그녀는 칼을 바라보았다. 그 시선에는 갈망이 담겨 있는 듯 했다. 그녀는 말했다. '여기 벌거벗은 가슴이 있어. 이 가슴에 칼을 꽂아 보시지.' 비록 내 손안에 있지만 결코 얻을 수 없는 그녀의 벗은 몸을 바라보았다. 나는 항복하듯 침대 끝에 걸터앉아 고개를 숙였다. 그녀는 내 볼을 어루만지며 무덤덤한 어투로 말했다. '내 사랑! 당신은 결코 누구를 죽일 만한 위인이 아냐.' 굴욕감, 패배감, 고독이 엄습해 왔다. 그 순간 느닷없이 어머니가 떠올랐다. 어머니의 얼굴이 또렷이 기억났다. 어머니는 내게 말했었다. '그것은 네 삶이다. 하고 싶은대로 하려무나.' 아홉 달 전에 도착했던 어머니의 부음 소식이 떠올랐다. 그때 나는 술에 취해 여인의 품 안에 있었다. 그 여자가 누구였는지는 기억나지 않는다. 하지만 그때 조금도 슬퍼하지 않았다는 것은 분명하게 생각난다. 어머니의 죽음이 나와는 아무런 상관도 없는 것처럼 말이다. 이런 기억들이 떠오르자, 마음속 깊은 곳에서 우러나오는 눈물이 흘렀다. 영원히 울음을 멈추지 않을 것처럼 하염없이 울었다. 그러자 진은 나를 품에 안고는 알아들을 수 없는 말을 했다. 하지만 그녀의 목소리에는 나를 전율시키는 혐오의 기색이 역력했다. 나는 거칠게 그녀를 밀어붙이고는 소리쳤다. '당신을 증오해. 맹세코 언젠가 당신을 죽이고 말 거야.' 나의 이런 커다란 슬픔에 그녀는 눈길을 피하지 못했다. 그녀는 두 눈을 빛내며 낯선 시선으로 나를 바라보았다. 그것은 놀라움이었을까? 아니면 두려움? 그러고는 짐짓 속삭이듯이 말했다. '나 역시 죽을 때까지 당신을 증오할 거야.'

그렇지만 나는 아무것도 할 수 없었다. 나는 사냥꾼이었지만 이제는 쫓기는 목표물이 되고 말았다. 나는 고통받고 있었지만 거기에서 내가 이해할 수 없는 방법으로 즐거움을 얻었다. 그 사건이 있은 지 꼭 열하루가 지나서야 그것을 생각해 냈다. 단식가가 라마단에 타는 듯한 불볕더위를 견뎌 내듯이 나 또한 그 고통을 감내하고 있었기 때문이다. 우리는 해 질 무렵 리치먼드 공원에 있었다. 공원에는 사람이 드물었다. 석양에 물드는 노을빛 아래에서 움직이는 사람들을 바라보며 들려오는 소리에 귀를 기울이고 있었다. 우리는 간혹 가다 몇 마디씩 주고받았을 뿐 그 어떤 애정 표현을 하거나 사랑을 속삭이지도 않았다.

'그런데 뜬금없이 그녀가 두 팔로 내 목을 감싸 안고는 긴 입맞춤을 하는 것이었다. 나를 지그시 누르는 그녀의 가슴이 느껴졌다. 두 팔로 그녀의 허리를 안고 내게로 끌어당겨 안았다. 그러자 그녀는 내 심금을 울리는 듯이 신음을 했고, 나는 모든 것을 잊었다. 이제 더는 아무것도 생각하지 않았다. 더는 보지도 느끼지도 않았고, 단지 운명이 내게로 던진 커다란 재앙인 그녀만을 바라볼 뿐이었다. 이 여인, 그녀가 바로 내 운명이고 파멸이었다. 그러나 세상은 내게 겨자씨만 한 가치도 없다. 나는 남쪽에서 온 침략자였고, 여기는 바로 내가 결코 무사히 살아서 돌아갈 수 없는 얼음의 전쟁터이다. 나는 그 해적선의 선원이고, 진 모리스, 그녀는 파멸의 해안이었다. 그렇지만 나는 신경 쓰지 않았다. 나는 공원에서 그녀를 취했다. 사람들이 보든 말든 상관없었다. 그 황홀한 순간은 내게 전 생애와 같았다.

사실 그런 황홀한 순간은 매우 드물었고, 그 나머지 시간들은 자비와 관대라고는 찾아볼 수 없는 격렬한 전쟁의 연속이었다. 전쟁은 언제나 나의 실패로 끝났다. 내가 때리면 그녀도 나를 때렸고, 손톱으로 얼굴을 할퀴었으며, 그녀의 내부에 있는 격렬한 화산이 폭발하면 손에 잡히는 대로 부수고, 책이며 종이며 가차없이 찢어 버렸다. 이것이 그녀가 가진 가장 위험스러운 무기였다. 전쟁은 매번 중요한 서적을 찢거나 연구 논문을 불태우는 것으로 끝나고, 다시 완성하는 데 꼬박 일주일이 걸리고는 했다. 화가 머리 끝까지 치밀어 올라 머리가 터져 버리거나 숨이 넘어갈 것 같은 순간도 있었다. 나는 급기야 그녀의 목을 조르고는 손에 더욱 힘을 가했다. 그러자 갑자기 조용해지고, 그녀는 놀라움과 두려움, 욕망이 뒤섞인 수수께끼 같은 시선으로 나를 바라보는 것이었다. 손가락 끝에 조금만 더 힘을 주었어도 그 전쟁을 끝낼 수 있었을 것이다. 때로 전쟁은 우리를 밖으로 내몰았다. 우리가 바에 있을 때 그녀가 갑자기 소리쳤다. '이 남자가 날 희롱해요.' 나는 그녀가 말한 남자에게 달려들었고 우리는 서로 먹살을 움켜쥐었다. 주위로 사람들이 몰려들었다. 별안간 등 뒤에서 숨넘어갈 듯이 깔깔거리는 그녀의 웃음소리가 들렸다. 우리를 말리려고 모여들었던 사람들 가운데 하나가 내게 말했다. '이렇게 말해서 좀 뭣합니다만 이 여자가 만약 당신 아내라면 당신은 매춘부와 결혼한 거요.' 그 사람은 그녀에게는 한마디도 하지 않았다. 그녀는 그런 격렬한 광경을 즐기는 것 같았다. 화가 치밀어 올라 여전히 웃고 있는 그녀에게 다가가 뺨을 한 대 갈겼다. 그러자 그녀는 늘 그랬듯이 손톱으로 내 얼굴을 할퀴었다. 한참 동안 엎치락뒤치락하고 나서야 가까스로 그녀를 집으로 끌고 올 수 있었다.

우리가 함께 외출할 때면 그녀는 아무 남자하고나 시시덕거렸다. 식당 종업원, 버스 운전자, 지나가는 사람, 누구든지 가리지 않았다. 그들 중에는 배짱 좋게 대꾸하는 사람이 있는가 하면, 음탕한 말로 되받는 사람도 있었다. 그러면 나는 그 사람과 한바탕 싸움을 벌이고는, 길 한복판에서 그녀와 치고받고 싸웠다. 그럴 때면 도대체 무엇이 그녀와 나를 이렇게 묶어 놓는 것인지 자문하고는 했다. 나는 왜 그녀에게서 도망가지 않는 것일까? 하지만 그 어떤 변명도 할 수 없었고, 또 비극을 막을 방법이 없다는 것을 잘 알고 있었다. 나는 그녀가 나를 불신하고 있음을 알았다. 집안 전체에 불신의 기류가 흐르고 있었다. 한번은 집에서 남자 손수건을 발견한 적도 있었다. 분명 내 것이 아니었다. 그녀에게 물었다. '당신 손수건이잖아.' '아니, 내 것 아니야.' '당신 것이 아니라면 어쩔 건데?' 때로는 담배 케이스, 만년필도 발견했다. '당신 날 속이는 거지!' '천만에, 나를 못 믿는 거야?' '맹세컨대 당신을 죽이고 말겠어.' 나는 소리쳤다. '흥, 언제나 말뿐이지.' 코웃음을 치며 그녀가 말했다. '왜 나를 못 죽이고 망설이는 거지? 뭘 기다리는 건데? 내 위에 다른 남자가 올라타는 모습이 눈에 띄기를 기다리나 보군. 설사 눈에 띄더라도 어쩔 수 없을걸. 침대에 쭈그리고 앉아 눈물이나 흘리겠지.'

2월의 캄캄한 밤이었다. 기온은 영하 10도. 어둑어둑한 저녁은 아침과 같고 아침은 밤과 같다. 태양은 근 20일 동안이나 자취를 감추었다. 도시 전체가 눈 덮인 들판이다. 거리도 집 앞 정원들도 모두 얼어붙었다. 수도관 물도 꽁꽁 얼었고, 사람들의 입김은 마치 수증기 같다. 눈의 무게를 견디다 못해 가지는 모두 부러지고 앙상한 나무만이 추위에 떨고 있다. 그렇지만 내 피는 끓어오르고 머리는 열에 들떠 있다. 이런 밤이면 무슨 일이 벌어질 것 같다. 아! 이 밤은 이미 예정된 밤이었다. 나는 코트를 벗어 팔에 걸친 채 역에서 집까지 걸었다. 온몸은 불덩이 같았고 이마에서는 땀이 흘러내렸다. 구두창 밑으로 얼음이 부딪치는 소리가 났지만 나는 추위를 원했다. 추위는 어디로 숨어 버린 것일까? 그녀는 알몸으로 침대에 길게 누워 있었다. 하얗게 벌린 가랑이. 입가에는 웃음을 머금고 있었지만 얼굴에는 슬픔의 그림자가 엿보였다. 그녀는 남자를 맞이할 만반의 준비를 갖춘 상태였다. 처음 그녀를 보았을 때처럼 내 마음에는 그녀에 대한 갈망이 일었다. 그리고 상황의 주도권이 내게 있음을 알았을 때처럼 조리개 아래 숨어 있는 사탄의 감흥을 느꼈다. 매년 이 포근함은 어디에 숨어 있었던 것일까? '누구와 함께 있었지?' 난 오랫동안 잃어버렸던 확신에 찬 목소리로 물었다. '아무도 없었어.'

내 말소리에 충격을 받은 듯 그녀가 대답했다. '이 밤은 당신만을 위한 밤이야. 난 오래전부터 당신을 기다리고 있었어.'

처음으로 그녀가 진실하게 말하고 있음을 느꼈다. 이 밤은 진실과 비극의 밤이다. 나는 칼집에서 칼을 뽑았다. 그러고는 침대 머리에 앉아 그녀를 바라보았다. 내 시선의 영향이 생생하고도 뚜렷하게 그녀의 얼굴에 새겨지는 것을 보았다. 나는 그녀의 눈을 바라보았고 그녀는 내 눈을 올려다보았다. 불길한 일이 벌어질 때면 하늘에서 서로 합치는 두 천체인 양 우리의 시선은 서로 만나 뒤엉켰다. 내 시선이 승리했고, 그녀는 내게서 얼굴을 돌렸다. 하지만 그 영향은 그녀의 몸 중심부에서 나타났다. 그녀는 허리를 양옆으로 움직이더니 침대에서 몸을 약간 일으켰다가는 도로 누웠다. 그리고 지친 듯 팔을 떨어뜨리고는 다시 나를 바라보았다. 난 그녀의 가슴을 바라보았고 그녀 역시 내 시선이 머무는 곳을 보았다. 마치 자신의 의지를 상실해 버리고 내가 하는 대로 따라 하게 된 것 같았다. 나는 그녀의 배를 바라보았고 그녀도 따라서 바라보았다. 얼굴에는 희미한 고통의 빛이 어렸다. 내가 느슨해지면 그녀도 느슨해지고, 내가 서두르면 그녀 역시 서둘렀다. 한참 동안 그녀의 하얗게 벌린 가랑이 사이에 시선을 두었다. 나의 시선은 그녀의 양쪽 다리를 훑어 내렸고, 그런 다음 선과 악이 나오는 비밀들이 숨겨져 있는 부드럽고 매끈한 곳에서 휴식을 취하려는 듯 그곳을 응시했다. 나는 점차로 달아오르는 그녀의 얼굴을 바라보았다. 더는 견디기 힘든 듯 그녀의 두 눈꺼풀이 바르르 떨렸다. 나는 서서히 칼을 들어 올렸고 그녀의 시선은 칼날을 쫓았다. 순간 두 눈의 동공이 커지고 얼굴에서는 전광석화 같은 빛이 번쩍였다. 그녀는 놀라움과 두려움, 갈망이 섞인 시선으로 칼날을 주시했다.

그녀가 칼을 움켜쥐고 뜨겁게 키스했다. 그러고는 두 눈을 감고 누워서는 두 다리를 벌리고 허리를 약간 들었다. '아, 내 사랑. 이리 와, 제발. 당신을 맞을 준비를 끝냈어.' 신음을 내지르며 그녀가 말했다. 하지만 나는 아랑곳하지 않았다. 괴로운 듯 그녀의 신음 소리는 점차 높아 갔다. 한참을 기다리다가는 이윽고 울기 시작했다. 그녀는 거의 알아들을 수 없는 소리로 말했다. '사랑해. 당신을 갖고 싶어.'

'내 사랑! 바로 이것이 파멸의 해안을 향해 나아가는 내 배야.' 나는 그녀에게 몸을 구부려 입 맞추었다. 그러고는 그녀의 양 가슴 사이에 비수를 내리꽂았다. 그녀는 두 다리로 내 등을 감았다. 나는 천천히 그녀를 내리눌렀다. 천천히. 그녀는 두 눈을 떴다. 그 눈의 황홀함이란! 이 세상 그 무엇보다도 아름다워 보였다. '아, 여보! 당신이 절대로 그렇게 하지는 못하리라고 생각했는데. 정말이지 당신한테 실망할 뻔했어.' 그녀는 고통스러운 듯 힘겹게 말했다. 젖가슴 사이로 단도가 묻혀 보이지 않을 때까지 내 가슴으로 내리눌렀다. 그녀의 가슴에서 뜨거운 피가 뿜어져 나오는 것이 느껴졌다. '나와 함께 가! 나와 함께 가! 나 혼자 가게 두지 마.' 그녀가 애원하듯 소리쳤을 때 나는 다시 그녀의 가슴을 짓누르기 시작했다.

그녀는 내게 사랑한다고 말했고, 나는 그녀를 믿는다. 나도 그녀를 사랑한다고 말했다. 나 역시 진심이었다. 우리는 타오르는 불꽃이다. 침대 끝 자락은 타오르는 지옥의 불길이었고 우리가 서로 사랑을 속삭일 때 내 코는 이미 연기 냄새를 맡고 있었다. 우주의 과거, 현재, 미래가 한 점으로 모이고, 그 이전에도 이후에도 아무것도 존재하지 않는다.

10

나는 벌거벗은 채 물속으로 들어갔다. 차가운 물이 몸에 닿자 오싹하니 몸서리가 쳐지면서 정신이 번쩍 들었다. 강물은 홍수 때처럼 불어나지도, 그렇다고 바싹 말라 있지도 않았다. 나는 아무것도 하지 않은 채 촛불을 끄고는 방문을 닫았다. 정원으로 난 문도 닫았다. 불빛은 오도 가도 못한 채 사그라졌다. 나는 그가 얘기를 계속하도록 내버려 두고는 밖으로 나왔다. 나는 그가 이야기를 마치도록 허락하지 않았다. 그녀의 무덤에 가 봐야겠다고 생각했다. 열쇠는 아무도 찾지 못하도록 던져 버리리라. 그러나 곧 생각을 바꾸었다. 그건 아무 의미가 없는 짓이다. 그렇지만 난 무언가 해야만 했다. 발걸음은 어느새 강가로 향했다. 동편에서는 먼동이 트고 있었다. 수영으로 이 터질 것 같은 분노를 삭여야겠다. 강가에 보이는 사물들은 빛과 어둠 속에서 분명해졌다가는 희미해지며 어슴푸레 모습을 드러냈다. 강에는 오래 전부터 친숙했던 울림으로 파문이 일었다. 그것은 강의 울림이 아니라 그리 멀지 않은 곳에서 들려오는 펌프 소리였다. 나는 북쪽 강가를 향해 헤엄치기 시작했다. 내 몸의 움직임이 강물의 힘과 편안하게 조화를 이룰 때까지 헤엄을 치고 또 쳤다. 아무 생각 없이 그저 물살을 가르고 앞으로 나아갈 뿐이었다. 물을 차고 내뻗는 두 팔과 다리의 움직임, 거세게 내뿜는 숨소리와 출렁이는 물결, 강가에서 돌아가는 펌프 소리뿐, 그 외에는 아무 소리도 들리지 않았다. 나는 쉬지 않고 헤엄쳐 나아갔고 북쪽 강가에 도달하고야 말겠다는 결심은 더욱 굳어 갔다. 나의 목표는 바로 이것이다. 강기슭은 내 앞에서 오르락내리락했다. 강의 울림은 갑자기 끊어졌다가는 다시 시끄럽게 들려왔다. 차츰차츰 물살 가르는 소리 이외에는 아무런 소리도 들리지 않게 되었다. 그러자 마치 소리가 울려 퍼지는 커다란 홀에 내가 있는 것이 아닌가 하는 생각이 들었다. 강가는 오르락내리락 물결을 따라 출렁였다. 강의 울림도 희미해졌다가는 다시 또렷이 들리고는 했다. 시야는 반원형으로 보였다. 의식도 가물가물해졌다. 내가 잠이 든 것일까 아니면 깨어 있는 것일까? 내가 아직 살아 있는 것일까 아니면 죽은 건가? 그렇지만 나는 아직까지도 그 가느다란 실을 붙잡고 있다. 목표는 내 앞에 있는 것이지 저 아래에 있는 것이 아니라는. 그래, 나는 저 바닥이 아니라 앞을 향해 움직여야만 한다. 그러나 그 실은 곧 끊어질 듯이 가느다랗다. 드디어 강물의 강력한 힘이 나를 바닥으로 세차게 밀어 넣고 있음을 느낄 수 있었다. 두 팔과 다리가 마비되어 왔다. 홀은 더욱 넓어지고 강의 울림도 점차 빨라진다. 지금, 갑자기 내가 어디에서 왔는지 모르겠다는 느낌이 강하게 일었다. 나는 물속에서 몸을 일으켰다. 물결이 출렁이는 소리와 펌프가 돌아가는 소리가 들려왔다. 주위를 둘러보았다. 이럴 수가. 내가 있는 곳은 남쪽과 북쪽의 중간 지점이었다. 이제는 계속해서 나아갈 수도, 그렇다고 돌아갈 수도 없다. 나는 돌아누워서 물에 떠 있을 수 있도록 힘겹게 팔다리를 움직였다. 강의 파괴적인 힘이 나를 바닥으로 끌어내리고 있다. 물결은 나를 굽이진 모퉁이에서 남쪽 강가로 밀어내려 한다. 오래도록 이렇게 균형을 잡고 누워 있을 수는 없을 것이다. 결국 얼마 안 가서 저 물결이 강바닥으로 나를 떠밀고 말 것이다. 생과 사의 기로에서 북쪽을 향해 날고 있는 뇌조 떼를 보았다. 지금이 겨울인가 아니면 여름이었나? 저 새들은 여행을 하고 있는 것일까, 아니면 이주하고 있는 것일까? 결국 나는 강의 파괴력에 무릎을 꿇고 말았음을 알았다. 두 다리와 나머지 몸뚱이마저도 아래로 아래로 잡아당겼다. 어느새, 강의 울림은 시끄러운 소음으로 바뀌었다. 바로 그 순간, 전광석화와도 같은 빛이 스쳐 지나갔다. 그러고는 다시 침묵과 어둠이 밀려왔다. 얼마나 시간이 흘렀을까? 하늘이 멀어졌다가는 다시 가까워 옴을 보았다. 강가는 올라왔다가는 다시 내려간다. 문득 못 견디게 담배가 그리워졌다. 그것은 단순한 그리움만은 아니었다. 그것은 허기였다. 그것은 목마름이었다. 그것은 바로 악몽에서 깨어난 순간이었다. 하늘과 강가도 차분하게 진정되었다. 펌프의 덜컥거리는 소리가 들려왔다. 몸에 닿는 물이 차갑게 느껴졌다. 그 순간 내 정신은 맑았고 강과 나의 관계는 분명해졌다. 나는 물 위에 떠 있지만, 바로 그 물에서 나왔다. 지금 이 순간 내가 만약 죽는다면 의지와 상관없이 이 세상에 태어났던 것처럼 의지와 상관없이 죽게 되는 것이라는 생각이 들었다. 나는 한평생 살아오면서 선택을 한 적도 결정을 내린 적도 없었다. 하지만 지금 나는 삶을 선택했다. 얼마 안 되지만 내가 사랑하는 사람들이 이곳에 있고, 그들과 조금이라도 더 함께하고 싶다. 그러므로 나는 살아야 한다. 그리고 내게는 완수해야 할 의무가 있다. 생에 의미가 있든 없든 그것은 중요하지 않다. 진정 용서할 수 없다면 잊기 위해서라도 노력하리라. 힘과 속임수를 써서라도 살아가리라. 몸 전체가 물 위로 떠오를 때까지 있는 힘을 다해서 팔과 다리를 움직였다. 무대 위의 희극 배우처럼 나는 마지막까지 남아 있는 온 힘을 모아 소리쳤다. "사람 살려! 사람 살려!"

검은 백인의 비극

김남일(소설가)

처음부터 탈식민주의적 기획 하에 집필된 게 분명한 황석영의 장편소설 『바리데기』에서 주인공 바리는 컨테이너 속에 숨어서 길고긴 죽음의 항해를 견뎌낸다. 그녀 스스로 말하듯 '몸과 넋을 분리할 수 있었던 이상한 소질' 덕분이었다. 그렇게 해서 바리가 마지막으로 정착한 런던은 이미 유럽인의 도시가 아니었다. 차이나타운은 동네사람들이 거의 모두 동양인들이었고, 백인 여행자들이 들락거렸지만 그들은 지나가는 사람에 불과했다. 일을 하기 위해 루 아저씨를 따라가서 발을 들여놓은 엘리펀트 앤 캐슬 지역은 말 그대로 인종의 전시장이었다. 그곳 손톱 미용실에 취직한 바리는 방글라데시에서 온 루니 언니의 반지하 방에서 함께 생활하게 되는데, 나이지리아에서 온 흑인 부부(남편은 주유소 경영, 아내는 시간제 파출부), 중국인 요리사와 필리핀인 청소부, 스리랑카인 가족(작은 인도식당 경영), 폴란드인 가족(가장은 집수리 전문 십장), 파키스탄에서 온 압둘 할아버지(연립주택 관리) 들이 그녀의 새로운 이웃이었다. 이따금 들르는 연립주택의 주인은 인도 남자였다.

런던은 영국의 수도로서 당연히 영국인들의 도시이겠지만, 바리의 예를 통해 알 수 있듯이, 런던이 영국인들만의 도시가 아니라는 증거 또한 얼마든지 내세울 수 있게 되었다. 좋든 싫든 '순혈'의 영국인들은 식민주의의 과거와 신자유주의의 현재가 런던을 그런 모습으로 변모시켰음을 인정해야 한다.

타예브 살리흐의『북으로 향하는 이주의 계절』역시 무스타파라는 수단 출신 지식인의 범상치 않은 인생행로를 통해 세계도시 런던이 표상하는바 '북'과 '남'의 고전적 불균형을 보여주고 이를 극적으로 전복시키는 데 초점을 맞춘 소설이다. 1966년에 아랍어로 처음 발표되고 1969년에 영어로 번역 소개된 이 작품은 소설의 미적 완성도는 물론 소재와 주제의 강렬성 때문에 큰 반향을 불러일으켰다. 이후 전 세계적으로 20여 개 언어로 번역되었으며, 시리아 다마스쿠스 소재 아랍학술원은 2001년 이 작품을 20세기 아랍의 가장 중요한 작품으로 선정했다. 소설의 주인공은 백인 여성들을 원 없이 '섭렵'하다가 두 사람을 자살로 내몰고, 한 사람을 파멸시키고, 또 한 사람을 살해하기에 이른다. 이렇듯 런던에 건너온 지 30년 만에 저명한 경제학자이자 동시에 누구도 넘볼 수 없는 '여성-킬러'가 된 한 아프리카 소년의 삶과 의식 세계를 추적한 이 작품은, 고전의 반열에 오른 조셉 콘래드의 소설『암흑의 핵심』과 자주 비교되면서 이른바 탈식민주의 논쟁의 단골 소재가 되기도 했다. 예컨대 변인원은『암흑의 핵심』이 제국주의의 지배 이데올로기에 정면으로 도전하면서도 인종주의 편견에서 완전히 자유롭지 못한 반면,『암흑의 핵심』의 '다시쓰기'로서『북으로 향하는 이주의 계절』은 콘래드의 소설적 성취는 그것대로 계승하면서도 인종주의적 요소가 지닌 문제점을 드러낸다는 점에서 높이 평가한다.[1) 이 작품을 탈식민주의 기획으로 바라본다면 에드워드 사이드의 '오리엔탈리즘'이나 호미 바바의 '흉내내기' '혼종성' 같은 개념들이 매우 유용할 것이다. 프란츠 파농의 『검은 피부, 하얀 가면』또한 이 작품을 해석하는 데 종종 언급되는 고전이다. 이밖에 소설의 주인공 무스타파 사이드를 셰익스피어 비극의 주인공 오셀로와 비교하는 시도도 부단히 이루어지고 있다.[2]

*

이 소설은 1인칭 관찰자 시점을 채택하고 있는데, 화자는 영국에서 박사학위를 딴 뒤 고향으로 돌아온 청년이다. '나'는 지난밤 자기를 환영한 이들 중에서 특히 인상 깊었던 한 사람을 떠올린다. 무스타파라는 외지 사람으로 이곳에 온 지 5년 밖에 되지 않았으며 마흐무드의 딸과 결혼한 평범한 농사꾼이었다. 마을사람들은 그에 대해서 아는 것이 많지 않았다. 어느 날 무스타파가 나를 찾아왔다. 그는 내가 이 마을에서 사귀어볼 만한 마음이 들게 한 유일한 사람이라고 말했지만, 자신이 수도 하르툼에서 장사를 하다 늘 꿈꿔오던 농사일을 하고 싶어 무작정 이곳에 정착하게 되었다고 말할 뿐 고향사람들처럼 편하게 속을 드러내지는 않았다. 그의 진면목이 드러난 것은 논에 물을 대는 문제 때문에 마을사람들 간에 갈등이 생겼을 때였다. 그

---

1) 변인원, 『정전 다시 쓰기 : 〈암흑의 핵심〉과 〈북쪽으로 이주하는 계절〉』 서울대학교 대학원 : 영어영문학과 석사학위 논문, 2010.
2) 최경희, 「탈식민적 자아 형성 : 〈북쪽으로 이주의 계절〉, 〈지금은 안 돼, 사랑스런 데스데모나〉를 통해 본 셰익스피어의 〈오셀로〉 텍스트의 전유」 『셰익스피어 리뷰』 vol.38 no.1 (2002. Spring), 한국셰익스피어학회, 2002. 이하, 오셀로 해석과 관련하여 인용하더라도 별도로 쪽수를 밝히지는 않는다.

는 논리적인 설명으로 좌중을 압도했다. 그 일로 인해 그에 대한 궁금증이 더 커졌다. 그러다가 술집에서 마을사람 마흐주브가 그에게 억지로 술을 권하는 일이 벌어졌는데, 술이 취하자 무스타파는 갑자기 영어로 시를 읊기 시작했다. 제1차 세계대전에 관한 어떤 시로서, 플랜더스 여인들이 찰링크로스 역에서 떠나간 자들을 기다린다는 내용의 시였다. 나는 엄청난 충격을 받았다.

그 일을 계기로 무스타파는 내게 자신의 정체를 고백한다.

이번에는 무스타파를 또 다른 '나'로 내세워 그 고백(줄거리)을 들어보자.

1898년 8월 16일 수단의 수도 하르툼에서 태어난 나는 일찍 아버지를 여의고 형제도 없이 홀어머니 밑에서 자랐다. 어머니와 나는 길을 걷다가 우연히 마주친 낯선 이방인과도 같았다. 아무도 내게 명령하거나 행동을 제약하지 않았다. 그래서인지 어릴 적부터 나는 내 또래의 아이들과는 무언가 다르다고 생각했다. 그 당시 처음으로 학교가 생겨났는데, 사람들은 서구식 학교에 대해 좋게 생각하지 않았다. 관리들이 찾아오면 집집마다 혼비백산하여 아이들을 숨기느라 바빴다. 나는 달랐다. 나는 스스로 의지에 따라 학교를 선택했다. 그것이 내 생애에서 중요한 전환점이 되었다. 학교에서 나는 단연 두각을 나타내는 존재였다. 남들보다 훨씬 빠르게 진급을 거듭하며 천재성을 드러냈지만, 나는 한 번도 우쭐하지 않았다. 선생님이나 동급생들의 격려와 질시 같은 것도 나를 조금도 흔들지 못했다. 내 이성은 날카로운 칼과 같이 신속하고 냉철하게 모든 것을 처리했다. 3년 후 영국인 교장은 내게 더 가르칠 게 없다며 카이로로 가서 공부를 계속할 것을 권유했다. 어머니는 나의 카이로 행을 막지 않았다. 나는 눈물도, 키스도, 호들갑도 없이 기차에 올랐다.

카이로에서 나는 교장이 소개해 준 로빈슨 씨 부부를 만났다. 나는 훗날에도 이따금 카이로 역에서 나를 기다리던 로빈슨 부인이 처음 나를 안아주던 때를 기억하게 된다.

> 흥분과 소란으로 시끌벅적한 역 플랫폼에서 여인의 두 팔이 내 목을 감싸고, 그녀의 입술이 내 볼 위에, 그녀의 체취인 낯선 유럽의 향기가 코를 간질이고 풍만한 가슴이 나와 밀착해 있는 바로 그 순간, 겨우 열두 살임에도 여태까지 느껴 보지 못했던 성욕이 어렴풋이 일어남을 느꼈다.(33쪽)

카이로에서 로빈슨 부인은 언제나 상냥하게 미소 짓고, 어머니가 자식을 대하듯 날 사랑해 주었다. 그녀는 내가 아는 한 세상에서 가장 달콤한 여성이었다. 나는 부인에게서 바흐의 음악과 키츠의 시에 대한 사랑을 배웠고, 또 난생처음으로 마크 트웨인에 관한 얘기도 들었다. 하지만 나는 그 어떤 것도 좋아하지 않았다.

다시 카이로를 떠나 런던을 향해 나아갈 때, 나는 눈물을 훔치는 로빈슨 부인과 달리 그다지 슬프지 않았다. 배를 타고 지중해를 건너는 동안 나는 내 주위에는 영원히 아무도 없이 나 혼자이며, 그 어디에도 내가 머무를 곳은 없다는 사실을 절실히 깨달았다.

> 멀리 언덕 끝자락에 색슨 마을이 보였다. 쇠등처럼 생긴 아치형 지붕들은

모두 붉은색으로 칠해져 있었고 먼지빛 투명한 베일이 언덕 전체를 내리덮고 있었다. 아, 저 넘쳐흐르는 물과 광활한 초록 세계! 이 모든 빛깔! 이 마을의 냄새는 로빈슨 부인의 체취와도 같이 낯설었다. 마을에서 들려오는 모든 소리는 내 귓전에 부드럽게 스치는 새들의 날갯짓처럼 청량하게 들렸다. 이곳은 질서정연하게 정돈된 세계였다. 집들과 들판과 나무, 이 모든 것이 질서 있게 배치되어 있다.(35쪽)

기차는 나를 싣고 빅토리아 역으로 떠났다. 그것은 내가 장학생으로 해외에 유학을 간 최초의 수단 인이 되는 길이자, 장차 내가 살해하게 될 백인 여성 진 모리스의 세계로 가는 길이기도 했다. 당시 런던은 전쟁과 빅토리아 시대의 중압감으로부터 벗어나 있었다. 나는 대학에서 경제학을 전공했고, 곧 촉망받는 식민지 지성인으로 대접받았다. 나는 시를 읊고 종교와 철학을 논하고 그림을 비평하고 동양의 사상을 이야기했다. 특히 영국의 좌파들이 내게 관심을 보였다. 정작 내 관심은 다른 데 있었다. 나는 밤마다 바와 클럽들을 누비며 시간을 보냈다. 한 여인을 침대로 끌어들일 때까지 오랜 시간이 걸리지 않았다. 그러고 나서는 또 다른 먹이를 찾아 나섰다.

예를 들어 앤 하몬드.

그녀는 스무 살이 채 되지 않았고 옥스퍼드에서 동양어를 전공하던 학생이었다. 그녀의 아버지는 왕실 장교였고 어머니는 리버풀의 부유한 집안 출신이었다. 어찌하여 그녀가 내게 왔을까? 그녀는 아주 손쉬운 먹이였다. 침대에서 나는 그녀를 창녀로 만들었다. 그녀는 내 두 눈에서 찌는 듯한 사막 한가운데 빛나고 있는 신기루를 보았으며, 내 목소리에서는 밀림 속에서 포효하는 사나운 맹수들의 울음소리를 듣는다고 했다. 나와는 반대로 그녀는 적도의 기후와 타오르는 태양, 자줏빛 지평선을 동경했다. 그녀의 눈에 비친 나는 그 모든 동경의 상징이었다. 나는 그녀의 푸른 두 눈에서 무변대해로 펼쳐진 머나먼 북쪽 바다를 본다고 이야기했다. 나는 우리가 결혼한다면 그것은 북과 남을 이어 주는 교량이 될 거라고 유혹했다. 그녀는 내게 온통 빠져들어 급기야 학교마저 퇴학당했다.

"당신 땀을 사랑해요. 당신의 온 내음을 맡고 싶어요. 아프리카 정글에서 썩어 가는 나뭇잎 냄새, 망고, 파파야, 열대 향료 냄새, 아라비아 사막 지대에 내리는 빗방울 냄새도 맡고 싶어요."

그 앤 하몬드는 가스를 틀어놓고 자살했다. 그녀는 이런 쪽지를 남겼다.

"사이드, 신의 저주가 내리길!"

레스토랑의 웨이트리스였던 셸라 그린우드는 사물을 대하는 나의 직관력에 현혹되었고, 나는 그 시골 처녀를 선물과 달콤한 속삭임으로 유혹했다. 그녀는 아무런 말도 남기지 않고 죽었다.

이자벨라 세이모어. 나보다 열다섯이나 위로 보이던 중년여성으로 성공한 외과의의 아내이며 세 자녀를 둔 정숙한 어머니였다. 나를 만날 때까지 그녀는 11년간 행복한 결혼 생활을 영위하고 있었다. 하이드파크에서 나는 눈부시게 빛을 발하고 있는 그녀를 발견했다. 그녀는 환희와 신비의 도시였다. 나는 메마른 사막이었고 미칠 듯한 욕망의 황야였다. 고향에 대해 물었을 때, 나는 황금빛 모래사막과 유럽에는 없는 맹수들이 포효하는 정글에 대해 한껏 과장해서 들려주었다. 우리나라 수도의 거리에는 코끼리와 사자가 울부짖으며, 낮잠 자는 시간이면 악어가 기어 나온다고 했다. 그녀는 기독교도적인 동정심을 보였다. 그 말은 드디어 그녀의 눈에 내가 한 손에는 창을, 다른 한 손에는 활을 쥐고 사자와 코끼리를 사냥하는 태초의 벌거벗은 인간으로 비치기 시작했다는 뜻이었다. 나는 그 호기심을 즐거움으로, 그것을 다시 동정으로 바꾸어 여자의 내부에 있는 잔잔한 호수를 어떻게 휘저어 놓아야 하는지 잘 알고 있었다. 나는 부모님이 나일 강을 건너던 중 배가 가라앉는 바람에 함께 타고 가던 서른여섯 명과 같이 익사했다고 꾸며댔다. 그것은 즉각적인 반응을 불러일으켰다.

"나, 일, 이라고요?"

그녀는 (부모님의 사망이 아니라) 나일 강이라는 말에 몹시 흥분했다. 그 다음부터는 모든 일이 일사천리였다.

이런 식으로 나는 1922년 9월에서 1923년 2월 사이에 다섯 여인과 동거했는데, 그들 모두에게 결혼을 빙자해 접근했다. 물론 그때마다 나는 다른 이름을 사용했다.

그러나 이 모든 만남도 결국 진 모리스를 만나기 위한 통과의례 같은 것이었다. 그만큼 그녀는 치명적이었다. 첼시에서 열린 파티에서 처음 만난 진 모리스. 그녀의 총명함과 매력은 아무도 따라올 수 없었다. 어디를 가든 그녀를 찬미하는 자들이 주위에 파리 떼처럼 몰려들고는 했다. 나는 3년 동안 그녀를 쫓아다녔다. 내가 가는 파티마다 그녀가 있었다. 마치 나를 굴복시키기 위해 일부러 그러는 것만 같았다. 그녀는 내게 말했다.

"설사 당신이 이 세상의 유일한 남자라고 해도 난 당신과 춤추지 않을 거야."

내가 피하면 그녀가 다가와서 나를 유혹했고, 내가 그녀를 쫓아가면 저만치 달아나 버리고는 했다. 그러다가 마침내 지친 그녀가 나를 받아들였다. 우리는 결혼했지만, 그때부터 내 침실은 전쟁터가 되었다. 나는 그녀를 소유하려고 했으나 그녀는 마치 뜬구름 같았다. 나는 도무지 그녀와 벌이는 전쟁에서 이길 수 없었다. 그렇게 결혼 후에도 줄곧 나를 피하던 그녀는 어느 날 해질 무렵 리치먼드 공원에서 갑자기 나를 껴안았다.

이 여인, 그녀가 바로 내 운명이고 파멸이었다. 그러나 세상은 내게 겨자씨만 한 가치도 없다. 나는 남쪽에서 온 침략자였고, 여기는 바로 내가 결코 무사히 살아서 돌아갈 수 없는 얼음의 전쟁터이다. 나는 그 해적선의 선원이고, 진 모리스, 그녀는 파멸의 해안이었다. 그렇지만 나는 신경 쓰지 않았다. 나는 공원에서 그녀를 취했다. 사람들이 보든 말든 상관없었다. 그 황홀한 순간은 내게 전 생애와 같았다.(167쪽)

그러나 그뿐, 우리가 함께 외출할 때면 그녀는 다시 아무 남자하고나 시시덕거렸다.

2월의 어느 날, 내가 집에 돌아왔을 때, 그녀는 알몸으로 침대에 길게 누워 있었다. 입가에는 웃음을 머금고 있었지만 얼굴에는 슬픔의 그림자가 엿보였다.

나는 따지듯 물었다.

"누구와 함께 있었지?"

"아무도 없었어. 이 밤은 당신만을 위한 밤이야. 난 오래전부터 당신을 기다리고 있었어."

나는 처음으로 그녀가 진실하게 말하고 있음을 느꼈다. 그녀는 거의 알아들을 수 없는 소리로 말했다.

"사랑해. 당신을 갖고 싶어."

나는 그녀에게 몸을 구부려 입 맞추었다. 그러고는 그녀의 양 가슴 사이에 비수를 내리꽂았다. 그녀의 눈빛은 더 없이 황홀해 보였다. 그녀는 내게 사랑한다고 말했고, 나는 그녀를 믿었다. 나도 그녀를 사랑한다고 말했다. 나 역시 진심이었다.

"나와 함께 가! 나와 함께 가! 나 혼자 가게 두지 마."

그녀가 애원하듯 소리쳤지만, 나는 함께 가지 않았다.

법정에서 나는 두 처녀를 자살하게 만들고, 한 유부녀를 파멸로 이끌었으며, 마침내 진 모리스를 살해한 이기적인 인간, 아니 살면서 오로지 자신의 쾌락만을 추구한 늑대 인간이 되었다. 검사는 내 목에 올가미를 걸어 처형하기 위해 모든 노력을 기울였다.

나와는 아무런 상관도 없는 노동자, 의사, 농부, 교사, 상인, 장의사 등으로 구성된 배심원들도 마찬가지일 것이다. 내가 만약 그들에게 방 한 칸을 빌려 달라고 한다면 아마 대부분이 거절할 것이다. 또 자기네 딸이 이 아프리카 인과 결혼하겠다고 말한다면 분명 그들은 세상이 발아래에서 무너져 내림을 느끼겠지. 하지만 그들은 지금 이 법정에서 생전 처음으로 자기 영역을 벗어나 본 것이 틀림없다. 나는 그들에 대해 일종의 우월감을 느꼈다. 이 재판이라는 형식을 빌린 의식은 원래가 나 때문에 열린 것이니까. 나는 이 모든 것 위에

군림한 정복자이며, 그 운명을 결정해야만 하는 침략자이다.(101쪽)

대학에서 나를 가르친 맥스웰 포스터킨 교수는 내가 교수형을 언도받지 않도록 열심히 변호했다. 그는 앤 하몬드와 셸라 그린우드는 어떻게 해서든 죽으려고 했으며 설혹 나를 만나지 않았더라도 자살했을 거라고 말했다. 하지만 나는 나를 변호하고픈 마음이 전혀 없었다.

나는 7년 형을 언도받았다.

이상이 『북으로 향하는 이주의 계절』의 주인공 무스타파가 끌고 온 인생 역정이다.

그는 화자인 '나'에게 자신의 정체에 대해 처음 고백했을 뿐만 아니라 만일의 경우 자기 아내와 아이들의 후견인이 되어줄 것까지 부탁했다. 그러면서 열쇠를 건네주는데, 그것은 자기 아내에게도 결코 보여주지 않은 '비밀의 방' 열쇠였다. 무스타파는 그 방에 자신의 모든 비밀을 숨겨 놓았다. 나는 그곳에서 발견한 편지와 일기 따위를 통해 영국에서 있었던 일들을 꿰맞출 수 있었다. 나일 강이 범람할 때 무스타파는 실종된다. 그가 스스로 목숨을 끊은 것인지 자연의 위력에 굴복한 것인지는 분명치 않았다.

소설은 무스타파가 사라진 후 미망인이 된 아내 빈트 마흐무드를 후견인이 된 화자가 사랑하면서도 다가서지 못하는 심정까지 추적한다. 그러는 사이 마을의 늙은 호색한 웃드 라이스가 강압적인 결혼을 통해 마흔 살이나 어린 그녀를 취했다가 끝내 살해당하는데, 그녀 역시 죽고 만다. 고향을 떠나 수도에서 정부관리가 되어 있던 나는 뒤늦게 모든 소식을 접하고 망연자

실한다. 무엇인가 터질 듯한 분노가 나를 강으로 이끌었다. 이윽고 나는 무작정 뛰어들어 헤엄치기 시작했다.

*

오셀로는 검은 피부의 무어인(8세기부터 이베리아 반도를 정복한 아랍계 이슬람교도를 일컫는 명칭)이지만 베니스에서 권력의 핵심에 진입하는 데 성공했다. 그는 '이교도' 터키의 침략으로부터 기독교도의 유럽을 수호하는 데 혁혁한 공훈을 세웠고, 그 결과 베니스 귀족의 딸인 데스데모나를 아내로 맞이할 수 있었다. 하지만 그것이 진정한 의미의 '유럽인-되기'가 아니었음은 특히 극의 결말에서 잘 드러난다. 그는 오해 때문에 아내를 살해한 자신을 용서할 수 없어 스스로 목숨을 끊으면서도 이렇게 기록해 달라고 부탁한다.

제 손으로 제 겨레 전부보다도 더 값진 진주를 몽매한 인도 사람처럼 내던져 버린 자에 관해서. 눈물을 흘린 적이 없는, 역경에도 굴한 적이 없는 눈에서 아라비아의 고무나무에서 약용 고무진이 흘러내리듯이 눈물을 흘린 자에 관해서. 이 사실도 적어 주시고 또 말씀해 주시오. 한번은 알레포에서 두건을 쓴 악독한 터키인이 베니스 인을 구타하고 국가를 비방했을 때, 나는 그 할례를 받은 개의 멱살을 잡고 그놈을 이렇게 찔러 죽였다고.(그는 자신을 찌른다.)3)

---

3) 이경식 역, 『셰익스피어』, 서울대학교 출판부, 1985. 361-362쪽.

오셀로가 최후의 순간에도 굳이 '몽매한 인도 사람'과 '두건을 쓴 악독한 터키인'(즉, '할례를 받은 개')과 자신을 구별해 달라고 요청하는 것은, 역설적으로 그 스스로 평생 자신의 정체성에 대해 그만큼 불안하게 생각해 왔다는 사실을 반증한다. 베니스는 무어인 장군 오셀로가 목숨을 걸고 충성을 바칠 만한 문명의 대명사였지만, 이 장면에서 극명하게 드러나듯 그것은 '타자'의 끝없는 희생을 전제로 한 것이었다. 오셀로의 검은 피부는 결코 비극으로 점지된 그의 운명을 바꾸지 못했다.

『북으로 향하는 이주의 계절』의 무스타파는 어릴 적부터 이미 '검은 백인'으로서의 정체성을 스스로 체득해 나간다. 그는 영어 단어를 마치 아랍어 단어처럼 발음하고, 또 모음 없이 두 단어를 연이어 발음할 수 없었던 동료들 사이에서 입을 오므리고 입술을 내밀어 가며 마치 영국인처럼 자연스럽게 영어로 말을 했다. 동료들은 그를 부러움과 시기를 담아 '검은 영국인'이라고 부르고는 했다. 그때 영어는 미래를 보장해주는 가장 중요한 열쇠였다.

무스타파는 1898년 수단의 이슬람세력들이 서구의 침략에 맞서 알 마디 운동을 전개했을 때의 일화를 빌려 자신이 오셀로와 전혀 다르다는 사실을 강변한다.

배들은 처음에는 빵이 아닌 포탄을 싣고서 나일 강 물살을 가르며 나아갔고, 철도도 원래는 군인들을 실어 나를 목적으로 세웠다. 그들은 학교를 세워서 자기네 말로 '네' 하는 법을 우리에게 가르치려 했다. 그들은 세계가 일찍이 솜과 베르단에서 보았던 것과 같은 광포한 유럽의 병균을 우리에게 옮겨 주었다. 이미 천 년 전부터 그들이 감염되었던 치명적인 병균이다. 바로 그렇다.

이봐! 나는 침략자로서 바로 당신들 집에 들어왔다. 당신들이 역사의 동맥에
주사한 한 방울의 독약과도 같은 존재로서 말이다. 나는 오셀로가 아니다. 오
셀로는 거짓이었다.(101~102쪽)

결국 무스타파는 자신이 백인 여성들을 농락하고 살해한 행위가 유럽인
이 아프리카를 침략하며 자기 동족에게 가한 폭력에 대한 복수라는 사실을
분명히 밝혔던 것이다. 하지만 '오셀로'의 신화를 벗어던지기 위한 그의 노
력도 백인의 법정을 빠져나가지 못한다. 무스타파는 스스로 살인자임을 인
정하고 자기를 전혀 변호하지 않는데, 오히려 백인 변호사인 맥스웰 포스터
킨 교수가 "광적인 어느 한순간에 살인을 저질러 버린 천재의 이성에 대해
나름대로의 독특한 해석"을 펴나가면서 그를 옹호하고 나섰기 때문이다.

"배심원 여러분! 무스타파 사이드는 훌륭한 인물로 그의 이성은 서구 문
명을 수용했습니다. 하지만 서구 문명이 그의 마음을 짓밟아 놓은 겁니다.
무스타파 사이드는 결코 그 두 여인을 살해하지 않았습니다. 범인은 바로
천 년 전부터 그 두 여인에게 전염되어 있었던 불치의 병균입니다!"

이러한 변호는 역설적으로(?) 아프리카의 야만과 서구의 문명을 대비시
키고, 무스타파가 결국 그러한 뿌리 깊은 갈등의 희생자임을 확고히 해주고
말았다. 이에 대해 무스타파는 스스로 오셀로임을 극구 부정한다.

"그건 거짓입니다. 단지 꾸며 낸 이야기일 뿐이에요. 내가 바로 그 두 여인
을 살해한 진범입니다. 나는 메마른 사막입니다. 나는 오셀로가 아니에요.
나는 사기꾼입니다. 나를 교수형에 처해서 그 허위를 죽여주십시오!"

무스타파가 런던에서 여성들을 농락할 때 만난 백인 여성들은 대부분 호기심과 동정심을 드러냈다. 영리한 무스타파는 이를 자신의 성적 욕망을 채우는 기회로 적극 활용한다. 예를 들어 앤 하몬드를 처음 만났을 때를 무스타파는 이렇게 기억한다.

> 그녀는 항상 활기에 넘쳤고 명랑하고 총명해 보였으며, 두 눈은 언제나 호기심으로 반짝거렸다. 그녀는 내게서 보이는 어둑어둑한 황혼 무렵의 분위기를 여명으로 보았다. 또 나와는 정반대로 열대의 기후와 강렬한 태양, 진홍빛 지평선을 열망했다. 그녀의 눈에는 내가 이 모든 동경에 대한 하나의 상징처럼 비쳤다.(38쪽)

동양학을 전공하는 그녀에게 무스타파는 말하자면 '동양'(아프리카나 아시아 어느 쪽이든 상관없다) 그 자체였다. 그녀는 자신이 보고 싶어 했던 동양을 볼 수 있었다. 그녀에게는 그것이 호기심과 동경이 착종된 허깨비라는 사실을 인정할 능력이 없었다.

> 오리엔탈리즘은 총체적으로 동양으로부터 멀리 떨어진 곳에 위치하고 있다. 오리엔탈리즘이 여하튼 간에 의미를 지니게 된 것은, 동양 때문이 아니라 도리어 서양 때문이다.[4]

바로 이 지점에서 스무 살의 앙드레 말로 역시 '황홀한' 아시아의 밀림 속으로 들어가는 모험을 감행했던 것이다. 그 때문에 결국 그는 동양 3부작을 쓴 대작가로서 명성뿐만 아니라 앙코르 와트의 도굴꾼으로서 오명도 역사에 길이 남기게 된다.

어쨌거나 무스타파는 이 점을 교묘히 이용할 줄 알았고, 사실 만반의 준비도 갖추어 놓고 있었다. 그가 앤 하몬드를 데리고 간 자기 집은 '치명적인 거짓의 우리'였다.

백단향, 향목, 타조의 부드러운 깃털, 상아와 흑단으로 만든 조상들, 나일 강가를 따라 우거진 대추야자 숲, 비둘기의 날갯짓처럼 물 위를 소리 없이 미끄러져 가는 작은 배들, 홍해에서 바라다보이는 산맥 너머로 스러지는 낙조, 예멘 국경선의 모래 언덕을 따라 걷는 낙타들의 대상 행렬, 코르도판의 나무들, 잔디, 누에르, 쉴크 부족의 벌거벗은 소녀들, 적도 근방의 바나나와 커피 농장, 누에바 지역의 오래된 사원들, 화려한 고대 아랍 문양을 장식한 회화 장정을 씌운 아랍 서적들, 페르시아 융단과 장밋빛 커튼, 벽에 걸린 커다란 거울들과 구석에서 빛나는 색색의 조명등을 그린 그림과 스케치들.(152~153쪽)

그런 곳에서 그녀는 무릎을 꿇어 무스타파의 발에 입 맞추고는 말했다.

"무스타파 사이드, 당신은 내 주인이에요. 저는 당신의 노예 사우산입니다."

4) 에드워드 사이드, 박홍규 역, 『오리엔탈리즘』, 교보문고, 1991, 49쪽.

무스타파가 침대에 길게 누워 있는 동안 그녀는 다가와 가슴과 양다리, 목, 어깨를 마사지했다. "이리 오너라." 그가 명령하면 "분부대로 따르겠습니다, 주인마님." 그녀는 순종적으로 대답했다.

이렇듯 무스타파는 유럽인이 지닌 흑인에 대한 성적 신화의 환상("흑인은 진화가 덜 된 인간으로 짐승과 가깝기 때문에 성욕이 강하다!")을 이용하여 거꾸로 유럽을 정복한다.

전적으로 기독교 백인사회에 의해서 규정된 타자로서의 한계를 인식하지 못하고 자신을 문명화시켜준 기독교사회의 일원으로 안주하려던 오셀로의 전철에서 벗어나 무스타파는 백인사회가 생산한 혼종으로서의 자신의 신분을 책략으로 사용한다. 무스타파는 한편으로 오셀로의 아이덴티티를 자의적으로 모방하지만, 다른 한편으로는 오셀로의 한계를 알고 그와 자신을 동일시하는 것을 거부한다. 오셀로 콤플렉스의 희생물이 되기를 거부하는 무스타파는 제국의 침략자들의 노정을 그대로 모방하여 제국의 심장부에 진입하여 '침략자'로서의 역할을 수행한다.[5]

변인원은 무스타파가 유럽 여성을 정복함으로써 식민주의식 정복을 흉내 낸 후 그것을 뒤집는 방식으로 식민주의의 그릇됨을 고발할 뿐만 아니라 상투화된 흑인의 성적 신화도 전복시키는 것이라고 평가한다. 물론 이런 장면

---

5) 최경희, 앞의 글, 260쪽. 최경희는 소설이 보여주는 흑인 남성 침략자(약탈자)-백인 여성 희생자라는 전형적인 관계가 진 모리스 최후의 순간에 이르러서는 완벽하게 역전된다는 사실을 밝힌다. 진은 남편인 무스타파에게 자신을 죽여달라고 간청함으로써 희생자의 역할을 선택한다는 것이다.

들이 곧 서구에 대한 무스타파의 복수심을 대변한다고만 해석해서는 안 된다. 앞서 그가 법정에서 스스로 오셀로이기를 거부했다고 했지만, 사실 그는 '정복자'이기 이전에 '검은 백인'으로서 뿌리 깊은 허위의식 또한 끝까지 벗어던지지 못했다.

화자인 '나'는 무스타파가 준 열쇠를 이용하여 '비밀의 방'에 들어선다. 그곳은 아프리카에 돌아와서도 결코 거부할 수 없었던 유럽의 흔적들로 가득한 공간("상상이나 할 수 있었겠는가! 모양이며 재료가 완벽한 영국산 벽난로.")이자, 결국 붉은 아프리카의 대지에도 동화될 수 없게 변해버린 '검은 백인'으로서 무스타파 자신의 분열된 정체성을 상징한다. 무엇보다 화자가 그곳에서 발견한 무스타파의 도서목록이 이를 웅변한다.

대영 백과사전, 에드워드 기번, 토머스 매콜리, 토인비, 버나드 쇼 전집, 케인스, 리처드 헨리 토니, 스미스, 로빈슨, 불완전 경쟁의 경제, 홉슨의 제국주의론, 로빈슨의 마르크스주의 경제학 평론, 사회학, 인류학, 심리학, 토머스 하디, 토마스 만, 조지 에드워드 무어, 토머스 모어, 버지니아 울프, 비트겐슈타인, 아인슈타인, 브라이얼리, 나미에르. 익히 들어서 알고 있는 책들도 있고 전혀 생소한 책도 많았다. 이름조차 처음 들어 본 시인들의 시집, 고든의 일간지들, 〈걸리버 여행기〉, 하우스먼, 〈프랑스 혁명사〉, 토머스 칼라일, 액튼 경의 프랑스 혁명 강연집. (중략) 이것은 도대체 어떤 연극인가? 무엇을 뜻하는 것일까? 오언, 포드, 슈테판 츠바이크, 브라운, 래스키, 해즐릿, 〈이상한 나라의 앨리스〉, 리처드, 영어판 쿠란, 영어 성경, 길버트 머레이, 플라톤, 무스타파 사이드의 〈제국주의 경제학〉, 무스타파 사이드의 〈제국주의와 독점〉, 무스타파

사이드의 〈십자가와 화약〉, 무스타파 사이드의 〈아프리카 약탈〉, 프로스페로
와 칼리반, 토템과 터부, 다우티.(143~144쪽)

거기에 아랍어 책은 단 한 권도 없었다. 독자의 소득이라면 거기서 무스
타파가 쓴 몇 권의 저서를 통해 그의 정치적 입지를 좀 더 분명히 확인할 수
있게 되었다는 점이다.

*

앞서 『북으로 향하는 이주의 계절』은 1인칭 관찰자 시점을 채택하고 있으
며, 그런 만큼 화자의 심리나 행동은 작품의 실제 주인공인 무스타파의 그
것만큼 의미 있는 비중을 지니지 못한다고 말했다. 그렇지만 실은 무스타파
와 마찬가지로 영국에서 고등교육을 받고 돌아온 화자를 중심으로 또 다른
이야기가 펼쳐나가고 있는 점을 간과할 수는 없다.[6]
　　마지막 장면에서 화자가 무스타파의 비밀의 방에서 단 한 권의 아랍어
책도 발견하지 못한 데 대해 분노를 느끼는 것은 스스로 그와는 구별되는
지식인임을 주장하는 일로 해석할 수 있다. 사실 그는 그 방에 보물이 천장
까지 가득 차 있을 거라고 생각하는 마흐주브에게 이렇게 말한다.

6) 이를 따라갈 때, 변인원이 가령 이 소설에서 무스타파의 미망인 호스나의 저항을 신식민주의를 극복
하는 차원에서 중요하게 생각하는 것도 이해할 수 있게 된다. 변인원, 앞의 책, 특히 제3부 2장. ; 문애희
도 이런 점을 강조하여 줄거리를 요약한다. 문애희, 『현대아랍문학강의』, 열린책들, 1998. 171-173쪽.

"이 방은 말이야, 사실은 하나의 커다란 농담이 담긴 방일 뿐이야. 삶과 마찬가지지. 자네는 그 안에 무언가 비밀이 있을 거라고 추측하지만 사실은 아무것도 없어."

물론 이러한 '구별 짓기'도 마지막 장면에서는 다시 무화되고 만다. 분노에 찬 화자가 나일 강으로 뛰어들었을 때, 그리하여 어느 순간 쉬지 않고 헤엄쳐서 북쪽 강가에 도달하는 것이야말로 목표라고 결심했을 때, 강물의 강력한 힘이 그를 바닥으로 세차게 밀어 넣는 것이다.

생과 사의 기로에서 북쪽을 향해 날고 있는 뇌조 떼를 보았다. 지금이 겨울인가 아니면 여름이었나? 저 새들은 여행을 하고 있는 것일까, 아니면 이주하고 있는 것일까? (중략) 두 팔과 다리가 마비되어 왔다. 홀은 더욱 넓어지고 강의 울림도 점차 빨라진다. 지금, 갑자기 내가 어디에서 왔는지 모르겠다는 느낌이 강하게 일었다. 나는 물속에서 몸을 일으켰다. 물결이 출렁이는 소리와 펌프가 돌아가는 소리가 들려왔다. 주위를 둘러보았다. 이럴 수가. 내가 있는 곳은 남쪽과 북쪽의 중간 지점이었다. 이제는 계속해서 나아갈 수도, 그렇다고 돌아갈 수도 없다.(173~174쪽)

남쪽과 북쪽의 중간 지점—이제는 계속해서 나아갈 수도, 그렇다고 돌아갈 수도 없는 바로 그 지점에서, 어쩌면 '검은 백인'들은 지금도 그렇게 진퇴양난의 고비를 헤매고 있는지도 모른다.

*

영국의 가디언 지(2003년 5월 8일자)는 이 작품을 '세계문학사를 빛낸 100권의 명저'로 꼽았고, 영문학자 피터 박스올을 비롯한 백 명의 국제적 필자 집단은 '죽기 전에 꼭 읽어야 할 소설 1001편' 속에 이 작품을 포함시켰다. 이런 찬사들이 아니더라도, 지중해를 건너 유럽으로 가려던 아프리카 난민 들이 탄 배가 뒤집혀 수백 명이 목숨을 잃었다는 슬픈 뉴스가 꼬리를 무는 이즈음, 늦었지만 이 작품을 아랍어 원전 번역을 통해 접할 수 있게 된 사실 을 독자 여러분과 함께 작은 기쁨으로 삼고 싶다.

　지난해 말 아시아 출판사로부터 받은 이메일 한 통은 나를 25년 전의 학생시절로 되돌려 놓았다. 대학원 졸업 논문으로 소설을 번역·연구하기로 결정한 후 교수님과 여러 아랍어권 소설들을 놓고 고심 끝에 골라든 책은 수단 출신 작가 타예브 살리흐의『북으로 가는 이주의 계절』이었다. 그리고 한 해를 꼬박 이 작품에 매달렸던 기억이 새삼 새롭다.

　타예브 살리흐는 1929년 아프리카 대륙 북동쪽에 위치한 수단의 북부지방에서 태어나 유년기와 청소년기를 보냈다. 이후 생의 나머지 대부분은 영국을 비롯한 해외에서 보냈으나, 그의 작품들은 고향 마을에 그 뿌리를 두고 있다. 수단 최고의 작가로 동서 양대 평단의 찬사를 받아온 타예브 살리흐는 아랍-아프리카 인으로서 정체성과 동서간, 식민자와 피식민자간의 갈등을 탐구한 여러 저서를 발표하였으며, 이들 저서를 통해 아랍-아프리카 문학을 전 세계에 알리는 데 크게 기여하였다.

　20세기 가장 중요한 아랍 소설이라 할 만한 타예브 살리흐의『북으로 가는 이주의 계절』은 2002년 세계적 거장들이 참여한 설문조사를 기초로 노르웨이 노벨 연구소와 북 클럽스가 공동 선정한 세계 문학 100선에 선정된 바 있다. 아프리카 지역에서는 본 작품과 치누아 아체베의『모든 것이 산산이 부서지다』단 두 작품만이 선정되었다. 그럼에도 한국 독자들에게 있어 타예브 살리흐나 그의 소설『북으로 가는 이주의 계절』은 여전히 생경한 것이 현실이다. 이러한 상황에서 제3세계 작품을 한국에서 출판해 한국 독자들이 접할 수 있게 된다는 자체가, 그간 한국 출판계와 독자들의 세계 문학에 대한 관심이 그만큼 넓어졌음을 보여준다는 생각이 들어 반갑기 그지 없다.

이 책의 출간을 준비하면서, 이제는 고인이 된 저자의 미망인 줄리아 살리흐 씨로부터 영어본이나 불어본의 중역이 아닌 아랍어본의 직역을 다짐 받았다. 이에 새삼 본 작업의 중요성을 실감하고 한편으로는 어깨가 무거운 감도 없지 않다. 젊은 날의 한때를 온전히 몰두했던 작품이지만 책으로 내보내기가 여전히 쑥스럽기만 하다. 부디 내 번역이 작가의 의도나 작품의 품위에 폐가 되지 않기를 바라며, 학교 도서관에서 잠자고 있던 이 작품의 출간을 위해 어렵게 연락해 준 아시아 출판사 관계자 분들께 감사의 마음을 전한다.

이상숙

〈아시아 문학선〉을 펴내며

우리는 무엇보다 언어에 주목한다.

지난 오 백 년 동안, 우리에게 알려진 세계의 언어들 중 거의 절반이 사라졌다고 한다. 에트루리아어, 수메르어, 컴브리아어, 메로에어, 콘월어, 음바바람어…… 지금 이 순간에도 지구 곳곳에서 수많은 언어들이 사라지고 있다. 소멸의 속도도 점점 빨라진다. 대신 그 자리를 영어와 또 하나의 언어, 그러나 기왕에 존재했던 어떤 언어와도 전혀 다른 종류의 기계어 '비트'가 메워 나가는 중이다.

한 가지 언어가 사라진다는 것은 무슨 뜻일까. 그것은 한 집단의 기억이 최후를 맞이한다는 뜻이다. 물론 성실한 언어학자들의 노력으로 운 좋게 몇몇 단어가 살아남을 수도 있다. 그렇지만 엄밀한 의미에서 그것은 살아 있는 언어가 아니다. 언어는 언어학자의 노트에 적히는 것만으로 생명을 보장받을 수 없다.

이제 우리는 이와 같은 일방통행의 역사에 작으나마 흠집을 내고자 한다. 그 출발이 바로 〈아시아 문학선〉이다.

우리는 서구가 주도했던 지난 시기의 근대화 과정에서 수많은 문명의 유전자가 흔적도 없이 사라졌고, 지금도 아시아 어딘가에서 어떤 기억의 보살핌도 받지 못한 채 속절없이 사라져가는 것들이 많다는 사실을 잘 알고 있다. 그러나 우리는 겸손해야 한다. 소멸은 대개 슬프지만, 때로는 자연스럽게 권장되어야 할 어떤 것이기도 하다. '불멸의 신화'가 지닌 폭력성을 흔히 목격하지 않았던가. 우리는 서구 근대의 가치를 대체하는 아시아 담론을 창출하겠다는 다부진 야심을 갖고 있지 않다. 우리는 다만 아시아의 수많은 언어가 제각기 품어 온 기억의 서사들을 존중하려 할 뿐이다.

특히 문학에 관한 한, 아시아는 이른바 세계화가 가장 덜 진척된 영토로 존재한다. 아시아 문학은 대다수 서구인들에게 여전히 낯설고 어색하면서도 이따금 신기하고 흥미로운 존재다. 가상공간과 더불어, 빈약한 서사를 보충해 줄 최후의 영토로 간주되기도 한다. 그런 시선 속에서, 지난 몇 세기 동안, 아시아는 수없이 발명되고 발견되었다. 그 결과 논과 밭, 구릉과 숲으로 이루어진 아시아의 주름진 대지는 이차원의 매끈한 평면으로 아주 쉽게 왜곡되었다. 거기에서 소수와 은유는 묵살되고, 틈과 사이는 간단히 메워졌다.

이제 우리는 다시 주름들을 기억하려 한다. 고속도로와 지름길이 길의 다가 아니듯, 표준어와 다수만 아시아의 입체를 구성하지는 않는다. 그러나 놀랍게도, 서구인에게 낯설고 어색한 것 이상으로, 우리 스스로 아시아를 얼마나 낯설고 어색하게 생각하고 있는지! 불행히도 우리 주변에는 읽고 싶어도 읽을 아시아조차 많지 않다. 우리의 기획은 이런 경이로운 무관심과 태만을 반성하는 데서 출발한다. 동시에 우리는 혹 '미지의 세계' 아시아를 또 하나의 개척영역, 흔히 말하듯 '미래의 먹거리' 쯤으로 상정하는 것은 아닌가, 우리 안의 유혹을 끊임없이 경계한다.

이렇게 경계선을 넘으려 한다.

바라건대, 저 너머에는 새로운 세계문학이!

〈아시아 문학선〉 기획위원회

〈아시아 문학선〉 기획위원

전승희(문학평론가, 미국 하버드대학교 한국학연구소)

김남일(소설가, 아시아문화네트워크)

자카리아 모하메드(팔레스타인, 시인·신화 연구)

A. J. 토마스(인도, 시인·번역가·영문학자·전《인도문학》편집장)

자밀 아흐메드(방글라데시, 연극연출가·평론가·다카대학교 교수)

하리 가루바(나이지리아, 문학평론가·남아프리카 케이프타운대학교 교수)

옮긴이 **이상숙**

명지대학교 아랍어과와 한국외국어대학교 통번역대학원 한아과를 졸업했다. 모국어인 한국어뿐만 아니라 영어, 일어, 불어 등 다양한 외국어에 흥미를 두었으나, 전공인 아랍어에 각별한 애정을 갖고 20대와 30대 초반을 아랍어와 한국어 두 언어권에서 생활하며 의미 전달자로서 활동했다. 2001년 호주로 이주해 영어와 한국어 통번역을 전공하였고 현재 시드니에 살고 있다. 그간 언어와 관련된 일에 쏟아 부었던 관심과 애정을 이제는 사랑하는 딸에게로 두고 있다.

북으로 가는 이주의 계절

2014년 7월 28일 초판 1쇄 펴냄 | 2014년 12월 1일 초판 2쇄 펴냄

지은이 타예브 살리흐 | **번역** 이상숙 | **펴낸이** 김재범

편집 정수인, 김형욱, 이은혜, 윤단비 | **관리** 박신영

인쇄 한영문화사 | **종이** 한솔PNS | **디자인** 글빛

펴낸곳 (주)아시아 | **출판등록** 2006년 1월 27일 | **등록번호** 제406-2006-000004호

전화 02-821-5055 | **팩스** 02-821-5057

주소 서울시 동작구 서달로 161-1 3층(흑석동 100-16)

이메일 bookasia@hanmail.net | **홈페이지** www.bookasia.org

ISBN 979-11-5662-039-6 04800
       978-89-94006-46-8(세트)

*값은 뒤표지에 표시되어 있습니다.

이 도서의 국립중앙도서관 출판시도서목록(CIP)은 서지정보유통지원시스템 홈페이지(http://seoji.nl.go.kr)와 국가자료공동목록시스템(http://www.nl.go.kr/kolisnet)에서 이용하실 수 있습니다.(CIP제어번호: CIP2014020091)